Diogenes Taschenbuch 24238

de
te
be

AF176873

Hansjörg Schneider

Hunkeler und die Augen des Ödipus

Der achte Fall

Roman

Diogenes

Die Erstausgabe
erschien 2010 im Diogenes Verlag
Eine erste Ausgabe als
Diogenes Taschenbuch ist 2012 erschienen
Die beiden Texte ›Vom ertrunkenen Mädchen‹ und
›Kinderkreuzzug‹ (1 Strophe) sind entnommen aus:
Bertolt Brecht, *Werke*. Große kommentierte
Berliner und Frankfurter Ausgabe, Band 11, Band 12
Copyright © 1988 by Suhrkamp Verlag, Frankfurt am Main
Abdruck mit freundlicher Genehmigung
Karte Vor- und Nachsatz: Stadtplan Basel (Ausschnitt)
Quelle: Geodaten Kanton Basel-Stadt, 22.11.2012
Umschlagfoto von Christian Aeberhard (Ausschnitt)
Copyright © Christian Aeberhard/visum

Die Personen und die Handlung
des Romans sind frei erfunden, jede Ähnlichkeit
mit realen Personen oder Begebenheiten
ist rein zufällig

Veröffentlicht als Diogenes Taschenbuch, 2013
Alle Rechte vorbehalten
Copyright © 2010
Diogenes Verlag AG Zürich
www.diogenes.ch
60/13/44/1
ISBN 978 3 257 24238 6

Am Morgen des 24. April, es war ein Freitag, wurde Willy Dreier, Inhaber der Wirtschaft Stauwehr bei Märkt im deutschen Markgräflerland, von einem dumpfen, knirschenden Geräusch, welches das stete Rauschen des Wassers übertönte, geweckt. Er sah auf dem Wecker, dass es kurz vor sieben war. Punkt sieben hatte er aufstehen wollen, um den Keller zu reinigen und vorzubereiten für eine Lieferung Wein vom Tüllinger Hügel. Am Freitag, dem 1. Mai, wollte er sein Lokal für die kommende Sommersaison eröffnen.

Er fragte sich, ob er geträumt hatte, und blieb eine Weile liegen. Da das Geräusch nicht nachließ, sondern sich im Gegenteil steigerte, als ob Eisen gegen Eisen stieße, erhob er sich, schlüpfte in Hose und Hemd und trat vor die Tür.

Die Auenlandschaft lag in leichtem Nebel. Die Sonne war noch nicht zu sehen. Ein Chor von Vögeln besang das aufkommende Morgenlicht.

Das fremde Geräusch, das ihn geweckt hatte, war verstummt. Er überlegte, ob er zurückgehen sollte ins Haus, um zu frühstücken und mit der Arbeit zu beginnen. Da hörte er einen langgezogenen, schrillen, schleifenden Ton. Er erstarb. Es war nur noch das Wasser zu hören, das übers Wehr fiel.

Er ging die wenigen Meter durch das morgenfeuchte Gras zum Damm, kletterte hinauf und schaute über den Fluss, der breit wie ein See vor ihm lag. Dicht am Ufer schwammen ein paar hundert Reiherenten, die aus dem Norden hergeflogen waren, um hier zu überwintern. Drüben war das französische

Ufer. Er hörte die Kirche von Huningue sieben Uhr schlagen. Eine Schar Kormorane flog flussaufwärts Basel zu.

Der Rhein war hier gestaut. Auf französischer Seite floss das Wasser in den Kanal, auf dem die Schiffe hinunterfuhren zu den Schleusen von Kembs. Auf deutscher Seite lag der alte Flusslauf, der mit mehr oder weniger Wasser versorgt wurde, je nach Pegelstand. Die Betonkonstruktion des Wehrs ragte in den grauen Himmel, zuverlässig und beruhigend sicher.

Zwischen dem ersten und dem zweiten Träger sah Willy Dreier etwas, was er noch nie gesehen hatte. Ein knapp acht Meter langes, älteres Schiff war auf die Stahlplatte, die das Wasser zurückhielt, aufgefahren. Sein Bug war eingedrückt. Er ragte über den Wasserspiegel, als ob er das Wehr hätte rammen und überspringen wollen.

Willy Dreier ging auf die Brücke zu der Insel, die Kanal und Altrhein trennte. Er schaute hinüber zum Schiff, das an der Stahlwand festsaß. Es war ein Hausboot und hieß Antigone, der Name stand in weißer Farbe auf dem Bug. Die Tür war offen, in der Stube brannte ein Licht. Willy Dreier rief mehrmals hinüber, so laut er konnte. Er bekam keine Antwort, es bewegte sich nichts.

Vierzig Minuten später fuhr ein Schlauchboot der deutschen Wasserschutzpolizei heran mit zwei Männern. Sie drosselten den Außenbordmotor, wendeten und legten an der Antigone an. Willy Dreier sah vom Ufer aus, wie sie sich unterhielten. Zu verstehen waren sie nicht, wegen des Wasserrauschens. Offenbar trauten sie sich nicht, das lecke Wohnboot zu betreten. Sie fuhren zurück zum Heck, und einer vertäute dort ein Seil. Der Motor wurde aufgedreht und zog an, das Seil spannte sich. Langsam glitt die Antigone von der eisernen Wand, lag etwas schief im Wasser, war aber augenscheinlich noch flott genug, um abgeschleppt zu werden. Der Motor des Schlauchboots heulte auf und gewann an Fahrt flussaufwärts, Richtung Wirtschaft Auwald, vor der ein kleiner Hafen lag.

Am selben Morgen um elf verschickte Kommissar Christian Rotzinger von der Landespolizei Lörrach ein Rundschreiben, das unter anderem auch ans Kriminalkommissariat Basel und an die Gendarmerie St. Louis ging. Das Wohnboot Antigone, das im Rheinhafen Breisach angemeldet war und einem Bernhard Vetter gehörte, einem Mann von deutscher Nationalität mit Jahrgang 1937, wohnhaft in Basel am St. Alban-Rheinweg, von Beruf Theaterdirektor, sei havariert und führerlos beim Stauwehr Märkt aufgefunden worden. Es wurde um möglichst rasche Benachrichtigung des Bootsinhabers gebeten.

Peter Hunkeler, Kommissär des Kriminalkommissariats Basel, früherer Familienvater, jetzt geschieden, erwachte, da er einen Hahn krähen hörte. Er fragte sich, was da los war, wo er sich befand. War er im Haus seiner Kindheit, das neben einem Bauernhof stand, auf dem er sich jede freie Minute herumtrieb? Im Kuh- oder Rossstall, auf dem Tenn, in der riesigen Küche, in der eine alte Frau Kartoffeln schälte? Davon hatte er wohl bloß geträumt, sehr undeutlich, wie ihm schien. Er konnte sich an kein konkretes Traumbild erinnern.

Nein, das Krähen, das regelmäßig ein- und wieder aussetzte, gehörte zur wirklichen Welt, in die er jetzt widerstrebend zurückfand. Als er die Augen öffnete, wusste er es. So erbärmlich krähte nur Hahn Fritz.

Er befand sich also in seinem Haus im Elsass. Neben ihm lag seine Freundin Hedwig. Er spürte ihren Atem am Hals, sah ihren weißen, schönen Rücken, den sie abgedeckt hatte, obschon eine frische Kühle durchs offene Fenster hereinkam.

Er schob Hedwigs Oberschenkel weg, den sie über sein linkes Bein gelegt hatte. Leise stand er auf, um ihren Morgenschlaf nicht zu stören, zog sich an und durchquerte Stube und Gang. Er öffnete die Küchentür und löffelte den beiden Katzen, die ihm mit aufgestelltem Schwanz gefolgt waren, den Napf mit Büchsenfleisch voll. Dann trat er vors Haus, sah zum Nachbarn hinüber, in dessen Stall Licht brannte, und ging durch die Wiese zum Hühnerstall unter dem Scheunendach. Er schaute hinein in die Ecke, ob Eier dalagen. Es waren drei da. Gespannt sah er zu, wie die Hühner herauskamen. Sie gackerten zögernd, sie ließen sich Zeit, dann setzten sie Fuß vor Fuß. Zuletzt kam der Hahn, der wie gewohnt erst seine Weiber vorgeschickt hatte.

Hunkeler holte die Eier aus der Ecke, trug sie zum Tisch an der Hausmauer und setzte sich. Vom Kirchturm hörte er es sieben schlagen. Das Sonnenlicht fiel flach auf die Bäume, auf Pappel, auf Kirsch- und Birnbaum und die Trauerweide, die ihr erstes, helles Laub bis auf den Boden hängen ließ.

Heute war der 26. April, überlegte er. Ein Sonntagmorgen, ein friedlicher Feiertag. Hedwig hatte gestern Abend einen Butterzopf aus der Stadt mitgebracht. Den würden sie zum Frühstück aufschneiden, mit Honig bestreichen und gemächlich essen. Dann würden sie sich auf den Weg machen zum Sonntagsspaziergang durch den Wald. Nach der Messe, so gegen elf Uhr, wären sie zurück, und er würde die Motorsäge anwerfen, um Brennholz zu machen für den nächsten Winter. Der Sonntag war in diesem Dorf nicht nur ein Tag des Herrn, sondern auch ein Tag der Motorsense, der Motorhacke, der Motorheckenschere. Und Hunkelers Motorsäge würde mitheulen. Er hatte vor, aus seinem Anwesen ein Energiesparhaus zu machen. Nicht mit Isolierung und Wärmedämmung, sondern indem er die nachwachsende Energie, das Holz, verwertete.

Er stand sechs Wochen vor seiner Pensionierung. Wohlverdient, wie Staatsanwalt Suter bemerkt hatte. Er wolle ihn nicht gerade als Auslaufmodell bezeichnen, hatte er in seiner humorigen Art gemeint. Aber es sei Zeit, langsam ans

Aufhören zu denken und einen neuen Anlauf zu nehmen, einen Anlauf in die Freiheit des Alters.

Hunkeler grinste bitter. War vielleicht Hahn Fritz ein Auslaufmodell? Nein, der pickte geschäftig mit den Hennen im Gras herum, als ob es sein Leben gegolten hätte. Obschon am Abend leckere Körner auf ihn warteten. Der würde weiterhin picken und scharren, was das Zeug hielt, bis er von der Stange fiel. Aus dem einfachen Grund, weil Hunkeler es nicht übers Herz brachte, ihn totzuschlagen.

Die Freiheit des Alters, was war denn das? Die Freiheit, zu verblöden bis zur endgültigen Senilität? Er spürte ein Grauen in sich aufsteigen. Es war ihm, als sträubten sich seine Nackenhaare. Vorsichtig strich er über seinen Hinterkopf.

Gewiss, die Rente war ihm sicher. In diesem Punkt fühlte er sich solidarisch mit Hahn Fritz. Die Schweiz war eine direkte Demokratie. Hier wurde über wichtige Dinge wie zum Beispiel Rentenkürzungen abgestimmt. Bei Abstimmungen hatten die Senioren die Mehrheit. Die würden in geschlossenen Viererkolonnen zur Urne marschieren, wenn es um ihre Rente ging. Auch wenn niemand wusste, woher das Geld kommen sollte.

Wieder grinste Hunkeler, mit einiger Bitternis. Er mochte sein Land. Er fand die Volksherrschaft richtig, obwohl er das Volk manchmal stupide fand.

Er selbst war überzeugt, dass er noch gebraucht werden würde. Seine Erfahrung, seine Menschenkenntnis, fand er, waren unersetzlich. Im Allgemeinen hielt er sich für die Bescheidenheit in Person. Jetzt merkte er, dass er doch eine hohe Meinung von sich hatte. Aber dies war ja wohl die Meinung aller alten Knacker, die in Rente gingen.

Immerhin würde er seinen letzten Fall in allem Anstand abschließen. Vor einer knappen Woche war auf dem Basler Dreispitz aus einem Möbellager ein Tresor entwendet worden. Offenbar waren es zwei Minderjährige aus einer fahrenden Familie, die bei Magstatt-le-Bas einen Standplatz hatte, gewesen. Zwei Jungen, die am frühen Morgen eine Menge Dynamit in die Luft gejagt hatten, um den Tresor loszusprengen. Paul Wirz von der Gendarmerie St. Louis, mit dem Hunkeler in diesem Fall zusammenarbeitete, vermutete, dass der Tresor irgendwo in der Nähe der Grenze versteckt war. Aufsprengen würden ihn die beiden Jungen wohl nicht können, dazu brauchte es mehr als Dynamit. Am Schluss des Verfahrens würden die Kinder zwar verurteilt, aber nicht eingesperrt werden, weil sie nach Strafrecht zu jung waren. Ein Bagatellfall also, der Hunkeler die Gelegenheit gab, sich gemächlich auf den Ruhestand vorzubereiten.

Eigenartig war bloß die Tatsache, dass auf dem Dreispitz zur Tatzeit ein weißer Kastenwagen mit Pariser Kennzeichen gesichtet worden war, von zwei Taxifahrern, die unabhängig voneinander behaupteten, darin hätten zwei junge Männer arabischen Aussehens gesessen. Auf die Frage, wie sie dies zu nächtlicher Stunde hätten feststellen können, hatten beide erklärt, sie hätten die Führerkabine mit dem Fernlicht gestreift. Der eine war der Meinung, es seien zwei Männer aus Marokko gewesen, der andere tippte auf Algerien.

Ein weißer Kastenwagen mit Pariser Kennzeichen war auch in Kappelen gesichtet worden, wenige Kilometer von der Grenze entfernt. Wie Paul Wirz berichtete, gehörte er zwei Tunesiern, die in den Dörfern des Sundgaus von Haus zu Haus gingen und kleine Teppiche feilboten. Was nichts Außergewöhnliches war, abgesehen davon, dass es sich bei diesen fliegenden Händlern meist um Schwarze handelte. Paul Wirz hatte sie als wahre Landplage zu bezeichnen beliebt. Was keineswegs politisch korrekt war, aber, so Wirz, seinem nationalen Denken entsprach.

Hunkeler hatte zwei Eier gekocht, Kaffee und Schwarztee aufgegossen, Tee für sich, Kaffee für Hedwig. Er hatte im Herd ein Feuer gemacht und die Kaminklappe so gestellt, dass der heiße Rauch durch die Ofenkunst in der Stube zog. Jetzt saß er am Küchentisch, auf dem Sims draußen die Katzen im Sonnenlicht, und aß. Erst ein Ei, dann ein Stück Zopf, das er mit Butter und Honig bestrichen hatte.

Die Tür ging auf, Hedwig kam herein, im blauen Morgenrock. Sie setzte sich und klopfte das Ei auf, das er ihr hingestellt hatte. Sie schaute ihn an.

»Ach so«, sagte sie, »du hältst es nicht aus.«

»Was halte ich nicht aus?«

Sie klaubte sorgfältig die Schale vom Ei, streute Salz und Pfeffer drauf.

»Das Nichtstun. Du solltest dich langsam gewöhnen daran.«

»Ich mache schon Fortschritte«, sagte er. »Ich hocke den ganzen Morgen und den ganzen Nachmittag im Büro, löse Kreuzworträtsel und lese im Internet Zeitung. Ich kenne mich bestens aus im aktuellen Zeitgeschehen. Ich bin schon gestern Mittag hierhergefahren, um Holz zu hacken. Aber weißt du was? Ich sterbe vor Langeweile.«

Hedwig biss in ein Stück Zopf, goss Milch in den Kaffee und trank. Sie tat das mit langsamen, trägen Bewegungen.

»Mir graut«, sagte sie, »wenn ich an deine Pensionierung denke.«

»Verstehe ich gut, mir auch. Aber was soll ich tun?«

»Warum kannst du nicht loslassen?«

»Was soll ich loslassen?«, brüllte er. »Mein Leben? Oder dich?«

Er erhob sich so abrupt, dass die beiden Katzen auf den Rasen hinuntersprangen. Er schmiss die Küchentür hinter sich zu, ging in die Scheune und warf die Motorsäge an. Dafür war es zwar noch zu früh, er hätte bis nach der Messe warten sollen. Aber das war ihm egal. Die konnten ihn alle mal, und zwar kreuzweise, diese Heuchler vor dem Herrn, die in der Kirchenbank knieten und sangen. Kein Mensch im ganzen Dorf glaubte mehr an die Wiederauferstehung Christi, davon war er überzeugt. Kein einziger!

Er machte sich über den Stamm der Rottanne her, die der Sturm vor zehn Jahren umgeworfen hatte. Er sah das Sägeblatt durch den Stamm fahren, das Holzmehl wegstieben, er roch den Duft von Harz. Eine schöne, gute Arbeit. Er würde die ganze Scheune mit Holz füllen, kunstvoll aufgeschichtet. Vielleicht würde er draußen unter dem Nussbaum eine Beige in Igluform aufbauen, wie man es früher gemacht hatte. Und zwar so, dass alle Scheite leicht gegen außen abfielen und den Regen abtropfen ließen.

Als der Stamm der Tanne in handliche Stücke zersägt war, hatte er sich wieder beruhigt. Das fing ja gut an, dachte er, wenn er schon jetzt, wo er noch in Amt und Würden war, durchdrehte wie der letzte Choleriker.

Er sah Hedwig hereinkommen. Sie hatte sein Handy bei sich. Er stellte die Motorsäge ab.

»Es tut mir leid«, sagte er. »Es soll nicht mehr vorkommen.«

»Ich verstehe dich schon. Aber lass deine Wut am Holz aus, und nicht an mir. Es ist übrigens Lüdi.«

Sie gab ihm das Handy.

»Ja«, sagte er, »was gibt's am heiligen Sonntag?«

Er hörte ein leises Kichern. Das war so bei Lüdi. Er merkte es selbst nicht, aber er kicherte andauernd.

»Was tust du?«

»Holz sägen. Für die kalten, einsamen Nächte, die auf mich warten. Was gibt's?«

»Heute Nachmittag ist Rapport im Waaghof. Um 16 Uhr. Du sollst auch kommen, hat Suter gemeint.«

»Warum? Sag ihm, ich sei ein Auslaufmodell, er könne mich mal.«

Aber Lüdi ließ sich nicht beirren.

»Du kennst doch das Hausboot Antigone«, sagte er, »du hast vor zwei Jahren damit zu tun gehabt.«

»Ja, es gehört Bernhard Vetter. Der wohnt darauf, obschon er eigentlich nicht dürfte. Jedenfalls nicht auf Schweizer Gebiet. Wir haben ein Auge zugedrückt, weil er in Basel gemeldet ist, am St. Alban-Rheinweg. Und weil er Theaterdirektor ist. Ein Theaterdirektor darf alles.«

»Das Boot ist am Freitagmorgen am Wehr bei Märkt gefunden worden, ziemlich havariert. In der Stube brannte noch Licht. Es war niemand drauf. Von Bernhard Vetter fehlt jede Spur. Das hat Christian Rotzinger gemeldet.«

Hunkeler stützte sich auf den Sägebock und überlegte.

»Was soll das?«, fragte er. »Soviel ich weiß, hat Vetter in den letzten Jahrzehnten nur noch auf dem Wasser übernachtet, da er auf festem Boden nicht mehr einschlafen kann. Wegen eines Traumas, das er sich als Junge in den Bombennächten von Dortmund geholt hat.«

»Stimmt genau«, sagte Lüdi.

»Dann ist das Wasser doch sein Element. Der fällt nicht einfach hinein und ertrinkt.«

»Auch das stimmt.«

»Wo könnte er denn sein?«

»Er ist international ausgeschrieben. Bis jetzt hat sich niemand gemeldet.«

»Wer hat die Verfahrensleitung?«

»Madörin.«

»Warum nicht ich?«

»Das weißt du doch. Vielleicht dauert das Verfahren länger als sechs Wochen.«

Ach so, ja. Das hätte Hunkeler beinahe vergessen.

»Gut«, sagte er, »ich werde da sein.«

Er rollte über die Hohe Straße Basel zu. Die Fahrbahn war leer, die Elsässer saßen wohl alle beim Sonntagsbraten, an langen, schwerbeladenen Tischen, von der Grand-mère bis zum Petit-fils. Die Aprilsonne beschien die weite Landschaft, ein bisschen zu grell, wie Hunkeler dachte. Ein Zeichen dafür, dass das Wetter bald umschlagen würde.

Er fuhr den langgezogenen Hügel hinunter. An verkrüppelten Apfelbäumen vorbei, die bloß noch hier standen, weil die Besitzer zu faul waren, sie umzuhauen. Vorbei an riesigen Äckern, wo Mais angesät war. Die Milchwirtschaft war längst nicht mehr profitabel, die Bauern produzierten für die chemische Industrie.

Links drüben erhoben sich die Vogesen, der Grand Ballon trug noch Schnee. Rechts der dunkle Jura. Gegenüber im Osten der Schwarzwald, auch der Belchen leuchtete weiß. Unten in der Ebene der EuroAirport. Daneben die Hochhäuser der Chemie, weiter rechts die alte Stadt Basel.

Kurz nach Mittag parkte er vor seiner Wohnung in der Mittleren Straße. Er ging die paar Meter zum Sommereck. Am Stammtisch saß Edi, vor sich ein Glas Tomatensaft.

»Warum sitzt du nicht draußen im Garten?«, fragte Hunkeler. »Die Sonne würde dich wärmen.«

»Nichts da, nicht im April. Erst im Mai.«

»Wo sind deine Gäste?«

»Was für Gäste? Du bist mein einziger Gast.«

»Was soll der Tomatensaft?«

»Der soll mich am Leben erhalten. Ich habe dem Arzt gesagt, dass ich nicht an meinem Übergewicht sterben werde, sondern an meinem Hunger.«

Edi brachte 140 Kilo Lebendgewicht auf die Waage.

»Ich hätte da noch eine Wildsaupastete aus Ferrette«, sagte er, »mit Weißbrot und Essigzwiebeln eine Delikatesse.«

»Dann fahr auf.«

Edi verschwand in der Küche. Hunkeler blätterte in den beiden Sonntagszeitungen, die auf dem Tisch lagen. Beide berichteten groß über die havarierte Antigone, die Zürcher Boulevardzeitung sogar auf der ersten Seite. »Ich hörte es krachen«, so der Titel. Darunter war ein Mann am Wasser zu sehen, der Willy Dreier hieß und Wirt der Wirtschaft Stauwehr war.

Der Artikel war vom dicken Hauser gezeichnet, der unweit von Hunkeler an der Colmarerstraße wohnte. Es war offensichtlich, dass er die Havarie der Antigone zur großen Geschichte ausbauen wollte. Hatte Vetter Feinde, fragte er, die ihm ans Leben wollten? Hatte seine unbarmherzig konsequente Arbeitsweise, mit der er die verkrusteten Strukturen des überlebten Bildungstheaters aufzubrechen, die von einem faschistoiden Polizeiapparat unterdrückten Widersprüche und Spannungen der durchökonomisierten Gesellschaft auf die Bühne zu stellen versuchte, zu seinem Verschwinden geführt? Und wer waren die Täter? Verbargen sie sich hinter den Masken der ach so kunstsinnigen Basler Milliardäre, die mit der chemischen Industrie die halbe Welt vergifteten, siehe Seveso und Schweizerhalle?

Diese Sätze verwunderten Hunkeler sehr. Er wusste zwar, dass Hauser aus dem Luzerner Hinterland nach Basel gekommen und hier nie recht heimisch geworden war. Aber warum hatte die Redaktion in Zürich diese hasserfüllten Tiraden abgesegnet? Es war noch keineswegs ausgemacht, dass Vetter umgekommen war. Oder wusste Hauser mehr?

Woher hatte er überhaupt diese Begriffe? Faschistoid und durchökonomisiert? Widersprüche und Spannungen? Hatte er die linken Soziologen gelesen? Das glaubte Hunkeler nicht. Vielleicht hatte er einen Einflüsterer, der sich im Theaterjargon auskannte.

Klar war, dass das Boulevardblatt Vetters Verschwinden zum heißen Thema machen wollte. Die Auflage der Zeitung war rückläufig. Da konnte es nicht schaden, wieder einmal auf die Schwesterstadt Basel einzuschlagen. Das hieß, dass auf die Sonderkommission unter Leitung Madörins enormer Druck zukommen würde.

Hunkeler grinste. Zum Glück war er nicht der Verfahrensleiter. Er würde sich der Motorsäge und seinem Brennholz widmen.

Edi kam aus der Küche mit der Pastete, die in eine Tonschüssel eingelegt war, und mit einer Flasche Riesling im Eiskübel.

»Für mich bloß Wasser«, sagte Hunkeler, »sonst schlafe ich gleich ein.«

»Wieso? Du bist doch bald in Rente, da kannst du den ganzen Nachmittag schlafen.«

Edi holte eine Flasche Wasser.

»Hast du gelesen?«, sagte er. »Wenn du mich fragst, liegt er auf dem Grund des Rheins.« Er stieß seinen Löffel in die Pastete, brach ein Stück Weißbrot ab, dass es krachte.

»Warum?«, fragte Hunkeler. »Vielleicht hatte er einfach genug vom Theater und liegt jetzt in der Südsee am Palmenstrand.«

Die Pastete schien hervorragend zu schmecken. Niemand fraß so hemmungslos wie Edi. Auch Hunkeler schlug seinen Löffel hinein.

»Warum sollte er? Der verdient enorm viel Geld. Alles subventioniert. Von uns, den Steuerzahlern. Warum sollte er abhauen? Mir würde es auch gutgehen, wenn ich subventioniert würde.«

»Ich habe einmal gelesen«, sagte Hunkeler, »dass das Theater eine moralische Anstalt sei. Das bist du nicht.«

»Was bin ich nicht?«

»Eine moralische Anstalt.«

»Willst du etwa behaupten, ich sei eine unmoralische Anstalt?« Edis Kinn glänzte fettig, die Schüssel war bereits halb leer. »Gut kochen ist auch moralisch. Es gibt nichts Moralischeres als ein gutes Essen. Ein gutes Essen hebt die Moral enorm. Warum soll der Staat diese Schwätzer subventionieren und nicht uns, die Köche? Warum stellt Basel diesen Theatertempel mitten in die Stadt und nicht einen Fresstempel? Da hätten die Leute bestimmt mehr davon.« Er schabte die letzten Reste der Wildsau aus der Schüssel. »Wann bist du zum letzten Mal im Theater gewesen?«

»Ich weiß nicht«, sagte Hunkeler. »Vor zehn Jahren vielleicht. Oder vor zwanzig Jahren.«

»Siehst du? Du bist doch ein gebildeter Mann. Wer soll denn ins Theater gehen, wenn nicht du?«

Beim Rapport im Waaghof war die übliche Mannschaft anwesend, Madörin, Haller, Lüdi und Hunkeler. Vom Technischen Dienst war de Ville da. Von der Landespolizei Lörrach Rotzinger, von der Gendarmerie St. Louis Wirz. Staatsanwalt Suter, in hellblauem Flanell mit grasgrüner Krawatte, leitete die Sitzung. Er wirkte überaus nervös. Er deutete auf die Zeitungen, die vor ihm auf dem Tisch lagen.

»Das hier, meine Herren«, sagte er, »sind Zeitungen aus Deutschland. Aus München, Frankfurt, Hamburg und Berlin. Von den Sonntagszeitungen aus Zürich ganz zu schweigen. Alle diese Blätter berichten groß über das Verschwinden unseres verehrten Theaterdirektors Bernhard Vetter. Und überall wird angedeutet, dass es sich dabei um ein gewaltsames Verschwinden handeln könnte. Als ob wir in unserer alten Humanistenstadt nichts Besseres zu tun hätten, als unseren Intendanten umzubringen. Das ist ein Riesenskandal. Wir haben nichts dagegen, wenn Basel in die internationalen Schlagzeilen kommt. Aber bitte nicht mit üblen Verleumdungen, sondern mit kulturellen Höchstleistungen wie der Art Basel oder dem Beyeler-Museum. Der Imageschaden ist schon jetzt enorm. Es gilt, möglichst schnell Gegensteuer zu geben und Vetter ausfindig zu machen. Dies ist nicht ein gewöhnlicher Vermisstenfall, meine Herren. Diesmal geht es um die Ehre unserer Vaterstadt. Ich bitte Sie alle, mit Volldampf an die Arbeit zu gehen und nicht eher zu ruhen, bis wir dieses üble Missverständnis aus der Welt geschafft haben.«

Hier stockte seine Rede, er schien sehr traurig zu sein. Er war eben nicht nur ein Schönredner, er war auch überzeugter Basler Patriot.

Da nicht klar sei, fuhr er fort, von welchem Staatsgebiet Vetter verschwunden sei und in welchem Anrainerland er sich zurzeit aufhalte, ob in der Schweiz, in Deutschland oder in Frankreich, würden die Ermittlungen in trinationaler Zusammenarbeit geführt. Das Hausboot sei eindeutig auf deutschem Staatsgebiet aufgefunden worden. Deshalb begrüße er Kollege Rotzinger. Möglich sei indessen auch, dass sich Vetter nach Frankreich abgesetzt habe, deshalb sei auch Kollege Wirz anwesend. Klar sei, dass Vetter in Basel wohne, weshalb die Ermittlungsleitung beim Kriminalkommissariat Basel liege. Er wünsche gute Zusammenarbeit.

Anschließend ergriff Madörin das Wort. Er fasste zusammen, was bis jetzt bekannt war.

Am letzten Montag, dem 20. April, hatte die Premiere

von *König Ödipus* von Sophokles stattgefunden, im großen Saal des Stadttheaters. Dabei war es zu einem tumultähnlichen Publikumsprotest gekommen. Nicht wegen des Stücks, das ja bekanntlich zur Weltliteratur gehöre. Sondern der Regie wegen, die man, wie Madörin meinte, als Unterhosentheater bezeichnen könne. Es seien Zwischenrufe zu hören gewesen wie »Was soll der Blödsinn? Hört endlich auf mit dem Scheißdreck!« Nach anderthalb Stunden geduldigen Ausharrens habe sich die Mehrheit des Publikums entschlossen, das Theater unter Buhrufen und Pfiffen zu verlassen. Es sei ins benachbarte Restaurant Kunsthalle geströmt und habe dort darauf gewartet, dass der Regisseur erschien, wie es nach Premieren der Brauch sei. Als dieser, ein junger Mann namens Stephan Hulsch aus Berlin, aufgetaucht sei, sei aufs Neue Tumult ausgebrochen. Wie er von verlässlichen Augenzeugen gehört habe, hätten sich mehrere ältere Damen und Herren aus Basels Großbürgertum auf den jungen Regisseur gestürzt in der eindeutigen Absicht, ihm an den Kragen zu gehen. Eine besonders rabiate Dame namens Sarasin habe ihm mit ihrem Granatring zwei Zähne ausgeschlagen. Sie habe dann vom Kunsthallenwirt Peter Wyss, vom Darsteller des Ödipus Oswald Gemperle und von Bernhard Vetter, die mit Hulsch hereingekommen waren, mit vereinten Kräften zurückgehalten werden können, sonst wäre es zum Ringkampf gekommen. Der Regisseur sei geflüchtet. Bernhard Vetter habe einen kleineren Kollaps erlitten und dringend einen doppelten Cognac gebraucht.

So weit die Vorgeschichte, die ja gewiss allen bekannt sei, da dieser Theaterskandal weit herum für Aufsehen gesorgt habe.

Drei Tage später, am 23. April, einem Donnerstag, habe Vetter auf der kleinen Bühne einen Vortrag gehalten zu Hölderlins *Ödipus*-Übersetzung, die der Aufführung zugrunde liege. Er habe die Geschichte dieser Übersetzung erläutert und daraus vorgelesen. Die Veranstaltung sei gut besucht gewesen und ruhig verlaufen. Vetter habe sich anschließend in die Kantine gesetzt und sei dann noch mit Freunden und Bekannten auf sein Boot gegangen, das am St. Alban-Rheinweg vertäut gewesen sei. Er sei guter Laune gewesen, da es ihm endlich wieder einmal gelungen sei, wie er sagte, das konservative Basler Premierenpublikum aus der Reserve zu locken und zu reizen bis zu Tätlichkeiten. Er sei leicht angetrunken gewesen, aber noch bei klarem Verstand. Um halb zwei hätten die Gäste das Boot verlassen. Einige hätten noch zugeschaut, wie es abgelegt habe und Richtung Mittlere Brücke verschwunden sei.

Das sei alles, meinte Madörin, was man bis jetzt an Informationen habe. Vieles sei möglich, es sei noch zu früh, bestimmte Vermutungen zu äußern. Nicht außer Acht gelassen werden dürfe die Möglichkeit, dass Vetter von Basel endgültig die Nase voll gehabt und sich abgesetzt habe. Ein Gewaltverbrechen könne allerdings keineswegs ausgeschlossen werden. Er bitte jetzt Kollege Rotzinger, von seinen Ermittlungen zu berichten.

Rotzinger fasste sich kurz. Sie hätten das Wohnboot so genau untersucht, wie es in der kurzen Zeit möglich gewesen sei. Es sei beim Aufprall aufs Wehr gehörig durchgeschüttelt worden. Trotzdem hätten sie Spuren einer gesitteten Party vorgefunden, mit vermutlich neun Teilnehmern. Drei leere Flaschen Château Margaux, zwei leere Mineralwasserflaschen.

Auffällig seien einige kleinere Blutflecken auf der linken Seite des Decks, die aber auch älteren Datums sein könnten. Ob Vetter in jener Nacht im Bett gelegen habe, könne nicht mit Sicherheit festgestellt werden. Jedenfalls sei das Bett nicht gemacht gewesen.

In einer Ledermappe sei man auf den Vortrag über Hölderlins Übersetzung gestoßen. Ebenfalls auffällig sei, dass das Halteseil am Heck, das zur Vertäuung des Bootes diente, offenbar kürzlich durchgeschnitten worden sei.

Im Übrigen sei das Innere des Bootes ausgesprochen spartanisch. Der Besitzer müsse fast mönchisch gelebt haben. Ein PC sei nicht gefunden worden. Es gebe kaum persönliche Gegenstände an Bord, außer Büchern und einigen Fotos, die alle die gleiche Frau zeigten.

Er legte ein Foto auf den Tisch.

»Das ist Judith Keller«, sagte Hunkeler.

»Woher wissen Sie das?«, fragte Suter.

»Ich habe sie gekannt. Vor Jahren, als sie an Karters Komödie war. Sie hat die jugendliche Liebhaberin gespielt und dann in München unter Vetter Karriere gemacht. Soviel ich weiß, hat sie eine Tochter von ihm. Ich habe gehört, dass sie sich vom Theater zurückgezogen hat und im Elsass wohnt, in Helfrantzkirch.«

»Moment«, sagte Lüdi und beugte sich über seinen Computer. »Stimmt, Rue du Général de Gaulle 16.«

Suter kratzte sich umständlich am Hals.

»Kennen Sie sich aus im Theater?«, fragte er.

»Früher ja«, sagte Hunkeler, »jetzt nicht mehr. Seit Jahrzehnten nicht mehr.«

»Wenn ich mich richtig erinnere«, sagte Suter, »so steht in

Ihrem Curriculum, dass Sie in der Komödie gearbeitet haben.«

»Das war vor vierzig Jahren.«

»Wir müssen die Aufgaben verteilen. Wie wäre es, wenn Sie sich im Theater umsehen?«

Er schaute Madörin an, der den Blick auf die Tischplatte gesenkt hatte.

»Was meinen Sie dazu, Wachtmeister Madörin?«

»Ich leite die Ermittlungen«, sagte der, »und niemand anders. Kollege Hunkeler scheidet in sechs Wochen aus. Was dann?«

»Ich bitte Sie, meine Herren«, sagte Suter, »so lange können wir nicht warten. Ich erwarte stündlich Vetters Anruf. Wenn er sich nicht meldet, müssen wir ihn finden. Möglichst bald. Ich bitte Sie, im Interesse unserer Stadt persönliche Animositäten hintanzustellen.«

»Meinetwegen«, sagte Madörin. »Aber alle Informationen laufen über mich. Und ich verbitte mir Extratouren.«

Hunkeler ging durch die Steinenvorstadt Richtung Barfüßerplatz. Es war kurz nach sechs Uhr abends. Die Straßencafés waren voller junger Menschen. Viel nackte Haut, obschon es kühl war. Viel Piercings, in Nasenflügel und Augenbrauen geklemmt. Viel Langeweile in den Gesichtern, viel brennende Gier in den Blicken.

Es war Hunkeler nicht wohl in dieser Straße, er kannte sich hier nicht aus. Er kam sich als alter Mann vor, der sich selbst überlebt hatte. Und er wusste nicht, wohin mit seinem Blick.

Vor der ehemaligen Komödie blieb er stehen. Das Café

im Erdgeschoss gab es noch, aber es waren andere Gäste. Lauter junge Burschen südländischen Typs, aus dem Balkan wohl. Sie hatten den alten Mann, der draußen auf der Straße stand und hineinschaute, mit Sicherheit längst gesehen, sie waren sehr schnell mit den Augen. Aber keiner schaute auf.

Hunkeler spürte eine Spannung aus dem Lokal strömen, die seinen ganzen Körper ergriff. Er kannte das, er wusste, dass ihn die Burschen als Polizisten identifiziert hatten. Er wusste auch, dass sich diese Spannung bis um Mitternacht aufbauen würde, langsam und zäh. Bis sie sich eines Nachts entlud mit Faustschlägen ins Gesicht und Messerstichen. Dann würden nicht nur die Jugendstaatsanwälte Arbeit bekommen, sondern auch die Jugendpsychologen, die von gewaltfördernden Gettostrukturen reden würden.

Er betrat die Passage, die früher zur Theaterkasse geführt hatte. In den Vitrinen, die damals die Fotos der auftretenden Stars gezeigt hatten, wurden jetzt Jeans und bedruckte Shirts feilgeboten, mit Tigern drauf, mit Muskelmännern und mit Che Guevara. Dass der immer noch Mode war, dieser Kitschbruder mit Tarzanlook und Jesusblick, erstaunte Hunkeler. Die Jugend wollte wohl noch immer erlöst werden.

Hier in diesem Gebäude hatte er damals, als er sein Studium unterbrach, Fuß zu fassen versucht. Als Bühnenarbeiter, als Regieassistent, als Autor von Programmheften. Einige Male hatte er als Statist auf der Bühne gestanden. Es wurde hart gearbeitet in Karters Komödie. Niemand sprach von Mitbestimmung, dazu wäre keine Zeit gewesen. Geprobt wurde eine Woche, dann öffnete sich der Vorhang zur Premiere. Auf den Spielplan kam, was das Publikum zu interessieren versprach. Komödien der gehobenen Sorte, Klassiker des Bildungstheaters. Gespielt wurde aber auch Brecht, und zwar zu einer Zeit, als dies noch verpönt war, wenn nicht verboten, da Brecht Kommunist war.

Karter versuchte, das Publikum ins Theater zu locken. Er tat das mit den Mitteln des Theaters, so wie das schon Shakespeare, Molière und Goldoni versucht hatten. Mit guten Autoren, mit Licht und Schatten, mit Puder und Schminke, mit schönen Frauen, mit Können und sehr viel Routine. Er erhielt kaum Subventionen, er war angewiesen auf ein volles Haus. Jeden Abend nach der Vorstellung rief er, von wo auch immer, bei der Kasse an und erkundigte sich nach dem Einspielergebnis. Er war ein großartiger Intendant gewesen. Er hatte sein Möglichstes geleistet, mit Intelligenz, Charme und List, die eine Theaterlist war.

Hunkeler hatte damals viel Brecht gelesen. Er hatte von ihm gelernt, dass Sinn und Zweck von Theater die Unterhaltung war. Erst die Unterhaltung, dann die Erkenntnis. Oder anders: Erkenntnis durch Unterhaltung. Denn nichts war unterhaltsamer als Erkenntnis.

Hunkeler betrat das Lokal und bestellte Kaffee. Es wurde still, als er hereinkam, das fiel ihm sogleich auf. Nur die Frauenstimme aus den Lautsprechern, die ein Lied mit türkischem Einschlag sang, war zu hören.

Hatte er tatsächlich das Gesicht eines Polizisten? Eines Ordnungshüters, der das staatliche Gewaltmonopol beanspruchte? Eines Beamten, der die Probleme der jungen Leute mit Handschellen lösen wollte?

Er kam sich nicht so vor. Obschon er wusste, dass er so einer war. Er sah sich viel eher als einen Anarchisten. Jedenfalls hatte er das früher, in seiner Jugend, gedacht. Er hatte die Unordnung geliebt, das Sichtreibenlassen, die Spontaneität des Augenblicks. Das Neue, noch nie Dagewesene.

Genau deshalb, überlegte er, hatte er sich damals ins Theater verliebt. In den Augenblick auf der Bühne, in dem zwischen Schauspielern und Publikum etwas geschah. Den magischen Augenblick, in dem die alltägliche Gegenwart aufging und sich auflöste. In dem das Publikum sich selbst zuschaute auf der Bühne oben. Der eigenen Liebe, der eigenen Angst, dem eigenen Hass.

Es war wieder lauter geworden im Lokal. Er war entschlossen, sich hier zu behaupten und in aller Ruhe seinen Kaffee zu trinken. Wer war er denn? Er war schon vor den jungen Leuten hier gewesen. Hunkeler griff zur Tasse, nahm einen Schluck. Er holte eine Zigarette hervor und zündete sie an. Eigenartig, wie diese Sucht nach Tabak nie nachließ. Das Einsaugen des Rauchs. Das Ausstoßen aus tiefer Lunge. Das Abklopfen der Asche. Die aufrührerischen Gedanken.

Einmal war er Regieassistent bei einem Ionesco gewesen. Sie hatten zwei Wochen Zeit gehabt, anders wäre es nicht gegangen. Bei diesem Stück half keine Routine. Es war Neuland, das sie betraten, niemand kannte das Ende des Weges. Er selbst hatte zwei Wochen lang geschwiegen, nur zugehört, nur zugeschaut.

Ein andermal war er bei *Warten auf Godot* dabei. Eine Produktion im Keller unten zwischen eingelagerten Kulissen, vor jeweils einem Dutzend Zuschauern. Regie führte eine sehr gescheite, schöne Frau, die sonst das vierzigjährige Schätzchen spielte. Er staunte, wie entschlossen und genau sie arbeitete. Er begriff, dass Theater ein Spiel war, nichts anderes. Ein reines Spiel, das, wenn es gelang, den Anspruch erhob und erfüllte, die einzig denkbare Wirklichkeit zu sein.

Diese Schauspielerin hatte ihm enorm geholfen. Allein dadurch, dass sie ihn ernst nahm. Sie wusste, dass er verliebt war in sie, sie hatte es vor ihm gemerkt. Sie hielt sich wohl für zu alt für ihn und ließ ihn in Ruhe. Sie gab ihm den Rat, wegzugehen vom Theater und einen Beruf zu ergreifen, mit dem er eine Familie ernähren konnte.

Etwas später ging Hunkeler den Steinenberg hoch zum neuen Stadttheater. Hier hatte damals ein hundertjähriges Opernhaus gestanden, mit Rängen bis hinauf unters Dach und tausend Plätzen. Mit Kristalllüster und Plüsch, mit farbigem Stuck im Foyer. Und einem Park mit alten Bäumen dahinter. Dieses Gebäude war gesprengt worden, um einer Tiefgarage Platz zu machen, auf deren Dach ein paar Zwergbäume wuchsen. Die alten Bäume waren umgehauen worden, um einem überdimensionierten Betonungetüm zu weichen, das von Weitsicht und Stolz der Basler Bürgerschaft zeugen sollte. Tatsächlich war es ein Zeugnis des Basler Schwachsinns. Die eingebaute Technik war zu kompliziert, um sie vollständig zu nutzen. Auch merkte man nach Fertigstellung des Baus, dass Reinigungs- und Heizkosten pro Jahr zwei Millionen verschlangen. Da diese zwei Millionen nicht vorgesehen waren, wollte man sie vom künstlerischen Etat abzweigen. Worauf ein erbitterter Streit ausbrach. Denn wie konnte man einen Luxuswagen kaufen, wenn man kein Geld fürs Benzin hatte?

Abreißen ging nicht mehr. Also ließ man den Bau wohl oder übel stehen und behalf sich damit, dass man ihn als

Wunderwerk zeitgenössischer Architektur pries. Was relativ einfach war in Basel. Denn Basel tickte anders als der Rest der Welt. Schließlich war es eine Kulturstadt.

Hunkeler war das im Grunde egal. Er mischte sich nicht ein ins Leben der Stadt. Er war ein Zugezogener, des einheimischen Idioms nicht mächtig. Ein fremder Fötzel halt. Was ihm durchaus recht war.

Eine Treppe wie im alten Rom, dachte er, als er hinaufstieg zur Elisabethenkirche. Oder wie im Nürnberg der Nationalsozialisten. Er blickte zurück zur Barfüßerkirche, deren gotischer Chor sich leicht, fast tänzerisch in den Himmel erhob.

Er ging durch den Künstlereingang zur Pforte. Dort saß Peter Jenzer im Kabäuschen, ein Mitkämpfer aus alten Tagen.

»Du hier?«, fragte er. »Was verschafft mir die Ehre?«

»Der Lauf der Geschäfte«, sagte Hunkeler. »Ich will mir den *Ödipus* anschauen. Hast du mir eine Karte?«

»Nichts leichter als das. Es sind übrigens ein paar Polizisten drin, die aufpassen, dass niemand dreinschlägt. In Zivil, damit es nicht auffällt. Sonst ist fast niemand drin.«

Jenzer schien deprimiert zu sein. Wie meistens, wenn sie sich über den Weg liefen. Wie immer half er sich mit Sarkasmus über die Tristesse hinweg.

»Ist nur gut, dass wir uns so tief eingebunkert haben. Wie im Réduit des Zweiten Weltkriegs. Wir können hier drin ohne weiteres ein Jahr lang überleben, der Beton ist dick genug. Vorausgesetzt, die Pommes frites in der Kantine reichen.«

Er schob eine Karte über die Theke.

»Leider habe ich mein Sturmgewehr im Zeughaus abgegeben. Sonst hätte ich es mitgebracht, gegen den wütenden Mob aus den Bruderholzvillen. Ich könnte damit den Künstlereingang bestreichen und sichern. Oder was meinst du?«

Sie grinsten sich an, sie hatten beide bessere Tage gesehen.

»Das Stück ist gut«, sagte Hunkeler. »Ich kann mir nicht vorstellen, dass man es kaputtmachen kann. Weißt du noch, die Aufführung mit Süssermuth in der Hauptrolle? Wie der die Augen gerollt hat, bevor er sie sich ausgestochen hat? Das war große Klasse.«

Jetzt lächelte Jenzer tatsächlich, auf seine unbeholfen herzliche Art.

»Das waren Zeiten damals«, sagte er, »nicht wahr, alter Knabe? Und die Dingsda, die die Jokaste gespielt hat, wie hieß die schon wieder?«

Ja, wie hieß sie, die Dingsda mit ihrer rauchigen Stimme? Sie wussten es beide nicht mehr.

»Die war hervorragend«, sagte Hunkeler. »Vor allem ihre Stimme. Wie aus einem tiefen Brunnen herauf.«

»Stimmt, sie hat es mit ihrer Stimme gemacht. Jedes Wort ein Volltreffer. Ich finde unsere Aufführung übrigens gut. Vor allem, weil Stephan Hulsch den integralen Text spielt, in Hölderlins Übersetzung. Das fährt wie auf Schienen, wie eine Dampflok, unerbittlich, unaufhaltsam bis in den Crash. Vom Drum und Dran kann man ja absehen. Modisches Zeug, sonst nichts. Aber schau selbst.«

Hunkeler ging in die Kantine und holte sich etwas zu essen. Am runden Tisch saßen einige Bühnenarbeiter, die Bier tranken. Weiter waren anwesend ein paar junge Schauspielerinnen, die sehr laut redeten und lachten. Ein Tisch mit Balletteusen, die sich auf Englisch zuwisperten. Ein grauhaariger Zweimetermann vor einem Halben Roten, der mit seiner sonoren Stimme den ganzen Raum füllte. Es war der stadtbekannte Bass Giuliani.

Ihm gegenüber saß ein vierzigjähriger Krauskopf vor einem Bier. Er hörte dem Bass zu, er schien sich bestens zu amüsieren. Aber sein schneller Blick, den er immer wieder durch den Raum schweifen ließ, verriet, dass er auf der Hut war. Es war Oswald Gemperle, der Darsteller des Ödipus.

Hinten in der Ecke hockte Walter Rutziska. Ein berühmter Schauspieler, der vor Jahren die Hauptrollen gespielt hatte. Er war auch in großen deutschen Städten aufgetreten, in München und in Berlin. Hunkeler erkannte ihn sofort. Denn obschon er längst nicht mehr ins Theater ging, überflog er doch regelmäßig die Kritiken. Ein Mann von sechzig Jahren mit imposantem, kahlem Haupt. Er hatte ein Schnapsglas vor sich.

Was Hunkeler sofort auffiel, war die soziale Abstufung der Leute, die hier saßen. Sie behielten sich im Auge, mit lauernden Blicken. Dies war eine klar strukturierte Klassengesellschaft.

Den Bühnenarbeitern schien das egal zu sein. Es waren Handwerker, die eine Lehre gemacht hatten. Das sah man an ihren Händen und Gesichtern. Sie waren unkündbar, die Rente war ihnen sicher.

Er hätte gern gewusst, was sie über Ödipus dachten. Er traute sich nicht, sich zu ihnen zu setzen und sie zu fragen. Er war hier ein fremder Gast. Begegnungen zwischen den einzelnen Tischen waren nicht vorgesehen.

Die Balletteusen schienen alle zu frieren. Sie hatten sich in gehäkelte Schals gehüllt, an den Beinen trugen sie dicke Wollstrümpfe. Bleiche, magere, junge Frauen, die auf den Zehenspitzen stehen und das Bein über den Kopf heben konnten. Sie tanzten für wenig Geld. Und sie wussten, dass sie jederzeit austauschbar waren.

Dann der Tisch mit den jungen Schauspielerinnen. Sie waren aus der Schweiz, der helvetische Grundton drückte durch ihr Bühnendeutsch durch. Sie versuchten diesen Makel durch Lautstärke zu übertönen, indem sie ihre Stimme im Körper abstützten. Ihr Bauch war ihr Resonanzkasten. Und das Hinterfragen der bestehenden Machtstrukturen war der Bohrer, mit dem sie sich in ihre Rollen hineinbohrten. Sie wussten, dass sie hier in der Theaterprovinz waren. Sie träumten von Wien und Berlin.

Der Bass von Giuliani übertönte sie mit Leichtigkeit. Giuliani war unangreifbar. Bei Bedarf konnte er einfach ein paar Dezibel zulegen, und alle gaben sich geschlagen. Er war der Liebling der Stadt. Er wusste, er würde in jeder Stadt der Liebling sein.

Hunkeler fand ihn sympathisch. Selbst seine Eitelkeit fand er durchaus passend. Wer mit seiner Stimme ein Opernhaus füllen konnte – im Orchestergraben ein sechzigköpfiges Orchester, dahinter ein tausendköpfiges Publikum, darüber der leere Raum –, der musste eitel sein. Sonst würde er es nie schaffen.

Gemperle, der dem Bass gegenübersaß, war offensichtlich ein Star. Der Schauspieler hatte die Größe, vor der Vorstellung mit Giuliani ein Bier zu trinken und seinen Anekdoten zu lauschen, obschon es in ihm bestimmt brodelte.

Der andere Schauspieler in der Ecke hinten, Rutziska, hatte noch kein einziges Mal aufgeschaut. Er saß und schwieg. Hunkeler fragte sich, womit er sein Geld verdiente. Er hatte schon lange nichts mehr über ihn gelesen.

Am meisten aber interessierten Hunkeler die beiden jüngeren Männer hinter den Zimmerpflanzen, die einen einzelnen Tisch vom übrigen Raum abtrennten. Eine Art Chambre séparée war das. Er hatte die beiden sofort erkannt. Der eine hieß Friedrich Blessing, kam ursprünglich aus Dresden und war Theaterkritiker der *Basler Zeitung*. Der andere war Stephan Hulsch, kam aus Berlin und war der Regisseur des *Ödipus*. Was sie sprachen, war nicht zu verstehen, sie redeten leise. Ein sehr wichtiges Gespräch offenbar. Kein Seitenblick, keine Bewegung des Oberkörpers, kein Lachen, nichts. Nur die heimliche, gespannte Neugier aller Anwesenden auf das, was hinter den Zimmerpflanzen entschieden wurde.

Der Zuschauerraum war zu knapp einem Viertel voll. Es waren vor allem junge Leute, die sich in den Sesseln fläzten. Einige hatten die Beine über die Lehne des Vordersitzes gelegt. Andere hatten die Ohren zugestöpselt und wippten im Takt von Musik. Hunkeler erkannte vier Polizisten, die sich unter der Leitung von Wachtmeister Kaelin im Parterre verteilt hatten. Sie trugen alle dunkle Anzüge mit Krawatte, um nicht aufzufallen.

Der Vorhang ging auf. Hunkeler liebte es, wie das wogende Tuch auf beide Seiten gezogen wurde, er fand das wunderbar altmodisch. Zum Vorschein kam ein weißgekachelter, grell ausgeleuchteter, abgerundeter Raum, der sich höhlenartig nach hinten zog. Zuhinterst stand eine Gruppe halbnackter Frauen, die von oben bis unten weiß gepudert waren. Auch ihre Lippen waren weiß. Um die Hüften trugen sie so etwas wie übergroße Windeln. Hunkeler erkannte: Ach so, das ist der Chor. Die Ältesten der Stadt haben abgedankt, die Frauen ergreifen das Wort.

Außer drei weißen Klosetts und drei Duschen, die malerisch über die Bühne verteilt waren, gab es nichts auf der leicht schiefen, weißen Fläche.

Vorn an der Rampe standen zwei weißgekleidete Männer. Es waren Ödipus und der Priester. Sie sprachen die Sätze, die Hunkeler noch immer im Ohr hatte. Und er erinnerte sich: Das Schicksal, das Ödipus vorbestimmt ist, von dem er aber zu Beginn noch keine Ahnung hat, nimmt seinen Lauf bis hin zur Selbstblendung des unschuldig schuldig Gewordenen. Auch dass Hulsch Hölderlins Übersetzung spielen ließ, fand Hunkeler wunderbar altmodisch.

Als der Chor nach vorn kam, um seine Meinung kundzutun, war er gespannt, ob er ihn verstehen würde. Er hatte sich in seiner Theaterzeit mehrere Aufführungen altgriechischer Tragödien angeschaut. Den Chor hatte er nie verstanden, rein akustisch nicht. Was ihn immer geärgert hatte. Denn die Chortexte waren meist das Beste in den Stücken.

Jetzt stellte er erfreut fest: Ach so, die Frauen versteht man ja. Er hörte gespannt zu und fragte sich, wie die das schafften. Hatte es damit zu tun, dass es Frauenstimmen waren? Dass sich Frauen besser auf eine Tonlage, auf eine Phrasierung einigen konnten? Er dachte nur kurz darüber nach, der Text war zu kompliziert und duldete keine privaten Gedanken. Das rollte tatsächlich ab wie auf Schienen. Wie eine Maschine, die geradlinig in die Katastrophe fuhr.

Die Schauspieler waren hervorragend. Vor allem Gemperle als Ödipus verstand es, Hölderlins manchmal fast wirre Sätze locker aus sich herausrutschen zu lassen, so dass man jedes Wort begriff.

Hunkeler war hingerissen und gab sich ganz dem Bühnengeschehen hin. Auch als sich Ödipus auf ein Klosett setzte, sich nach einer Weile den Hintern abwischte und die Spülung zog, erlahmte seine Aufmerksamkeit nicht. Niemand im Publikum schien daran Anstoß zu nehmen. Als sich immer mehr Schauspieler immer öfter entweder aufs Klo setzten oder duschten und sich nach dem Duschen wieder in die weißen, togaähnlichen Gewänder hüllten, erkannte er: Ach so, hier wurde das alltägliche Leben auf den notwendigsten Stoffwechsel zurückgeführt. Das war zwar eigenwillig, aber nicht störend, da es ganz nebenbei geschah. Von der Hauptsache, vom Text, ließen sich die Spieler nicht ablenken.

Erst als die Frauen des Chors, alle zusammen, ihre Windeln aufschnürten, blutige Monatsbinden herausholten, damit Boden und Wände beschmierten und endlich auf Ödipus und Kreon einschlugen, so dass beide voll Blut waren, kam im Zuschauerraum Unruhe auf. Hunkeler lachte laut heraus, er wieherte los. Es war so ungewohnt schrecklich, dass es in Komik umschlug.

Sein Lachen wurde offenbar als unangebracht empfunden. Ein junger Kerl, der vor Hunkeler im Sessel lag, wandte sich um. »Halt die Klappe, Gruftie«, sagte er. »Hock dich vor den Fernseher, wenn du die Wahrheit nicht erträgst.«

Das fuhr Hunkeler böse ein. Er war es nicht gewohnt, von einem jungen Flegel zusammengestaucht zu werden. Zudem war es ja nicht so, dass er die Wahrheit nicht ertrug. Nur, dass er über die Wahrheit lachen musste. Was ihm als philosophische Leistung erschien. Er wollte dem jungen Kerl, der bereits wieder in seinem Sessel versunken war, etwas erwidern. Dann ließ er es bleiben, schüttelte zweimal den Kopf und konzentrierte sich wieder auf die Bühne.

Er begriff: Was er sah, diese Geschichte, diese Sätze hatte Sophokles vor fast zweieinhalbtausend Jahren für die Menschen Athens geschrieben. Und heute, an diesem Tag Ende April, spielten einige Männer und Frauen genau dieselbe Geschichte in genau denselben Sätzen, die Hölderlin vor zweihundert Jahren ins Deutsche übertragen hatte, den Menschen von Basel vor. Und noch immer traf diese Geschichte genau in den verzweifelten Menschenverstand.

Das Stück wurde ohne Pause durchgespielt. Das Publikum hatte sich längst zu einer kompakten Gruppe zusammengefunden. Und Hunkeler merkte wieder einmal: Der Resonanzraum des Schauspielers war nicht sein Bauch, sondern der Zuschauerraum.

Gegen Schluss, als der Bote auftrat und meldete, dass Jokaste sich erhängt und Ödipus sich die Augen ausgestochen habe, geschah etwas, was alle überraschte. Der Darsteller des Boten war ein kleiner, alter Mann, der sehr langsam sprach. Offenbar hatte er Mühe mit seinen Sätzen. Doch dann war plötzlich eine zweite Stimme zu hören, die in den Botenbericht einfiel. Sie kam von hinten im Zuschauerraum. Der Schauspieler auf der Bühne erschrak und unterbrach sich. Er hörte der Stimme von hinten aus dem Halbdunkel zu. Dann schien er sich zu fassen, er freute sich sichtlich und sprach laut mit:

»Die goldnen Nadeln riss er vom Gewand,
Mit denen sie geschmückt war, tat es auf,
Und stach ins Helle seiner Augen sich und sprach,
So ungefähr, es sei, damit er sie nicht säh
Und was er leid und was er schlimm getan,
Damit in Finsternis er anderer in Zukunft,
Die er nicht sehen dürft, ansichtig werden mög
Und denen er bekannt sei, unbekannt.
Und so frohlockend stieß er öfters, einmal nicht,
Die Wimpern haltend, und die blutigen
Augäpfel färbten ihm den Bart, und Tropfen nicht,
Als wie von Mord vergossen, rieselten, sondern schwarz
Vergossen ward das Blut, ein Hagelregen.
Aus einem Paare kam's, kein einzeln Übel,
Ein Übel zusammen erzeugt von Mann und Weib.
Ihr alter Reichtum, wahrhaft war's vor diesem
Ein Reichtum. Aber jetzt, an diesem Tage,
Geseufz und Irr und Tod und Schmach, so viel
Von allen Übeln Namen sind, es fehlet keins.«

Als die Stimme aus dem Hintergrund eingesetzt hatte,
war Wachtmeister Kaelin, der rechts vorn am Rand saß, auf-
gesprungen, um sie zum Verstummen zu bringen. Er hatte
kurz zu Hunkeler hinübergeschaut. Der hatte abgewinkt,
und Kaelin hatte sich wieder gesetzt.

Es war Walter Rutziska, der hinten in der letzten Reihe
seine tragende Stimme erhoben hatte. Hunkeler hatte ihn im
Halbdunkel erkannt. Alle hatten die Köpfe gedreht, alle schauten jetzt zu, wie Rutziska zum Ausgang schritt und hinaus-
ging. Kein Zweifel, Rutziska war Ödipus. Kein Zweifel auch,
dieser Auftritt, dieser Abgang war der Höhepunkt des Abends.

Die Frauen des Chors hatten sich als Erste wieder gefasst. Sie setzten ein:

>»O schröcklich zu sehen ein Schmerz für Menschen,
O schröcklichster von allen, so viel
Ich getroffen schon.«

Dann war bald Schluss. Der Beifall der wenigen Zuschauer war zwar dünn, aber inbrünstig. Bravorufe, Fußgetrampel, Pfiffe. Ein großer Theaterabend, ohne Zweifel. Der junge Mann vor Hunkeler juchzte, so laut er konnte. Zwischendurch drehte er den Kopf nach hinten und zischte: »Du Arschloch, du Vollmongol!«

Nach der Vorstellung ging Hunkeler in die Kunsthalle und bestellte ein Bier. Er war immer noch ergriffen von dem, was er erlebt hatte. Ein paar Fragen hätte er gehabt. War der Auftritt Rutziskas inszeniert, oder war er eine Überraschung? Zweitens: Was sollten die Monatsbinden? Drittens: Warum hatte die Premiere eine solche Wut ausgelöst? Viertens: Warum hatte ihn der junge Kerl als Vollmongol bezeichnet? War erkennendes Lachen im Theater verboten?

Er sah Hulsch hereinkommen, der sich suchend umschaute. Hunkeler erhob sich.

»Darf ich Sie zu einem Bier einladen?«, fragte er.

»Warum?«

»Weil ich soeben im Theater gewesen bin und ein paar Fragen hätte.«

»Dann fragen Sie.«

Hulsch war voller Misstrauen.

»War der zweite Bote im Zuschauerraum inszeniert?«

»Nein, überhaupt nicht. Eine verkrachte Existenz, die

meine Inszenierung kaputtmachen will. Das lasse ich mir nicht gefallen.«

»Aber das war doch hervorragend«, sagte Hunkeler.

»Ich beharre auf der Freiheit der Kunst«, schrie Hulsch, so laut, dass es ruhig wurde in der Wirtschaft.

»Ich bin hingerissen«, sagte Hunkeler. »Nur die Monatsbinden verstehe ich nicht ganz. Sind die wirklich nötig?«

»Das ist eine Banausenstadt«, brüllte Hulsch, »das letzte Scheißkaff Europas. Hier«, er sperrte den Mund auf, wo links unten zwei Zähne fehlten, »das ist der Dank dafür, dass man sich in dieser Stadt den Arsch aufreißt. Das ist faschistoid, dieses Saupack. Aber ich werde nicht weichen. Ich werde meine Arbeit weiterschreiben, mit all meiner Entschlossenheit und Kraft.«

»Das finde ich richtig«, sagte Hunkeler und schaute den Regisseur aufmunternd an. »Bloß die Monatsbinden, über die möchte ich mit Ihnen reden.«

»Die Kunst ist frei«, schrie Hulsch, »das steht in der Bundesverfassung. Der Künstler ist frei. Wir verteidigen diese Freiheit bis aufs Blut.«

»Hören Sie doch bitte einmal auf, von Blut zu reden. Übrigens ist das Theater nicht ganz frei. Es braucht das Publikum.«

»Scheißpublikum, Scheißkretins. Hier.«

Er holte aus und versetzte Hunkeler eine unbeholfene Ohrfeige.

»Hier, nehmen Sie. Das ist meine Antwort.«

Er blickte Hunkeler triumphierend in die Augen. Der war von der Ohrfeige völlig überrascht. Aber er lächelte freundlich.

»So schlimm ist es nun auch wieder nicht«, sagte er. »Hören Sie bitte auf, dreinzuschlagen. Das gibt nur Ärger.«

»Der Monatszyklus der Frau ist der Grundzyklus der Menschheit, Sie Banause. Deshalb die Bühne als Uterus. Der weibliche Zyklus richtet sich nach dem Zyklus des Mondes. Der Mond ist die Fremdlingin unter den Menschen, wie Hölderlin sagt. Weiblich, verstehen Sie? Der Mond hat 13 Zyklen, genau wie die Frau. Nicht 12, wie das Patriarchat behauptet. Sondern 13. Deshalb hat das Patriarchat die Zahl 13 verteufelt und zur Unglückszahl erklärt. Aber da mache ich nicht mit. Die Männer sind das Unglück der Welt. Ich gebe den Müttern ihr altes Recht zurück. Dieses Recht ist in ihrem Menstruationsblut begründet. Deshalb die Monatsbinden mit dem Blut. Und jetzt lecken Sie mich bitte am Arsch.«

Er drehte sich weg und schritt sehr aufrechten Ganges hinaus. Die Gäste schauten ihm verdutzt nach. Einige tippten sich an die Stirn.

Hunkeler ging zum Stammtisch neben der Theke und setzte sich zu Peter Wyss.

»Gut, hast du nicht zurückgeschlagen«, sagte der. »Das ist ein Verrückter.«

»Ich habe ihn bloß nach dem Sinn der Monatsbinden gefragt. Warum die Frauen alles blutig schlagen müssen.«

»Und? Hat er es dir erklärt?«

»Er hat behauptet, der Mond und die Frauen hätten pro Jahr 13 Zyklen. Stimmt das?«

»Woher soll ich das wissen?«

»Er will den Müttern ihr altes Recht zurückgeben. Deshalb hat er aus dem Chor der Ältesten Frauenstimmen gemacht. Und diese Frauen haben mit ihren Binden alles blutig geschlagen. Das war so komisch, dass ich laut hinausgelacht habe.«

»Ich dachte, es sei eine Tragödie?«

»Ja klar. Aber auch die Tragik hat ihre Komik. Übrigens ist die Aufführung hervorragend. Weißt du, was ein Vollmongol ist?«

»Du fragst Sachen«, sagte Peter Wyss. »Woher soll ich das wissen? Aber etwas muss dran sein an dem Stück. Seit ich hier wirte, habe ich das Premierenpublikum noch nie so aufgekratzt aggressiv erlebt. Die alte Sarasin hat Hulsch richtig eine verpasst. Wie in den wilden Achtundsechzigern. Das Theater als öffentlicher Mittelpunkt der Stadt. Das ist doch gut.«

»Natürlich ist das gut.«

»Der dicke Hauser sitzt übrigens dort drüben.« Wyss deutete in den weiß gedeckten Saal hinüber. »Der hat euch interessiert zugeschaut. Der lässt sich das nicht entgehen. Wir werden darüber lesen. Starregisseur verprügelt alten Kommissär, wie klingt das?«

»Beschissen.«

»Blessing von der *BaZ* war auch da. Der ist nach der Ohrfeige gleich abgehauen. Der drückt noch etwas ins Blatt von morgen.«

»Soll er doch.«

Er wusste, es war ein Fehler gewesen, Hulsch in aller Öffentlichkeit zu fragen.

»Wo steckt eigentlich Bernhard Vetter?«

»Keine Ahnung«, sagte Hunkeler.

»Wirklich nicht?«

»Wenn er irgendwo auftaucht, so wird das nicht geheim zu halten sein. Auch von der Polizei nicht.«

»Ein havariertes Wohnboot am Wehr bei Märkt«, sagte Wyss. »Ein verschwundener Theaterdirektor. Nackte Schauspielerinnen, die mit blutigen Monatsbinden um sich schlagen. Die alte Sarasin, die dreinhaut mit ihrem Granatring. Bis vor kurzem hat das Basler Theater seelenruhig vor sich hin gedämmert. Jetzt ist plötzlich der Teufel los. Herrlich.«

Kurz vor Mitternacht betrat Hunkeler die Rio Bar am Barfüßerplatz. Nur noch ein schnelles Bier, so wie früher nach dem Abbau der Komödienbühne. Nur noch ein paar Worte mit der Bardame Elsi.

Er war schon lange nicht mehr hier gewesen. Weil er sich fehl am Platz vorkam inmitten des jungen Gemüses. Damals hatte hier ein gemischtes Publikum gesessen. Junges, freches Pack, zu dem er selbst gehört hatte, an einem Tisch mit alten Schauspielern, mit dem Kurator der Kunsthalle, mit einem schnell schreibenden Lokaljournalisten, der seinen Text abgeliefert hatte und sich zum Schlummerbier einfand. Ein brodelnder Haufen voller Lebenslust und neugieriger Sehnsucht.

Jetzt herrschte eine Monokultur. Niemand war über 25. Die schienen alle denselben Gedanken nachzuhängen. Aber so war das im heutigen Basel. Die Gesellschaft war unterteilt in verschiedene Gruppen. Jede Gruppe blieb für sich und schottete sich ab.

An der Bar saß Peter Jenzer, im Gespräch mit Elsi. Hunkeler ging hin und bestellte ein Bier.

»Was machst du für Sachen?«, fragte Jenzer. »Ich hab gehört, Hulsch habe dir eine gebacken.«

»Das war bloß ein Versuch. Es war eher ein Streicheln.«

»Dass der sich zu einer Tätlichkeit hinreißen lässt, unglaublich. Der tut sonst keiner Fliege etwas zuleide. Physisch, meine ich. Verbal schon. Der kann ganz schön herumschreien.«

»Vielleicht war es der Schmerz im Kiefer«, sagte Hunkeler, »der ihn die Fassung verlieren ließ. Vergessen wir es.«

»Wie war die Aufführung?«

»Hervorragend. Rutziska hat einen großen Auftritt gehabt.«

»Ich weiß. Hulsch hat in der Kantine herumgetobt. Er will scheint's klagen, wegen Beeinträchtigung der künstlerischen Freiheit.«

»So ein Schwachsinn. Was ich überhaupt nicht leiden kann, ist diese zelotische Humorlosigkeit.«

»Die sind alle so im heutigen Theater. Sie sind der Meinung, es gehe um die Errettung vor Kapitalismus und Faschismus.«

»Wo spielt Rutziska heutzutage?«

»Er spielt fast nichts mehr. Weil er sich von den Regisseuren nichts vorschreiben lässt. Zudem säuft er zu viel. Das verstehen sie als Klassenverrat.«

»Dann nehmen wir noch einen«, sagte Hunkeler.

Er bestellte zwei Bier.

»Soviel ich weiß«, sagte Jenzer, »ist Rutziska ziemlich abgebrannt. Er hat unbedingt den Ödipus spielen wollen. Er hat behauptet, es sei die Rolle seines Lebens. Er hat mich gelöchert an der Pforte, er hat mir den ganzen Text in die Ohren geschrien. Er wollte unbedingt zu Bernhard Vetter vorgelassen werden. Einmal hat er es geschafft. Zwei Stunden lang. Offenbar hat es ein wildes Geschrei gegeben. Jedenfalls ist Vetter anschließend fix und fertig in der Kantine erschienen. Das hat mir die Dramaturgin Ruth Merlan erzählt. Vetter sei den Tränen nahe gewesen. Er hat gesagt, er wisse, das Rutziska die ideale Besetzung wäre, aber er könne keinen Alkoholiker mit einer solch tragenden Rolle betrauen. Er hat ihm Hausverbot erteilt.«

»Aber heute Abend war er doch drin.«

»Ich habe auch meinen Stolz«, sagte Jenzer. »Wie könnte ich einem großen Schauspieler den Zutritt verwehren. Übrigens habe ich gleich gesehen, dass er nüchtern war. Eine traurige Geschichte. Vetter hat seinen Erfolg in München vor allem Rutziska zu verdanken. Der hat dort die Hauptrollen gespielt. Die beiden waren ein Herz und eine Seele. Rutziska war übrigens auch an Vetters Hölderlin-Abend im kleinen Haus und anschließend mit auf der Antigone. Sie haben sich offenbar versöhnt. Aber das wirst du ja wissen.«

Nein, das hatte Hunkeler nicht gewusst.

»Wer war sonst noch auf dem Boot?«, fragte er.

»Der übliche Fanklub halt. Zwei Ladys vom Bruderholz mit dem ehemaligen SP-Nationalrat Dr. Görgel. Ich natürlich. Der Kritiker Blessing und Stephan Hulsch. Dann eben Rutziska. Und Kurt Dreisitz.«

Schau an, dachte Hunkeler, erstaunlich. Dreisitz hatte Ende der sechziger Jahre ein Zweipersonenstück mit dem Titel *Matrosenleben* geschrieben, das der damalige Dramaturg Vetter in Basel zur Uraufführung brachte. Ein Stück aus der Arbeitswelt, das zwei Männer im Maschinenraum eines Ozeanriesen zeigte, die vom weiten Meer, auf dem sie schwammen, träumten, von wilden Hafenkneipen und schönen, kaffeebraunen Frauen. Hunkeler war an der Premiere gewesen, er hatte sie ziemlich langweilig gefunden.

»Gibt's den noch?«, fragte er.

»Ja, aber es geht ihm nicht gut. Damals war ein Arbeiterdichter eine Sensation. Vor allem für die Dramaturgen, die frisch von der Uni kamen und selber keine Ahnung von der Arbeitswelt hatten. Als Arbeiterliteratur aus der Mode kam, haben sie Dreisitz fallenlassen wie eine heiße Kartoffel. Er hat dann noch ein paar kleine, gute Stücke geschrieben, die aber kaum mehr zur Kenntnis genommen wurden. Als Vetter vor zwei Jahren das Basler Theater übernahm, ist Dreisitz bei mir aufgetaucht und hat um einen Termin gebeten. Vetter hatte keine Zeit. Es geht eben nicht mehr um Autoren, es geht um Dramaturgen.«

»Wo lebt Dreisitz jetzt?«

»Soviel ich weiß, im elsässischen Kembs. Er hat dort scheint's eine alte Hütte. Er ist viel mit Rutziska zusammen. Hat der in *Matrosenleben* nicht den jungen Mann gespielt?«

Hunkeler versuchte, sich zu erinnern.

»Kann schon sein.«

Aus der Musicbox war das Altsax Charlie Parkers zu hören.

»Das ist Charlie«, sagte Hunkeler.

»Ja, zusammen mit Dizzie. Die überleben alles, sogar uns.«

»Feierabend«, verkündete Elsi, »darf ich die Herren bitten?«

»Immerhin hat ihn Vetter aufs Boot mitgenommen«, sagte Hunkeler, »immerhin das.«

»Man wird milde im Alter, nicht wahr? Übrigens habe ich das alles schon einem Herrn Madörin erzählt.«

»Klar, er hat die Leitung. Wo treibt sich Rutziska herum?«

»Meistens im Rheinhafen. Es gibt dort eine Künstlerkneipe. Sie heißt Zum Kiel und wird von Arthur Erni geführt, einem verkrachten Werbetexter. Da sind auch Ateliers, in einer alten Lagerhalle.«

Sie leerten ihre Gläser.

»Und Vetter?«, fragte Hunkeler. »Was denkst du? Ist er wirklich abgehauen?«

»Nie im Leben«, sagte Jenzer. »Der hält es keine drei Tage ohne Theater aus.«

Draußen stieg Hunkeler die steile Gasse zur Leonhardskirche hinauf. Er schaute über die alten Dächer. Der Himmel war bedeckt, es war kalt geworden. Die Ziegel glänzten im schwachen Licht. Ein Schimmer lag über der Stadt.

Er liebte diesen Platz. Als er seinerzeit aus dem Aargau hergekommen war, um zu studieren, war er jeden Morgen hier vorbeispaziert, vom Bahnhof zur Uni. Meist hatte er kurz innegehalten, um über die Dächer zu schauen. Zum Chor der Barfüßerkirche, zu den beiden Türmen des Münsters. Dieser Anblick hatte ihn in der Meinung bestärkt, dass er am richtigen Ort war.

Basel gefiel ihm noch immer. Eine alte Reichsstadt am Rande der Schweiz, urban, traditionell und erstaunlich tolerant. Er wusste nicht, wo er sonst hätte leben wollen in der Schweiz. Sicher nicht in einer Stadt, die von lauter Schweiz umgeben war. Von hier, wo er stand, hätte er am Tag ohne weiteres in den Schwarzwald hinüber gesehen. Von hier aus wäre er zu Fuß in einer knappen halben Stunde an der Elsässer Grenze gewesen, wenn er gewollt hätte. Er wollte nicht, er wollte in seiner Wohnung an der Mittleren Straße übernachten.

Er ging weiter über den Heuberg, an den mittelalterlichen Häusern vorbei, die sich wie gewachsen aneinanderdrängten. Es war eine tanzende Gasse, ein langsamer Tango. Er klappte den Jackenkragen hoch, die Nacht war kalt.

Vorn bog er nach rechts Richtung Petersplatz ab. Gegenüber war das Kollegiengebäude der Universität, wo er studiert hatte. Erst hatte er belegt, was ihn interessierte. Philosophie, Literaturgeschichte, mittelalterliche Geschichte. Er hatte eine Vorlesung über Sanskrit besucht und sorgfältig die wunderschönen Schriftzeichen der alten Veden nachgezeichnet. Er hatte bei Wolfram von den Steinen, der aussah wie ein siebzigjähriger Jesus, über die frühe Marienlyrik gehört. Er hatte eine Seminararbeit über den jungen Hölderlin geschrieben, der in ein ideales Griechenland zu entfliehen versuchte.

Es war eine gute Zeit gewesen damals, er hatte gute Freunde und Freundinnen gehabt. Er hatte Augen und Ohren aufgesperrt und viel gelernt. Nur war da stets eine Schwierigkeit, die er nie überwinden konnte. Er verstand die Sprache der Professoren nicht, sie war ihm zu wenig konkret. Es kam ihm vor, als schwebten die alle einen Meter über dem Boden, als fürchteten sie sich vor dem Bodenkontakt. Er selbst wäre gerne von sich ausgegangen, von seiner Welt, seinen eigenen Problemen. Aber das schien die alten Herren keineswegs zu interessieren. Sie wohnten in ihrer eigenen Welt, die sie nicht zu verlassen gedachten.

Deshalb wohl war er Abend für Abend in der Rio Bar.

Dort traf er Gleichgesinnte, die dieselbe Sprache redeten. Erst als er zur Jurisprudenz wechselte, fand er an der Uni mehr Bodenhaftung. Hier war der Lehrstoff klar und eindeutig.

Er ging über den Petersplatz und setzte sich auf eine Bank unter den Ulmen. Ein Hain war das, ein ruhiger, heiliger Hain wie in Arkadien.

Er stellte sich Hölderlin vor, wie er im Tübinger Turmzimmer über dem Neckar saß und vor sich hin brütete, Attika im Kopf und warme Pantoffeln an den Füßen. Eine Nachtigall, der die Flügel gestutzt waren.

Er sah eine Schneeflocke vor sich niederschweben, dann eine zweite, dann mehrere. Er blieb ruhig sitzen, er spürte die Flocken auf Gesicht und Händen. Es schneite lautlos, das Flockengestöber füllte den Raum zwischen den Baumstämmen, so dass er kaum mehr zu den Laternen hinübersah, deren Schein sich in einem schwachen Grau auflöste.

Am anderen Morgen, einem Montag, erwachte er mit Kopf- und Halsweh. Er wäre am liebsten im Bett geblieben, er fühlte sich krank. Dieses idiotische Herumhocken im Schneefall, dachte er, dieses pubertäre Philosophieren. Er hatte eine Wut in sich, auf sich selbst, auf die Welt.

Sein Handy klingelte, das auf dem Nachttisch lag. Richtig, er war immer noch Kommissär. Die Arbeit wartete.

Er hörte Lüdis Kichern.

»Wie geht's, alter Mann? Ausgeschlafen?«

»Es geht so«, sagte Hunkeler. »Ich habe eine Kröte im Hals. Ich habe mich erkältet.«

»Dann lies mal die Zeitung. Dann wirst du schnell munter.«

Richtig, die blödsinnige Ohrfeige des Herrn Hulsch.

»Was steht drin?«

»Lies selber. Und komm um vier zum Rapport.«

Hunkeler trat auf den Balkon hinaus und schaute in den Hinterhof. Es fiel immer noch Schnee. Er lag auf den Ästen des Ahorns und auf den Dächern gegenüber. Dort hockten drei Krähen und rührten sich nicht.

Sich nicht mehr bewegen, dachte er, bis zum erlösenden Sterben. Im Turmzimmer sitzen und dem Wasser zusehen, wie es vorbeitreibt. Und irgendeiner Vorstellung von einer idealen Welt nachhängen.

Er ging in die Küche und setzte Teewasser auf. Dann trat er ins Badezimmer und stellte sich vor den Spiegel. Er seifte sich das Kinn ein und schabte die grauen Bartstoppeln weg. Die wuchsen unentwegt, jeden Tag, jede Nacht, ob er wollte oder nicht. Warum hörte das nicht endlich auf? Er stellte sich unter die Dusche und ließ warmes Wasser über seinen Körper rieseln.

Er trank fünf Tassen Schwarztee, aß ein Joghurt. Sein Hals schmerzte immer noch, er konnte nicht gut schlucken. Wütend schob er zwei Schmerztabletten in den Mund.

Er stieg hinunter auf die Straße und ging die paar Schritte zum Sommereck. Edi saß am Stammtisch, vor sich ein Glas Orangensaft. Daneben lagen Zeitungen.

»Bitte Kaffee mit Milch«, sagte Hunkeler, »und bitte kein Geschwätz irgendwelcher Art.«

Edi schaute ihn besorgt an. Wortlos erhob er sich und ging hinter die Theke. Hunkeler griff zur *Basler Zeitung*, dann zum Zürcher Boulevardblatt. In beiden stand ungefähr das Gleiche, in der *BaZ* sogar auf der Titelseite. Ein hausfremder Schauspieler hatte in die Basler Aufführung des *König Ödipus* eingegriffen und diese gestört. Frage: War die Freiheit der Kunst in Basel nicht mehr gewährleistet? Zweitens hatte sich ein alter, sonst verdienter Kriminalkommissär in aller Öffentlichkeit mit dem Regisseur des *Ödipus* angelegt, so dass es nicht nur zu einem verbalen, sondern sogar zu einem brachialen Schlagabtausch gekommen war. Frage: Wollte die Basler Polizei die freie Theaterarbeit behindern?

Hunkeler holte eine Zigarette hervor und zündete sie an. Er nahm einen Zug, hustete und drückte sie wieder aus.

»So ein Schwachsinn«, sagte er, »so eine Frechheit.«

»Gut, dass du zugeschlagen hast«, sagte Edi. »Man müsste die Saubande endlich aus ihrem Bunker hinausprügeln.«

Hunkeler schaute ihn entgeistert an.

»Sag mal, spinnst du? Erstens war die Aufführung gut. Und zweitens habe ich nicht geschlagen, sondern er.«

»Warum steht es denn in der Zeitung? Immerhin scheinen ihm zwei Zähne zu fehlen. Und das geschieht ihm recht.«

»Nein«, schrie Hunkeler, »das geschieht ihm nicht recht. Das kommt überhaupt nicht in Frage!«

»Hör bitte auf zu schreien. Ich ertrage das nicht auf nüchternen Magen. Außerdem bist du heiser. Hast du dich erkältet?«

»Ja. Und ich bin stinksauer.«

»Dann sollten wir etwas essen«, sagte Edi, »dann geht's uns besser. Ich habe ein Dutzend tiefgefrorene Croissants im Eiskasten, die schiebe ich in den Ofen. Es wird duften wie im Paradies.«

Hunkeler kochte vor Wut. Er rührte sich nicht, sagte kein Wort.

»Ich soll nicht mehr allein essen. Nur noch in Gesellschaft, hat der Arzt gemeint. Damit ich nicht so hemmungslos in mich hineinschlinge. Mit dir esse ich am liebsten. Willst du?«

»Nein!«, brüllte Hunkeler. Er ließ die halbvolle Tasse stehen und ging hinaus.

Er marschierte den St. Johanns-Ring hinunter Richtung Rhein. Es hatte aufgehört zu schneien. Auf der Fahrbahn lag Schneematsch, das Trottoir war noch schneebedeckt. Ein Gehen wie im Winterwald, ein weiches Knirschen unter den Schuhen.

Warum hatte er sich wieder eingemischt gestern Abend? Es war stets dasselbe, er brachte es mit bestem Willen nicht fertig, sich zu ändern. Er war und blieb einer, der das Gespräch suchte und Anteil nahm. Auch wenn das überhaupt nicht mehr zeitgemäß war. Sollte Herr Hulsch doch mit so viel Blut herumspritzen, wie er wollte. Es war ohnehin allen egal. Nicht teilnehmen, nicht hinsehen, sich abschotten und für sich selbst schauen, das war zeitgemäß. Das Geld des Staates musste ja irgendwie verlocht werden, warum nicht im Theater.

Er kam an einem roten Kleinwagen vorbei. Am Steuer saß eine junge Frau, die versuchte wegzufahren. Vergeblich, die Sommerreifen drehten durch. Die Frau schaute hilfesuchend aus dem Seitenfenster. Leck mich, dachte Hunkeler und ging weiter.

Er öffnete die Tür zum Rheinbad St. Johann, er war Mitglied und hatte einen Schlüssel. Er setzte sich an einen überdachten Tisch. Der Rhein schien zu dampfen in der Kälte. Ein vollbeladener Tanker schob sich flussaufwärts, sehr langsam, der Fluss führte Hochwasser. Er sah ein Licht brennen in der Kapitänswohnung hinten, gemütlich und warm. Auf einem Schiff wohnen, dachte er, auf dem Wasser fahren, über alle Grenzen hinweg, ohne festen Boden unter den Füßen. Und nirgendwo behaust.

Er holte sein Handy aus der Tasche, rief die *BaZ* an und verlangte Friedrich Blessing. Er wurde sogleich verbunden, was ihn erstaunte.

»Wenn Sie sich beschweren wollen«, sagte Blessing, »so muss ich Ihnen gleich sagen, dass ich keine Zeit habe.«

»Was heißt beschweren? Ich will mit Ihnen reden. Finden Sie das außergewöhnlich?«

»Dann müssen Sie mich vorladen. Sonst komme ich nicht.«

Wieder spürte Hunkeler eine Wut in sich aufsteigen, die kalte Wut, die aus der Beleidigung wuchs. Aber er riss sich zusammen.

»Ich möchte Sie zum Essen einladen. Oder darf ich das nicht?«

Pause. Blessing war überrascht.

»Ich schlage vor«, sagte Hunkeler, »wir unterhalten uns wie zwei erwachsene Menschen.«

Ein gequältes Lachen. Dann nichts.

»Ich schlage vor, bei Bratwurst und Rösti in der Aeschenstube. Das ist gleich gegenüber von der Redaktion.«

»Wann?«

»Um halb eins, wenn's Ihnen recht ist.«

Er verließ das Badehaus und spazierte auf dem Treidelweg flussaufwärts. Vor der Klingentalfähre sah er einen Angler stehen, einen alten Mann in Ölzeug wie ein Trapper in Kanada. Er hielt eine lange, schwere Rute in den Händen.

Es war Fridolin Ruf, ehemaliger Schweizer Konsul in San Francisco, der sich aufs Alter hin in seine Heimatstadt zurückgezogen hatte. Sie kannten sich aus der Studentenzeit, aus den philosophischen Vorlesungen. Ruf war äußerst eloquent gewesen. Er hatte leicht und spielerisch jeden professoralen Jargon beherrscht und bei Bedarf nachahmen können. Jetzt interessierte er sich für nichts mehr außer für Fische, er stand jeden Tag am Rheinufer.

»Beißen sie?«, fragte Hunkeler. »Trotz Hochwasser und Kälte? Hast du ein Blei gesetzt?«

»Ich setze immer Blei«, sagte Ruf, »ich gehe auf Aale. Mit einem dicken, fetten Wurm.«

Er deutete auf die Schnur, die sich im trüben Wasser verlor.

»Wie sollen sie deinen Wurm finden? Die sehen doch nichts in dieser Brühe.«

Ruf schüttelte leicht den Kopf. Er hielt den linken Zeigefinger an der Schnur.

»Eben war einer dran. Aber dann hat er sich davongemacht.«

Er holte die Schnur ein, zog einen Wurm über den leeren Haken und warf aus. Sie schauten zu, wie der Köder flussabwärts trieb, bis er feststeckte.

»Aale riechen so gut wie Hunde«, sagte Ruf. »Sie müssen nichts sehen. Sie riechen die Beute über Dutzende von Metern. Es sind Aasfresser. Da draußen wimmelt es von Aalen. Sie schlängeln sich am Boden und warten auf das, was kommt. Man muss Geduld haben mit ihnen. Und ich habe Geduld.«

»Vor knapp dreißig Jahren«, sagte Hunkeler, »floss der Rhein hier rot. Das war nach der Chemiekatastrophe in

Schweizerhalle. Damals wollten die Aale an Land kriechen. Es gelang ihnen nicht, wegen der Mauer. Ich habe gesehen, wie sie vorbeitrieben.«

»Sie sind längst zurück. Ein Aal lässt sich nicht aufhalten. Er schwimmt als kleiner Wicht vom Sargasso-Meer im Atlantik mehrere tausend Kilometer zur Rheinmündung und flussaufwärts bis zu uns. Wenn notwendig, kriecht er über Land. Er überwindet sogar den Rheinfall. Er kommt ein Jahr lang ohne zu fressen aus. Er verwandelt sich vom Meerfisch zum Süßwasserfisch. Wenn er nach mehreren Jahren zurückschwimmt ins Sargasso-Meer, um sich zu paaren und anschließend zu sterben, wird er wieder zum Meerfisch.«

Er schaute gespannt aufs Wasser hinaus, drehte langsam an der Kurbel, wartete und riss an. Die Rutenspitze bog sich zum Halbkreis.

»Den habe ich«, sagte er, »den hole ich an Land.«

Er ließ sich viel Zeit. Er holte ein Stück der Schnur ein, wartete eine Weile und drehte dann wieder an der Kurbel. Das Tier im Wasser wehrte sich, es wollte nicht an die Luft. Schließlich wurde es auf die Ufersteine gezogen, ein halbmeterlanger, schlangenförmiger Fisch, der sich wand und zurückzugleiten versuchte ins rettende Nass. Aber der Haken saß fest. Ruf nahm ein Tuch und umfasste das Tier unterhalb des Kopfes.

»Ein Männchen«, erklärte er. »Die Weibchen werden größer, die werden über einen Meter lang.«

Er zeigte auf zwei rötliche Flossen.

»Das hier sind die Brustflossen. Bauchflossen hat er keine. Die Schuppen sieht man nicht, die sind in der Haut versteckt. Der Unterkiefer steht vor, wie du siehst. Die Zähne sind feilenartig.«

Das Tier wand sich, ringelte sich. Über seinen Rücken zog sich eine lange Flosse, durch die wellenartig ein Zittern ging.

»Du willst ihn aber nicht totschlagen?«, sagte Hunkeler. »Vor meinen Augen?«

»Tu nicht so empfindsam. Das ist ein gefräßiges Raubtier. Das frisst alles, was ihm vor die Zähne kommt.«

Er löste den Haken und warf den Aal zurück ins Wasser.

»Wie könnte ich ein so weitgereistes Tier umbringen?«, sagte er und wischte sich die Hände am Tuch ab. »Der Aal ist das geheimnisvollste Tier in unserer Gegend.«

»Dann gute Reise ins Sargasso-Meer«, meinte Hunkeler.

Ruf stand ruhig, wie ein Standbild, den Blick aufs Wasser gerichtet.

»Ich reise nicht mehr«, sagte er, »ich bin zu alt dazu. Aber ich grüße die Reisenden.«

Um halb eins betrat Hunkeler die Wirtschaft Aeschenstube und setzte sich an den Tisch gleich rechts vom Eingang. Das Lokal war gut besetzt. Geschäftsleute vor allem aus den umliegenden Banken, die gerne wieder einmal etwas Währschaftes zwischen die Zähne kriegten, Kutteln, Kalbskopf und Bratwurst. Ein angenehmer Ort, fand Hunkeler. Keiner nahm Notiz von den andern, jeder war froh, sich während einer Stunde vor einem warmen Teller ausruhen zu können.

Blessing kam Punkt eins. Er schaute über seine Brille hinweg in den Raum, suchte die einzelnen Tische ab und wollte wieder gehen.

Hunkeler erhob sich.

»Hier bin ich«, sagte er, »wenn's Ihnen recht ist.«

Sie setzten sich, die Hand gaben sie sich nicht. Blessing war ein kleiner, unscheinbarer Mann von vielleicht vierzig Jahren, mit scheuem, genauem Blick.

»Etwas will ich gleich zu Beginn klarstellen«, sagte er. »Ich entschuldige mich nicht. Und ich esse keine Bratwurst.«

»Was dann?«

»Ich nehme über Mittag nur leichte Kost zu mir. Vielleicht einen Salatteller.«

Hunkeler bestellte einen Salatteller und für sich Bratwurst mit Rösti.

»Ich habe bloß ein Joghurt gegessen heute Morgen«, sagte er, »ich brauche etwas Rechtes in den Magen.«

»Herr Wyss von der Kunsthalle hat mich kurz vor Mittag angerufen«, begann Blessing. »Er hat gesagt, er habe die Szene gestern Abend genau gesehen. Das mit dem brachialen Schlagabtausch sei nicht wahr. Es habe sich bloß um eine einzelne Ohrfeige von Herrn Hulsch gehandelt.«

Hunkeler nickte.

»Aber man muss sich auch fragen«, fuhr Blessing fort, »was Herrn Hulsch zu dieser Unkorrektheit gebracht hat. Er ist ein Mann, der jede Gewalt, in welcher Form auch immer, konsequent ablehnt. Sie müssen ihn überaus gereizt haben. Und das ist auch eine Form von Gewalt. Zudem ist er vor einer Woche von einer Frau Sarasin tätlich angegriffen worden, so dass er sich einer Kieferoperation unterziehen muss. Deshalb werde ich nicht widerrufen, auf keinen Fall. Auch dann nicht, wenn Sie gegen mich klagen.«

Das kam so bestimmt, dass Hunkeler staunte. Der Mann war überzeugt, gegen alles Schlechte dieser Welt zu kämpfen.

»Warum wohnen Sie eigentlich in Freiburg im Breisgau?«, fragte Hunkeler.

»Was soll die Frage? Das ist privat.«

»Ich fände es normal, wenn Sie in der Stadt, über die Sie schreiben, auch leben würden. Damit Sie diese Stadt kennenlernen. Sie können ja nicht gut über etwas schreiben, das Sie nicht kennen.«

»Ich schreibe über das deutschsprachige Theater, das in München, Berlin und auch in Basel stattfindet. Das kann ich durchaus von Freiburg aus machen. Zudem leben meine beiden Kinder in Freiburg.«

»Die Frau Sarasin ist keine Faschistin, die Brecht verbrennen will«, sagte Hunkeler. »Sie ist eine alte, reservierte Dame. Aus einer der reichen Basler Familien, die sich in der Öffentlichkeit üblicherweise vornehm zurückhalten.«

»Es scheint mir, sie hat sich nicht sonderlich zurückgehalten.«

»Das ist doch großartig. Darüber wollte ich mich mit Herrn Hulsch unterhalten. Statt einer Antwort bekomme ich eine Ohrfeige, als ob er mich zum Duell auffordern wollte. Das ist doch absurd. Schmeckt es Ihnen nicht?«

Blessing hatte sich bloß ein bisschen Karottensalat in den Mund geschoben. Er legte die Gabel weg.

»Was soll daran großartig sein, dass eine Dame aus dem Geldadel einen Regisseur zusammenschlägt?«

»Ich hätte ihr nie und nimmer zugetraut, dass sie so viel Pfeffer im Arsch hat. Dass sie Aggressivität entwickelt und handgreiflich wird. Wenn Herr Hulsch gescheit wäre, würde er seine beiden Zahnlücken als durchschlagenden Erfolg seiner Theaterarbeit verstehen. Und wenn Sie Basel ein bisschen kennen würden, würden Sie anders schreiben darüber. Die Freiheit der Kunst ist in dieser Stadt nicht gefährdet. Und die Basler Polizei will die freie Theaterarbeit nicht behindern. Dass es wütenden Protest gibt gegen die Monatsbinden, ist doch von Herrn Hulsch beabsichtigt. Also ist dieser Protest als Erfolg zu werten, auch wenn es Herrn Hulsch zwei Zähne gekostet hat. Warum jammert er denn? Er hat Basels Bildungsbürger herausgefordert. Er hat Antwort erhalten. Seine Botschaft ist also angekommen. So etwas ist schon lange nicht mehr geschehen in Basel.«

»Ich verwahre mich in aller Form gegen die Behauptung, der Skandal sei beabsichtigt gewesen. Stephan Hulsch hat den *Ödipus* so inszeniert, wie er ihn verstand. Auch als Geschichte, die vor dem Hintergrund des Machtwechsels vom Matriarchat zum Patriarchat spielt. Er hat das Stück genau befragt. Und er hat Antworten gefunden, die ich durchaus überzeugend finde. Zum Beispiel die, dass er den Frauen, den Müttern, ihren Schoß zurückgibt, indem er für die Monatsblutung eine theatralische Form findet. Jokastes Schoß ist der Dreh- und Angelpunkt des Stücks. In diesem Schoß zeugt Lajos seinen Sohn Ödipus. In diesem Schoß zeugt Ödipus einige Jahre später seine eigenen Kinder, unter anderen die Tochter Antigone. Aus diesem Schoß kriecht alles Glück und alles Elend dieser Welt. Das hat Sophokles gewusst. Darüber hat er seine grandiose Trilogie geschrieben. Nächste Saison wird *Ödipus auf Kolonos* auf dem Spielplan stehen, übernächste Saison *Antigone*. Die Geburt der Tragödie aus Jokastes Schoß. Das hat Bernhard Vetter genau geplant. Diese Trilogie wird sein Vermächtnis sein. Wir werden uns von niemandem abhalten lassen, diese Arbeit zu Ende zu schreiben. Von Frau Sarasin nicht. Und auch von Ihnen nicht.«

Hunkeler brach ein Stück Brot ab und tunkte die letzte Sauce auf.

»Ich finde das ja gut«, sagte er, »aber vielleicht sollte das Theater versuchen, die Zuschauer mitzunehmen. Sophokles hat fürs Publikum geschrieben und nicht fürs Feuilleton.«

Jetzt lachte Blessing tatsächlich, kurz und trocken. Dann war wieder der genaue Blick da.

»Ich mache, was ich kann«, sagte er. »Ich begleite die Basler Theaterarbeit mit Empathie. Ich werde Hulschs Inszenierung an das Berliner Theatertreffen bringen. Dafür verbürge ich mich.«

»Das ist schön und recht. Aber vor allem sollten Sie dafür sorgen, dass sich der Basler Zuschauerraum füllt.«

»Wollen Sie mir Vorschriften machen?«

»Nein, nur einen Rat geben.«

»Das heutige Theater muss die Speerspitze sein, die in die eiternden Wunden der postkapitalistischen Gesellschaft stößt. Warum sonst sollte der Staat so viel Geld ausgeben dafür? Das heutige Theater muss das Publikum schmerzen. Das heutige Theater muss das Publikum erst mal vor den Kopf stoßen und vertreiben. Es muss vor leeren Rängen spielen, bis ein neues Publikum heranwächst, das sich den antiken Tragödien eines Sophokles gewachsen zeigt. Das ist der notwendige Gang der Geschichte, der sich nicht aufhalten lässt.«

»Frei nach Hegel und Nietzsche«, sagte Hunkeler. »Ehrlich, Sie sind mir unheimlich.«

Blessing nahm die Brille von der Nase, hauchte die Gläser an und putzte sie mit der Serviette.

»Sagen Sie mal, Sie sind doch Polizist?«

»Stimmt. Aber auch Polizisten gehören zum Publikum.«

»Was meinen Sie eigentlich, was wir hier tun? Das Unheimliche steckt im Heimeligen. Das Unheimliche steckt in der Schweiz, in Basel. Es ist höchste Zeit, hinter die Fassaden zu blicken, die sich über dem Rhein erheben. Zugegeben, die haben sich gewaschen, die sind schön. Aber was steckt dahinter? Wie wurden sie bezahlt? Nicht mit dem Menstruationsblut der hiesigen Bürgerweiber, gewiss nicht. Sondern mit dem Blut Schwarzafrikas. Deshalb will man hier kein Blut sehen, deshalb der gewalttätige Protest. Aber wir werden nicht nachgeben, um keinen Preis. Wir sind unbestechlich.«

»Ich dachte, Sie seien Kritiker und nicht Theaterschaffender? Trinken Sie einen Schnaps mit?«

Blessing schüttelte verächtlich den Kopf.

»Besaufen Sie sich allein.«

»Das war jetzt aber recht unfreundlich«, sagte Hunkeler und bestellte einen Pflümli.

»Freundlichkeit ist ein Luxus der Reichen, mit dem sie sich den Zorn der Unterdrückten vom Leibe halten. Wir leisten uns diesen Luxus nicht. Wir arbeiten, unerbittlich und zäh. Wir planen einen großen Theaterabend über die Basler Mission. Über die kriminellen Machenschaften, mit denen die Basler Bürgerschaft den schwarzen Erdteil ausgeplündert hat. Unter einem christlichen Deckmantel, versteht sich. Die Federführung habe ich.«

»Ach so, Sie schreiben ein Theaterstück über die Basler Mission? Das klingt nicht schlecht.«

Wieder schüttelte Blessing den Kopf, voller Verachtung.

»Theaterstück, was ist das?«

»*Ödipus* zum Beispiel«, sagte Hunkeler und kippte sich den Pflümli in die Kehle, »*Ödipus* ist ein Theaterstück.«

»Wir leben in der Zeit der Postdramatik. Es geht um den Prozess. Wir versuchen, die kreativen Kompetenzen und Energien aller Mitmachenden zu nutzen. Jeder Mensch ist Autor.« Er schlürfte einen Espresso, ohne Zucker, ohne nichts. »Das ist die großartige Idee von Bernhard Vetter. Vetter macht Theater für Basel, indem er die Basler Geschichte hinterfragt. Er hat dem Basler Bürgertum den Fehdehandschuh hingeworfen. Als Zweites werden wir die Basler Chemie hinterfragen. Das Elend, das sie mit neuem Saatgut und Dünger über die Kleinbauern der Dritten Welt gebracht hat und bringt.«

Er hatte sich in eine heftige Begeisterung hineingeredet, die Scheu war aus seinen Augen gewichen.

»Wo steckt Vetter überhaupt? Wissen Sie es?«

»Das Gleiche wollte ich Sie fragen«, sagte Hunkeler.

»Wofür werden Sie denn bezahlt? Es kann doch nicht so schwierig sein, einen bekannten Theatermann zu finden, mit den heutigen elektronischen Hilfsmitteln.«

»Vielleicht liegt er auf dem Grund des Rheins«, sagte Hunkeler kalten Herzens. Aber er ließ Blessing nicht aus den Augen. Der wurde für einen Augenblick totenbleich. Dann bekam sein Gesicht wieder Farbe.

»Es würde mich tatsächlich nicht wundern, wenn er ermordet worden wäre«, sagte er.

Hunkeler ging über den Aeschengraben zum Bahnhof. Ihm war heiß, vermutlich hatte er Fieber. Seltsam, dachte er, wie sich die Welt in nur vierzig Jahren verändert hatte. Damals hatte man versucht, Leute ins Theater zu locken. Heute versuchte man, die Leute aus dem Theater hinauszuekeln.

Seltsam auch die fanatische Gewissheit, mit der Blessing seine Meinung vertreten hatte. Offenbar war er sicher, die Wahrheit gepachtet zu haben. Wenn jemand daherkommt, dachte Hunkeler, und behauptet, im Besitze der Wahrheit zu sein, so gibt es nur eines. Sofort wegrennen. Als Nächstes wird er einem nämlich, wenn man ihm nicht glaubt, ein Messer in den Bauch stoßen.

Er kam am Straßburger Denkmal vorbei, das die Stadt Straßburg der Stadt Basel gestiftet hatte, um für die Aufnahme von Flüchtlingen zu danken. Gegenüber stand der alte Bahnhof in klassizistischer Grandezza. Dazwischen rollte der zeitgenössische Autoverkehr, der langsam die halbe Stadt wegfraß.

Seltsam, dass Blessing nicht auf den Gedanken kam, ein Stück über das Auto zu schreiben. Das wäre, fand Hunkeler, ein lohnender Gegner. Aber vermutlich fuhr Blessing selber Auto.

Er stieg hinunter zur Heuwaage und ging durchs Nachtigallenwäldchen den Birsig entlang. Ein Wildentenpaar schwamm auf dem Flüsschen, das Weibchen voraus, das Männchen hinterher.

Er betrat Unternährers Buchhandlung an der Bachlettenstraße. Eine helle, an Paris gemahnende Gasse mit Bäckerei, Waschsalon, Reisebüro und Fitnesszentrum, dazwischen der Buchladen.

Ein Einmannbetrieb, der eigentlich immer offen war. Denn Unternährer saß tagein, tagaus hinten in der Küche und schrieb. Wie man sich erzählte, waren es bereits über fünftausend Seiten.

Er erschien hinter der Verkaufstheke, ein bleicher Nachtvogel, den die Sonne schon länger nicht mehr geküsst hatte. Er kannte alle Bücher, die auf dem Markt waren, er hatte das schnelle Auge des Sperbers.

»Gut«, sagte er, »hast du ihm eine geklebt. Die gebärden sich wie die Urchristen, die in Zungen reden, damit sie ja keiner versteht.«

»Stimmt nicht«, sagte Hunkeler. »Nicht ich habe ihm eine geklebt, sondern er mir.«

»Ach so? Schade. Was darf es sein?«

Hunkeler kaufte drei Bücher. Eines über das Theater der alten Griechen, eines über Sophokles und eines über Hölderlin.

Punkt vier betrat er den Waaghof und stieg die Treppe hoch zum Sitzungszimmer. Alle waren da, außer de Ville, und alle schienen sie von schwerem Kummer geplagt.

»Ich weiß«, sagte Hunkeler, »ich hätte ihn nicht ansprechen sollen. Nicht in der Öffentlichkeit. Ich finde es schade, obschon es mir eigentlich nicht leidtut.«

»Warum haben Sie es denn getan?« Suter war froh, dass Hunkeler gleich zur Sache kam.

»Ich habe die Aufführung besucht, da ich ja den Auftrag habe, mich im Theater umzusehen. Ich finde sie übrigens hervorragend. Nur die Monatsbinden haben mich irritiert, das viele Blut plötzlich. Ich fand das komisch, ich habe losgewiehert.«

»Losgewiehert?«, fragte Suter mit bedenklicher Miene.

»Gelacht eben. Anschließend habe ich mich in die Kunsthalle gesetzt. Da kam Hulsch herein, und ich habe ihn nach dem Sinn der Monatsbinden gefragt.«

»Und warum haben Sie ihn geschlagen?«

»Habe ich nicht. Er hat geschlagen, nicht ich.«

Suter zeigte auf die Zeitungen, die auf dem Tisch lagen.

»Warum steht es denn da drin?«

»Das müssen Sie nicht mich fragen, sondern die Herren Blessing und Hauser.«

»Wenn du schon einen Fehler machst«, sagte Madörin, »dann könntest du es auch zugeben. Blessing ist ein glaubwürdiger Journalist. Der hat einen guten Ruf, auch in Deutschland. Sie werden alle bei ihm abschreiben.«

»Ich habe soeben mit Blessing zu Mittag gegessen.«

»Wie bitte?«

Madörin verlor beinahe die Fassung.

»Ja. Er hat mir gesagt, Peter Wyss von der Kunsthalle habe ihm telefonisch mitgeteilt, dass nur Hulsch geschlagen hat.«

»Wer hat hier eigentlich die Verfahrensleitung?«, schrie Madörin. »Ich oder du?«

»Sie wissen«, sagte Suter, »dass Sie als Kommissär gehalten sind, sich in der Öffentlichkeit jederzeit und unter allen Umständen korrekt und zurückhaltend zu benehmen. Polizisten, die auf Theaterleute einprügeln, sind das Letzte, was wir brauchen können.«

»Ich habe nicht geprügelt.«

»Aber hier steht es.«

Suter hämmerte mit der Faust auf die Zeitungen. Ein Gefühlsausbruch, der alle erschreckte. Sonst hatte sich der Staatsanwalt jederzeit unter Kontrolle.

Hunkeler kam die Galle hoch.

»Was kann ich dafür«, brüllte er, »wenn Blessing Blödsinn veröffentlicht?«

»Wer ist hier eigentlich der Chef?«, brüllte nun auch Madörin los. »Wenn du mit Blessing Mittag essen gehst, musst du es mir vorher sagen.«

»Ruhe«, sagte Lüdi scharf. »Contenance, wenn ich bitten darf.«

»Er soll aufhören mit seinen Extratouren!«, schrie Madörin.

Suter steckte einen Zeigefinger in seinen rosaroten Hemdkragen, um sich Luft zu verschaffen.

»Ich bitte uns alle«, sagte er, »die Nerven zu bewahren. Wir stecken tief in der Bredouille. Unsere vordringliche Aufgabe ist, Bernhard Vetter zu finden. Das haben wir bis jetzt nicht geschafft. Also müssen wir uns mit aller Kraft darauf konzentrieren. Diese Auseinandersetzung in der Kunsthalle, ob bloß verbaler oder tätlicher Art, ist peripher. Auch wenn sie von der Journaille in den Mittelpunkt gestellt wird. Kommen wir bitte zum Wesentlichen. Herr Haller?«

Haller, der sich während des Geschreis wohl am liebsten unter den Tisch verkochen hätte, ergriff nach einigem Zögern das Wort. Er berichtete, was er über das Wohnboot Antigone herausgefunden hatte. Er kannte Länge und Breite und die PS-Leistung des Motors. Er wusste auch, dass das Schiff bis vor zwei Jahren einem pensionierten Latein- und Griechischlehrer aus Freiburg im Breisgau gehört hatte, der es vor 32 Jahren auf den Namen Antigone getauft hatte.

Lüdi hatte sich auf die Spur von Vetter gesetzt. Er kannte alle Daten. Geburtsdatum, Kindheit in Dortmund, Bom-

bennächte. Gymnasium und Studium der Theaterwissen-
schaften in Berlin. Freies Theater, ab 1968 Chefdramaturg
in Basel. Dann steile Karriere in München und Hamburg.
Vor zwei Jahren Wahl zum Direktor in Basel.

Sonst wusste er nichts zu berichten, außer dass Vetter mit
der Schauspielerin Judith Keller liiert war. Eine Beziehung
eher platonischer Art, wie er gehört habe, trotz der gemeinsamen Tochter. Als Person sei Vetter nur schwer zu fassen.
Alle seien des Lobes voll über seine Theaterarbeit. Was er
tatsächlich für ein Mensch sei, könne niemand so richtig
sagen.

Madörin ging in seiner Rede systematisch vor. Entweder
war Vetter am Leben und hielt sich irgendwo versteckt. In
diesem Fall war herauszufinden, wo er sich versteckt hielt
und warum. Oder er war nicht mehr am Leben. In diesem
Fall gab es drei Möglichkeiten. Entweder er hatte sich selbst
umgebracht. Oder er war eines natürlichen Todes gestorben, an Herzversagen zum Beispiel, und in den Rhein gefallen. Oder er war ermordet worden.

Die dritte dieser Möglichkeiten, sagte Madörin, scheine
ihm die wahrscheinlichste zu sein. Denn warum sollte sich
Vetter umbringen, wo er doch Erfolg hatte? Und warum
sollte er einen Herzstillstand erlitten haben? Offenbar war
er bei guter Gesundheit gewesen und hatte nie über Herz-
probleme geklagt.

Blieb die Möglichkeit einer Ermordung. Hier stelle sich
die Frage nach einer potentiellen Täterschaft. Er recherchiere
in drei Richtungen. Entweder war es jemand aus Basels er-
boster Bürgerschaft. Oder es war jemand aus Theaterkreisen.
Er habe sich die Liste der Personen, die am Freitagabend mit

Vetter noch auf der Antigone gewesen seien, angeschaut. Es seien zwei obskure Gestalten dabei, der Schauspieler Walter Rutziska und der Dramatiker Kurt Dreisitz. Rutziska sei nach Aussage von Dr. Görgel nach der Party mit den anderen Gästen an Land gegangen. Er habe verlauten lassen, er werde in einer Nachtbeiz noch einen heben. Ob Dreisitz ebenfalls an Land gegangen sei, könne niemand mehr genau sagen, da alle mehr oder weniger angetrunken gewesen seien. Möglicherweise sei er auf dem Boot geblieben, käme also als Täter in Frage.

Seit jener Nacht fehle jede Spur von ihm. Das sei indessen nichts Außergewöhnliches, da er keinen festen Wohnsitz habe und sich meist im grenznahen Dreiland herumtreibe, was eine Überwachung sehr schwierig mache.

Viel wahrscheinlicher scheine ihm aber, fuhr Madörin fort, dass eine theaterferne Drittperson einen noch unbekannten Grund gehabt haben könnte, Vetter aus dem Wege zu räumen. Er denke dabei an die Hafenmafia, die im Kleinhüninger Hafen schon seit langem ihr Unwesen treibe und bis jetzt nicht zu fassen gewesen sei.

Darauf hatten alle gewartet. Madörin kam am Ende immer auf irgendeine Ausländermafia.

»Hafenmafia?«, fragte Suter, der den Finger wieder im Hemdkragen stecken hatte. »Was ist das?«

»Der Basler Rheinhafen«, sagte Madörin, »ist das Tor zur Schweiz. Da werden Unmengen Tonnagen verladen, da gibt es riesige Lagerhallen. Es ist unmöglich, diesen Umschlagplatz genau zu kontrollieren. Wie will man wissen, was zum Beispiel in einem Container, der auf die Bahn oder auf einen Lastwagen verladen wird, tatsächlich drin ist? Das muss alles sehr schnell gehen, das läuft wie geschmiert. Und eine Hand schmiert die andere.«

Hier grinste Hunkeler maliziös. Was Madörin souverän überging.

»Wollen Sie damit sagen«, fragte Suter, »dass Vetter vom Hafenpersonal umgebracht worden ist?«

Jetzt kam Madörin in Fahrt, er war auf der Fährte.

»Ich habe mich im Hafen umgesehen. Vetter hat sein Boot über Nacht meist vor der ehemaligen Schiffsmotorenwerft verankert. Es liegen ein paar kleinere Ausflugs- und Wohnboote dort. Ganzjährig bewohnt ist keines. Außer das von Vetter. Da hat ja Kollege Hunkeler beide Augen zugedrückt. Weil Vetter ein VIP ist.«

Diesen Seitenhieb überging nun Hunkeler mit Souveränität. Der konnte ihn mal, der miese Dackel.

»Diese Werft«, fuhr Madörin fort, »ein fünfstöckiger Betonklotz, hat Ettore Lardini zur Galerie umgebaut. Ein sechzigjähriger Graphiker, der sein halbes Leben in Castros Kuba verbracht hat. Eine lusche, schillernde Person, ein Frauenheld. Er hat eine obskure Stiftung eines inzwischen verstorbenen deutschen Kaufmanns an Land gezogen, der die Südamerikanerinnen mit Schweizer Nähmaschinen beglückt und so ein Vermögen verdient hat. Einzige Bedingung ist, dass Lardini einen mittelmäßigen kubanischen Maler ausstellen muss, und zwar für alle Zeiten. Das macht Lardini im dritten Stock. Auf den anderen Etagen kann er tun und lassen, was er will. Er stellt dort mittel- und südamerikanische Kunst aus. Er holt Sambamädchen her, die halbnackt ihren Hintern schwingen.«

»Was soll das?«, fragte Suter gereizt. »Lardini ist durchaus eine Bereicherung für unsere Stadt.«

»Vetter ist befreundet mit Lardini. Abends sitzen sie häufig zusammen auf der Dachterrasse und trinken Wein. Man sieht von dort nach Huningue hinüber, in die Vogesen und in den Schwarzwald. Lardini hat ein kleines Motorboot im Hafen liegen, mit dem er oft und gern zur Piste du Rhin hinüberfährt. Ohne irgendetwas zu verzollen. Das stinkt doch zum Himmel.«

»Das ist ihm zu gönnen«, sagte Suter. »Ich sitze ab und zu auch in der Piste du Rhin.«

»Ja, aber Sie fahren über den Zoll. Das ist ein Niemandsland dort unten, wo dunkle Geschäfte gemacht werden. Es gibt noch andere zwielichtige Gestalten. Arthur Erni zum Beispiel, der Wirt von der Künstlerkneipe Zum Kiel. Auch so eine obskure Figur. Der ist Mitbegründer der kommunistischen POB gewesen.«

»Hören Sie mal, wo leben wir denn? Es gibt sehr angesehene Persönlichkeiten in unserer Stadt, die bei der POB waren. Man soll von Jugendsünden nicht zu viel Aufhebens machen.«

Doch Madörin blieb unbeirrbar, wie immer.

»Ich habe folgende Theorie aufgestellt, der ich vor Ort nachgehe. Vetter ist auf dem Hafenareal in dubiose Gesellschaft geraten. Er wurde involviert in kriminelle Machenschaften. Er ist unabsichtlich Zeuge eines Verbrechens geworden. Und er ist deshalb umgebracht worden.«

»Mir reicht's«, sagte Hunkeler, »ich halte das nicht mehr aus.«

»Was halten Sie nicht mehr aus?«, fragte Suter.

»Ich habe Fieber. Ich habe Grippe.«

»Da ich Leiter des Verfahrens bin«, sagte Madörin, »verlange ich, dass wir unsere Kräfte auf das Hafenareal konzentrieren. Das betrifft auch Kollege Hunkeler.«

»Ich habe Schüttelfrost«, sagte der, »ich muss mich hinlegen.«

»Dann legen Sie sich hin«, sagte Suter. »Pflegen Sie sich gesund.«

»Danke«, sagte Hunkeler und ging hinaus.

Er fuhr Richtung Zoll am Bachgraben. Der Schneefall hatte wieder eingesetzt, große Flocken schwebten durch den Schein der Abblendlichter. Rechts tauchten die Schrebergärten auf mit ihren Miniaturchalets und immergrünen Büschen. Weiter vorn war der Betonturm des Kieswerks zu ahnen, ein Schatten im grauen Schneegestöber. Dann das Zollhäuschen mit Schweizer Kreuz und Trikolore. Es war nicht besetzt, die Durchfahrt war frei.

Er fühlte sich mies. Nicht nur des Halswehs wegen, das wieder schlimmer geworden war. Auch nicht wegen des schlechten Wetters, das ihm eigentlich ganz gut passte. Aber immer wieder dieser Madörin. Immer wieder der gleiche, belämmerte Machtkampf mit diesem Kerl. Und immer wieder das feige Lavieren Suters, der sich um klare Entscheidungen drückte.

Wenn Madörin seine fast schon krankhafte Xenophobie unbedingt durchdrücken wollte, dann sollte er das eben tun. Wenn er einer imaginären Hafenmafia nachrennen wollte, na bitte. Aber nicht mit Hunkeler. Der hatte nicht vor, sich von diesem kleinkarierten Wadenbeißer zur Ausländerjagd hetzen zu lassen.

Er hatte genug, und zwar ein für alle Mal. Das Halsweh

kam ihm gerade recht. Sein Anstellungsverhältnis endete am
5. Juni. Das waren rund fünf Wochen. Eine Grippe konnte
schon mal zwei Wochen dauern. Wenn sie hartnäckig war,
auch länger. Im Grunde wären ja alle froh, wenn er nicht
mehr auftauchte.

Er rief Hedwig an und sprach auf ihren Beantworter.

»Hier ist Peter. Ich habe eine Grippe gefasst und bin unterwegs ins Elsass. Dort werde ich eine Flasche Beaujolais
trinken und mich mit den Katzen zusammen ins Bett legen.
Du wärst mir sehr willkommen.«

In Hésingue drehte er nach links und fuhr die Anhöhe
hinauf. Hier lag Schnee auf der Straße, er war froh, die Reifen noch nicht gewechselt zu haben. Es war kurz vor zwanzig
Uhr, er war allein unterwegs. Die Grenzgänger hatten die
abendliche Raserei hinter sich und hockten vor der Télévision.

Nach Ranspach wurde die Landschaft offen, das spürte
er trotz des Schneetreibens. Eine weitgestreckte, menschen-
leere Hochebene, ein Niemandsland, wie in Sibirien. Hier
packte ihn immer das Fernweh. Eine verführerische Sehnsucht, den ganzen Krempel hinter sich zu lassen und durch
die Nacht zu rollen, an den schlafenden Gehöften vorbei, bis
er ankommen würde im erwachenden Paris.

Hinter Trois Maisons bog er ab und rollte langsam über
den Feldweg, auf dem der Schnee handhoch lag. Er parkte
vor seinem Haus.

Dann die üblichen Verrichtungen, die ihm gefielen. Ein
Feuer machen im Küchenherd, ein Feuer machen in der
Stube. Die Katzen füttern, Teewasser aufsetzen. Die Hüh-
ner waren bereits im Stall, er sah es aus dem Küchenfenster.

Darum hatte sich die Nachbarin gekümmert. Einen Münster-käse aus dem Kühlschrank nehmen, Kümmel auf den Teller streuen, zwei Scheiben Weißbrot in den Toaster schieben. Drei Tassen Tee mit kalter Milch trinken, den Käse essen, langsam kauen. Den Katzen zuschauen, wie sie am Fenster lagen und schnurrten. Dann eine Flasche Beaujolais öffnen, ein Glas einschenken, einen Schluck trinken. Das Fenster einen Spalt weit öffnen, obschon das den Katzen überhaupt nicht gefiel. Sie sprangen hinunter und legten sich neben den Ofen. Dem lautlosen Schneefall lauschen, der Stille, durch die ein Kauz rief, der wohl auf der Pappel saß.

Hedwig kam gegen zehn. Er hörte, wie sie ihr Auto parkte, wie sie das Haus betrat. Er kannte ihren Schritt, die Art, wie sie die Tür öffnete. Es gefiel ihm, wie sie das tat.

Sie kam in die Küche.

»Bist du krank?«, fragte sie voller Sorge.

»Ja, ich habe Halsweh.«

»Zeig mal«, sagte sie und legte ihm ihre kühle Hand auf die Stirn.

Er umschlang ihre Hüften und drückte sein Gesicht an ihre Brust. Er roch ihren Duft.

»Nicht so stürmisch, junger Mann«, sagte sie, »du zer-reißt mir ja die Bluse.«

Sie wiegte seinen Kopf eine Weile behutsam hin und her, sie streichelte ihm übers Haar.

»Warum hast du dich wieder geprügelt? Du weißt doch, dass du das nicht darfst.«

»Blödsinn. Das ist eine miese Lüge dieser Idioten. Ich habe beschlossen, mich hier einzuigeln, bis ich wieder ge-sund bin. Das wird dauern, etwa fünf Wochen lang.«

Sie trat einen Schritt zurück und schaute ihn genau an.

»Wenn du das schaffst, kann ich nur gratulieren. Es ist das Vernünftigste, was du tun kannst.«

Sie ging in ihr Zimmer hinüber, hantierte herum, kam wieder in die Küche und stellte ein zweites Glas hin.

»Gut«, sagte sie, »darauf stoßen wir an.«

Mitten in der Nacht hörte er jemanden schreien. Er war eben erwacht, der Wecker zeigte kurz vor drei. Es war eine Frauenstimme. Sie hielt mehrere Sekunden lang aus, ein hohes Stöhnen, das erstarb und nach einer Weile wieder einsetzte, monoton, mit erschreckender Regelmäßigkeit. Er wusste, dass es eine ältere Frau war, die allein am Bach unten lebte. Sie schrie stets in den Nächten nach Vollmond, sie schrie bis zur Morgendämmerung.

Er löste sich aus Hedwigs Umarmung, legte ihre Hand auf ihren Schenkel zurück. Er erhob sich leise und trat ans Fenster. Der Himmel war aufgerissen. Zwischen den Wolken hing die weiße Mondscheibe, die noch immer fast rund war.

Die nächsten Tage lag er im Bett und las. Zwischendurch trank er heißen Brennnesseltee. Er wusste zwar nicht, ob das angezeigt war gegen Grippe. Aber die jungen, hellgrünen Nesselblätter, die er draußen unter dem Nussbaum holte, schienen ihm die geeignete Medizin zu sein. Vielleicht war es ja keine richtige Grippe, sondern so etwas wie eine Altersdepression. Und bei einer Depression konnte das Feuer der Nesseln bestimmt nicht schaden.

Er las über Hölderlin. Vor allem die Tübinger Jahre interessierten ihn, als der blutjunge Dichter mit Hegel und Schelling im Stift zusammengelebt hatte. Ein fernes, wunderschönes Märchen schien ihm das zu sein, mit Weidenbäumen, die ihre Zweige in den ruhig fließenden Neckar senkten. Mit gemeinsamen Wanderungen durch helle Laubwälder zu Vater Rhein hinüber. Mit sorgfältigen, genauen Diskussionen unter dem Sternenhimmel.

Dann, etwas später, der Aufbruch ins elegische Singen. Er hatte das alles schon einmal gelesen, vor vierzig Jahren ungefähr. Er hatte es inzwischen vergessen. Immerhin leuchtete hin und wieder eine Erinnerung auf, bei *Brod und Wein* zum Beispiel oder bei *Patmos*. Ganz vergessen konnte man das wohl nie, wenn man es einmal gelesen hatte. Er staunte, wie gut ihm diese Verse noch immer gefielen. Seine Neugier, seine Freude an schönen Worten hatte er jedenfalls bewahrt, das machte ihn stolz. Auch wenn ihm vielleicht bald ein einziges Buch genügen würde. Dann nämlich, wenn er am Schluss eines Buches den Anfang nicht mehr wüsste.

Er schob die beiden Katzen von seinen Kniekehlen weg, ging in die Küche und trank drei Tassen Tee. Er schmeckte überhaupt nicht feurig, eher erdig. Er schaute sich im kleinen Wandspiegel an. Er sah ein altes, eingefallenes Männergesicht mit weißen Bartstoppeln. Draußen fiel Landregen. Es hatte die ganze Nacht geregnet, und am Tag davor auch. Die Wiesen mussten aufgeweicht sein, ein Wanderer wäre knöcheltief eingesunken.

Er legte sich wieder hin und las über Sophokles. Über sein Schreiben für die Leute Athens. Über seine Bürgernähe. Über seinen Wettstreit mit Kollege Euripides. Über sein Aufgehobensein in der Mythologie, mit der man sich immer noch die Welt zu erklären versuchte. Fast wären ihm die Tränen gekommen vor lauter Sehnsucht nach Gemeinschaft. Er war und blieb eben ein sentimentaler Kindskopf, da hatte Hedwig recht.

Die Bundesfeiern kamen ihm in den Sinn, die er in den Nachkriegsjahren erlebt hatte, am Abend des 1. August. Er stieg dann immer mit den Eltern zum Heiternplatz über dem Städtchen hinauf, ein Lampion mit dem Schweizer Kreuz in der Hand. Oben schaute man dem Festprogramm zu. Männerchor, Pyramide des Turnvereins, Jodelquartett Alpenrose, Damenriege mit schwingenden Keulen. Wenn die Sonne hinter den fernen Jurabergen versunken war, wurde der riesige Holzstoß zum Höhenfeuer entflammt. Gespannt zählte man, wie viele weitere Feuer auf den umliegenden Hügeln aufleuchteten.

Dann ergriff der Festredner das Wort. Er beschwor die ersten drei Eidgenossen, die auf dem Rütli den Bund begründet hatten. Den Helden Wilhelm Tell, der den fremden Landvogt erschossen hatte. Die allgemeine Entschlossenheit, sich gegen Hitler zu wehren. Die Kampfbereitschaft der Wehrmänner, die jahrelang an der Grenze gestanden hatten, um die Schweiz zu verteidigen. Die immergleiche Mythologie, mit der man sich der helvetischen Gemeinschaft versicherte.

Am Schluss der Rede spielte die Stadtmusik *Rufst du, mein Vaterland*, und alle sangen mit. Ein paar Raketen stiegen in den dunklen Himmel. Die kleineren Kinder entfachten bengalische Streichhölzer und schwenkten sie im Kreis. Die größeren, frechen Buben ließen die Schweizer Kracher knallen, von denen es hieß, sie seien eigentlich verboten.

Am Ende des Festaktes reihten sich alle ein zum Umzug ins Städtchen hinunter. Die Blechmusik voraus mit dem Stadtmarsch, zu beiden Seiten die Fackelträger, damit die

Musikanten die Noten sahen. Dahinter die Bevölkerung mit den Kindern, die die leuchtenden Lampions trugen.

Daher, von diesen Festen, dachte Hunkeler auf seinem Bett, kam seine Sehnsucht nach Gemeinschaft. Von den eindunkelnden Jurahängen. Von den Höhenfeuern ringsum. Von der gemeinsamen Geschichte, ob sie nun stimmte oder nicht. Und von der Hand der Mutter, die ihn ins Städtchen zurückführte.

Am dritten Abend ging er ins Nachbarhaus gegenüber in den Stall und setzte sich auf die Bank. Es war wie immer um diese Zeit. Der Mann saß in der Wirtschaft beim Skat, die Frau war am Melken. Der Hund bellte kurz, schnüffelte an seinen Schuhen und setzte sich wieder auf die Treppe zur Wohnung. Von hinten quietschte ein Schwein. Sonst war nur das Saugen der Melkstutzen zu hören, das Mampfen der drei Kühe und der Rinder.

Er grüßte kurz, sie grüßte zurück. Dann schwiegen sie, man ließ sich Zeit im Stall.

»Danke für die Eier«, sagte sie.

Durch die offene Tür kam das Rauschen des Regens.

»Diese Frau«, begann er, »die in der Nacht schreit, kann man der nicht helfen?«

Sie nahm die Melkstutzen weg, trug den Eimer zu einem großen Kessel und leerte ihn. Dann setzte sie die Stutzen bei einer anderen Kuh wieder an. Dies war ein heikles Thema, das wusste er. Die Leute hier ließen sich nicht gern in ihre Angelegenheiten dreinreden.

»Wenn sie schreien will«, sagte sie, »so soll sie in Gottes Namen schreien. Elle est comme ça.«

»Vielleicht könnte ihr ein Arzt helfen?«

Sie warf eine Haarsträhne nach hinten. Dann schaute sie ihn genau an.

»Vous êtes malade?«

»Nur ein bisschen«, sagte er, »die Grippe.«

»Sie ist traurig, seit sie zwanzig war. Damals ist ihr Verlobter mit dem Motorrad in einen Baum gefahren und hat sich den Kopf zerschmettert. Ça vous gêne? Stört es Sie?«

»Nein. Aber man möchte ihr helfen, wenn man sie schreien hört.«

»Ihr Bruder hat sie nach Altkirch in die Anstalt gebracht, pour les foux, di Verrockte. Sie konnten ihr nicht helfen, sie hat weitergeschrien. Sie haben sie ruhiggestellt, mit Chemie. Als ihr Bruder sie besuchte, hat sie geschlafen, am hellen Tag. Da hat er sie gleich wieder mitgenommen.«

Sie ging zu den Kälbern, um sie zu tränken.

»Sind die Schwalben noch nicht zurück?«, fragte er.

»Non, nid bi dem Wätter. Das Beste gegen Grippe sind Lindenblüten. Ich habe welche. Wollen Sie?«

»Danke nein, ich trinke Brennnesseltee.«

»Nötzt das eppis?«

»Wenn ich drei Wochen lang Brennnesseltee trinke, bin ich bestimmt wieder gesund.«

Sie lachte, und er lachte mit.

»Vielleicht sind Sie nur müde, n'est-ce pas?«

Am Freitag, dem 1. Mai, beschloss er, sich vom Kranken-lager zu erheben. Die Grippe schien ihm abgeklungen zu sein. Auch hatte er genug vom Tee.

Er zog sich die Stiefel an und machte sich auf den Weg. Er mied die Landstraße, ging über Feldwege. Der Regen hatte aufgehört, der Himmel war hell bis zum Schwarzwald hinüber.

Er hatte kein besonderes Ziel, er wollte nur gehen. Fuß vor Fuß setzen, die Arme schwenken, die Lunge mit frischer, kühler Luft füllen.

Nach Trois Maisons kam er an einem Bunker aus dem Zweiten Weltkrieg vorbei, der dalag wie ein gestrandetes Meerestier. Ein Jumbo machte sich bereit zum Start auf dem EuroAirport, in der Ebene unten. Man hörte das Röhren der Triebwerke. Links lag der Fußballplatz von Helfrantzkirch mit kleinem Garderobenhäuschen und weiß gestrichenen Torpfosten.

Er erreichte das Dorf. Eigentlich hatte er vor, in der Wirtschaft neben der Kirche einzukehren und eine Tasse Kaffee zu trinken. Aber dann bog er ein in die Rue du Général de Gaulle, die von der Hauptstraße abzweigte. Er wusste die Hausnummer, er hatte sie sich gemerkt.

Es war ein sehr altes Riegelhaus, mit Stall und Scheune, alles sorgfältig renoviert. In der Wiese drum herum grasten Schafe, die Auslauf hatten aufs Nachbargrundstück.

Er stieg drei Stufen hoch und klopfte an die Haustür, mehrere Male. Er wartete ziemlich lange. Dann ging die Tür auf, vor ihm stand eine ältere Dame. Sie hatte ein blaues Wolltuch über den Schultern hängen, das ihr bis zu den Knien reichte. Ihr Kopf war kahlgeschoren. Es war die Schauspielerin Judith Keller.

»Ja?«

»Ich bin eben hier durchgekommen«, sagte Hunkeler, »da

habe ich gedacht, ich schaue mal vorbei. Ich bin nämlich Ihr Nachbar.«

Er nannte seinen Namen und das Dorf, in dem er wohnte.

»Ach so«, sagte sie, »ich habe von Ihnen gehört. Kommen Sie bitte herein.«

Sie ging voraus in die Küche, wo ein Samowar auf dem Tisch stand.

»Sie sind also der Polizist, der stundenlang durch die Gegend stapft, auch wenn es regnet. Das erzählt man sich jedenfalls. Trinken Sie eine Tasse Tee?«

»Gern, wenn's beliebt. Das mit dem Herumstapfen stimmt. Das mit dem Polizisten stimmt nicht ganz. Ich bin beurlaubt, ich gehe in Rente.«

Sie setzten sich. Judith Keller legte ihre Hände in den Schoß, als ob sie sie verstecken wollte. Dann hob sie den Blick, schenkte ihm ein überaus charmantes Lächeln und goss ihm Tee ein.

Die Wand zur Stube hin war durchbrochen. Dort drüben standen ein grüner Kachelofen und ein Spinnrad. Auf einem Gestell lagen Wollknäuel von blauer Farbe.

»Spinnen Sie?«, fragte er.

Sie nickte.

»Ich halte Schafe. Ihre Wolle verarbeite ich zu Indigogarn, zum eigenen Gebrauch. Manchmal verkaufe ich auch welche. Natürlich kaufe ich Wolle hinzu, sonst hätte ich nicht genug.«

»Theater spielen Sie nicht mehr?«

»Nein.«

»Schade. Ich habe Sie in Karters Komödie bewundert. Haben Sie nicht das Käthchen von Heilbronn gespielt?«

Wieder schenkte sie ihm ein Lächeln, das wegen ihrer Kahlheit noch bezaubernder aussah.

»Wirklich? Wie schön. Obschon diese Aufführung die allergrößte Schmiere war, die ich je erlebt habe. Aber damals war ich erst zwanzig.«

»Mir hat sie sehr gut gefallen. Ich habe Sie auch später mehrmals bewundert.«

Sie nahm einen kleinen Schluck Tee.

»Im heutigen Theater habe ich kein Brot mehr«, sagte sie, kühl und sachlich. »Ich kann meine Persönlichkeit nicht einbringen, sie ist nicht mehr gefragt. Ich mache ab und zu Fernsehen. Das ist weniger zeitintensiv, und man verdient mehr.«

»Sie wissen, warum ich hier bin?«

Sie schien plötzlich zu frieren. Etwas wie Schüttelfrost lief durch ihren Körper.

»Ich bin verzweifelt. Ich kann kaum mehr schlafen. Ich möchte wissen, warum er verschwunden ist. Und wohin.«

Sie strich sich mit der linken Hand über den Kopf. Er sah ihre breiten, harten Fingerkuppen.

»Lieben Sie ihn?«

»Was heißt hier Liebe? Eine Frau in meinem Alter hat nicht mehr die Mittel, einen Liebhaber zu verführen und an sich zu binden. Sie will das auch gar nicht mehr. Sie braucht einen Mann, in dessen Gegenwart sie sich wohl fühlt. Einen Mann, der ihr Sicherheit gibt. Auf den sie sich verlassen, mit dem sie reden kann. Warum wollen Sie das wissen?«

Ja, warum eigentlich? Er überlegte.

»Vielleicht ist es das Wetter«, sagte er. »Man hockt in der Stube und trinkt tagelang Tee.«

»Vielleicht sollten Sie sich wieder einmal rasieren. Und ein weißes Hemd anziehen, was meinen Sie?«

Er grinste, er wusste, sie hatte recht.

»Ein leeres Wohnboot am Stauwehr von Märkt«, sagte er. »Ein verschwundener Theaterdirektor, den alle loben und niemand wirklich kennt. Das hat eine fast magische Kraft. Wo könnte er denn sein?«

»Ein Herr Madörin von der Basler Polizei hat mich das auch schon gefragt. Er hat mich in den Waaghof bestellt. Und ein Monsieur Wirz aus St. Louis war da, mit drei Männern. Sie haben das ganze Haus durchsucht. Monsieur Wirz hat gesagt, sie hätten auf dem Boot Blutspuren gefunden. Sie seien dabei zu prüfen, ob es Bernhards Blut sei. Haben Sie das gewusst?«

Ja, er hatte es gewusst. Aber Wirz hätte es ihr niemals sagen dürfen. Er schaute gebannt zu, wie Tränen aus ihren Augen quollen, kurz an den Wimpern hingen und hinunter-tropften auf ihre Hände, die wieder im Schoß lagen.

»Ich will wissen«, hauchte sie, »wo er ist. Unbedingt.«

Von der Hauptstraße her näherte sich eine Maschine. Ein riesiger Traktor fuhr vorbei, mit mannshohen Rädern und einer Pflugschar, die vier Meter weit in die Luft ragte. Das ganze Haus bebte, der Boden zitterte unter den Füßen. In der Fahrerkabine saß ein junger Mann, den Blick geradeaus gerichtet.

»Er könnte in Venedig sein«, sagte sie, als wieder Stille war, »in Murano.«

»Haben Sie das Herrn Madörin gesagt?«

»Ich habe Herrn Madörin nichts gesagt. Weil er so un-freundlich war. Zudem halte ich es für unwahrscheinlich.

Bernhard hätte es mir mitgeteilt.« Sie erhob sich, schenkte Tee nach und füllte Wasser in die Kanne. »Murano ist einer der wenigen Orte, wo er sich wohl fühlt. Wir sind bestimmt zwanzig Mal hingefahren, manchmal für drei, vier Wochen. Immer ins selbe Hotel am großen Kanal. Es steht auf Holzpfählen, die mehrere Meter tief im Schlick stecken. Diese Holzpfähle haben ihn beruhigt. Er hat behauptet, sie würden das Hotel bei jedem Erdbeben abfedern und stützen. Jenseits des Kanals steht eine romanische Kirche aus dem elften Jahrhundert mit einer Marienikone aus dem Osten über dem Altar. Dort hat er stundenlang gesessen und gebetet.«

»Wissen Sie, worum er gebetet hat?«

»Nein, das hat er mir nicht gesagt. Ich habe das Hotel schon mehrmals angerufen. Er scheint nicht dort zu sein. Höchstens unter einem anderen Namen.«

Wieder fielen Tränen von ihren Wimpern.

»Eigentlich hätte ich nicht das Recht, Ihnen zuzuhören«, sagte er. »Weil ich beurlaubt bin. Und in Frankreich schon gar nicht.«

»Mir passt das. Weil Sie das, was ich sage, nicht verwenden werden. Wenn er sich in Murano versteckt, soll es mir recht sein. Dann weiß ich, es geht ihm gut.«

Er schlürfte die zweite Tasse Tee. Es war Rauchtee, er schmeckte seltsam parfümiert.

»Wir haben uns in München kennengelernt. Wir haben am selben Theater gearbeitet. Ich habe viel mit Walter Rutziska gespielt damals, den werden Sie ja kennen. Ich habe mit Bernhard auf der Isar gewohnt. Dort ist auch unsere Tochter Juliette geboren worden, die jetzt in Freiburg Medizin studiert. Er ist dann nach Hamburg gegangen, wieder als Chefdramaturg. Ich habe ihn regelmäßig besucht. Aber ich bin mit meiner Tochter in München geblieben.«

»Warum sind Sie nicht mit nach Hamburg gegangen?«

»Weil ich nicht in dieses Theater gepasst habe. Er hat immer neues Theater gemacht, Neues ausprobiert. Man konnte sich nicht mehr auf die vom Autor vorgegebene Rolle verlassen, man musste nach der Pfeife des Regisseurs tanzen. Zudem war ich, als er nach Hamburg ging, bereits über vierzig, also zu alt für die jungen Genies. Ich wollte nicht um Rollen betteln. Ich hatte es auch nicht nötig, da ich beim Film genug Arbeit hatte.«

»Wann sind Sie hierher nach Helfrantzkirch gezogen?«

Sie zeigte wieder ihr warmes, schönes Lächeln.

»Ich habe das Elsass schon immer geliebt, schon damals bei Karter. Wir sind oft nach Folgensbourg gefahren, zu Jeck. Kennen Sie Jeck?«

Aber sicher kannte er Jeck.

»Als ich hörte, dass er nach Basel gehen würde, habe ich dieses Haus gekauft. Das passt gut. Die Tochter drüben in Freiburg, ihr Vater in Basel. Wenn er denn wiederkommt. Er fühlt sich sicher hier, weil es ein Riegelbau ist. Das sind vierhundertjährige Eichenbalken, beste Zimmermannsarbeit. Die halten jeden Stoß aus, behauptet er.«

Ihr Gesicht rötete sich. Seltsam, wie schnell das ging, wie rasch sich ihre Miene ihrer Stimmung anpasste. Vermutlich war sie deshalb beim Film so gefragt.

»Ich halte ihn fest in der Nacht, bis er einnickt. Wenn seine Atemzüge ruhig werden, schlafe ich ein. Ich schlafe tief und fest. Irgendwann erwacht er, setzt sich in die Küche und liest seine Bücher. Er liest, bis der Morgen dämmert.

Dann legt er sich für drei, vier Stunden hin. Er muss ja nicht um acht im Theater sein.«

Wieder das Lächeln, neugierig, aufmunternd.

»Was liest er für Bücher?«

»Die Stücke eben, die ihm die Verlage schicken. Zentnerweise. Und natürlich die Klassiker.«

»Goethe? Schiller? Kleist?«

»Die auch, ja. Aber vor allem Autoren, die ihm die Welt erklären. Früher waren es Benjamin, Adorno, Mitscherlich. Heute sind es andere. Ich kenne die Namen nicht, weil ich mich nicht dafür interessiere. Er ist immer auf dem Laufenden, kann mitreden bei jeder Debatte, obschon er ein alter Mann ist. Aber von der Welt, wie sie tatsächlich ist, hat er keine Ahnung. Er kennt nur die Theaterwelt. Er braucht das Theater als Lebensraum, er kann nicht ohne leben. Ich bin überzeugt, er fühlt sich auch deshalb in Murano wohl, weil die ganze Lagune eine Kulissenwelt ist.«

»Wie ist das Verhältnis zu seiner Tochter?«

Ein Schatten glitt über ihr Gesicht, wie ein Windhauch über der Lagune.

»Sie hat ihn gern. Und sie weiß, dass er sie auch gern hat.«

»Gibt es überhaupt jemanden, der ihn nicht mag?«

Sie runzelte die Stirn, was sie bis jetzt noch nie getan hatte.

»Wie meinen Sie das?«

»Ich stelle mir vor, dass es ein Theaterdirektor unmöglich allen recht machen kann. Ich denke zum Beispiel an die *Ödipus*-Aufführung.«

»So was steckt Bernhard weg, er ist Widerstand gewohnt. Er weiß ja, was er tut.«

»Was tut er denn?«

Sie schaute ihn erstaunt an, mit großen, klaren Kinder-augen.

»Er hält der Gesellschaft den Spiegel vor, wie dies schon Hamlet getan hat.«

»Einen Spiegel voller Blut?«

»Ja, warum nicht? Jede Frau kennt dieses Blut.«

»Es ist Kritik laut geworden«, insistierte er, »weil er sich als Direktor selber den Auftrag gegeben hat, den *Gehülfen* von Robert Walser zu dramatisieren. Ich kann mir vorstellen, dass einige Autoren, die das auch gerne gemacht hätten, böse geworden sind. Das Theater sei kein Selbstbedienungsladen für die Leute, die dort angestellt seien, habe ich gelesen.«

»Neider gibt es immer. Und frustrierte Autoren auch. Ich bin der Meinung, dass ein Theaterdirektor tun und lassen kann, was er will. Dazu ist er ja angestellt. Wenn es der Bürgerschaft nicht passt, müssen sie halt einen andern holen. Finden Sie nicht?«

Doch, fand er auch. Er lächelte höflich.

»Sie glauben also, dass er am Leben ist.«

Sie nickte. Es war jetzt sehr still in der Küche. Nicht einmal das Ticken einer Uhr war zu hören.

»Es könnte ja immerhin sein«, sagte er, »dass irgendein Neider ihm ans Leben wollte.«

Sie lächelte süß. »Aus welchem Grund denn?«

»Ich habe Rutziska gesehen, wie er aus dem Zuschauerraum ins Bühnengeschehen eingegriffen hat. Das war großartig, das war von einer unheimlichen Energie. Sie haben sicher davon gehört.«

»Rutziska«, sagte sie, »diese leergesoffene Flasche. Der ist am Ende, der ist kaputt.«

»Vielleicht hat er sich gerächt dafür, dass nicht er den Ödipus spielen durfte. Oder einer dieser frustrierten Autoren.«

Sie hob schnell den Blick, ein bisschen zu schnell, wie er fand.

»Kurt Dreisitz, meinen Sie?«

»Es könnte doch sein, nicht? Wie ich gehört habe, lebt er als Clochard irgendwo bei Kembs. Der hätte bestimmt gern einen Auftrag bekommen.«

»Jetzt hören Sie aber auf. Es ist doch gang und gäbe, dass ein Theaterdirektor auch mal etwas schreibt. Der vorherige Basler Intendant, der aus der ehemaligen DDR kam und bei der Stasi unterschrieben hatte, hat sich selber auch einen Auftrag zugeschanzt. Der hat ein Libretto geschrieben über einen russischen Dichter, der im Gulag umgekommen ist. Das war pervers, das stimmt. Damals hat niemand etwas gesagt. Warum sollte Bernhard nicht den *Gehülfen* dramatisieren? Den großartigen Roman eines Schweizer Autors, für ein Schweizer Theater?«

»Mir ist das egal. Ich gebe nur wieder, was ich gehört habe.«

»*Der Gehülfe* passt übrigens wunderbar zum *Ödipus*«, sagte sie. »Beides sind Dreiecksgeschichten, zwei Männer und eine Frau. In beiden ist die Frau bloß Staffage für den Kampf der Männer.«

»Wie im richtigen Leben?«

Sie lächelte ihn an.

»Sie sollten sich die Aufführung unbedingt ansehen.«

Daheim stieg er ins Badezimmer hoch, rasierte sich, duschte sich, wusch sich die Haare. Er suchte im Schrank nach einem weißen Hemd. Er brauchte ziemlich lange, bis er eins fand. Er zog es an und stellte sich vor den Spiegel. Nicht schlecht, dachte er, obschon es um den Bauch spannte. Aber den konnte er ja einziehen.

»Ach so«, sagte Hedwig, als sie am Abend in die Stube trat, »Monsieur will tanzen gehen.«

»Nein. Essen bei Jeck. Und zwar Wildsaupfeffer.«

Sie rümpfte die Nase.

»Warum gerade Wildsaupfeffer?«

»Weil ich ein weißes Hemd trage. Und weil die Wildsau ein festliches Tier ist.«

Sie fuhren den Thalbach entlang. Er führte Hochwasser, die Wiesen links der Straße waren überschwemmt. Rechts hockten Krähen in einem frisch angesäten Maisfeld und pickten Körner aus dem Boden.

Sie rollten durch Knoeringue, vorbei an den Riegelhäusern, in deren Stuben Licht brannte. Dann durch den Wald, in dem Dunkelheit hing. Oben beim großen Hof, der von Wiedertäufern aus dem Bernbiet bewirtschaftet wurde, war der weite Himmel zu sehen, der ohne Ende zu sein schien.

Bei Jeck setzten sie sich an den alten Holztisch in der Ecke, bestellten eine Flasche Pommard und prosteten sich zu. Dann fuhr Jeck auf, was seine Küche hergab. Pfeffer vom Wildschwein, zart wie ein Milchlamm. Dazu Rotkohl, glasierte Kastanien und Knöpfle, frisch vom Brett ins siedende Salzwasser geschabt.

»Redest du eigentlich gerne mit mir?«, fragte er.

Sie schaute ihn entgeistert an.

»Sag mal, was ist denn los mit dir?«

Er fischte mit der Gabel eine geschmorte Schalotte vom Teller und schob sie sich in den Mund.

»Ich meine, fühlst du dich sicher bei mir?«

»Ja, wenn du nicht gerade Auto fährst wie ein Räuber.«

»Wir könnten eigentlich wieder einmal ins Theater gehen zusammen.«

Sie erschrak. Sie schien sich ernstlich Sorgen um ihn zu machen.

»Bist du verrückt geworden? Du gehst doch seit zwanzig Jahren nicht mehr ins Theater.«

Er tunkte ein paar Knöpfle in die Pfeffersauce.

»*Der Gehülfe* zum Beispiel von Robert Walser. Den habe ich vor vierzig Jahren gelesen. Eine zauberhaft versteckte Liebesgeschichte im Dreieck. Eine schöne, jüngere Frau. Ein alter, trauriger Mann. Und ein hereingeschneiter Jüngling, der von Tuten und Blasen keine Ahnung hat. Er rudert sie über einen See voller Seerosen.«

Sie hörte ihm gebannt zu. Er merkte wieder einmal, wie sehr er ihr gefiel. Was ihn freute, obschon er diese Freude zu verbergen suchte.

»Die Aufführung soll gut sein, habe ich gehört. Ich bin ja schon halb in Rente. Und als Rentner hat man Zeit für Kultur.«

Sie entschloss sich, ihm zu glauben.

»Ich bin dabei«, sagte sie. »Und in den Sommerferien will ich mit dir über die Vogesen wandern, von Hof zu Hof.«

»Abgemacht, wir werden wandern.«

Am nächsten Abend sahen sie sich in der kleinen Bühne den *Gehülfen* an, bearbeitet von Bernhard Vetter. Es war ein Raum für zweihundert Zuschauer. Es saßen genau sechzehn da, Hedwig und Hunkeler eingerechnet. Die Bühne zeigte ein Fitnesszentrum mit allerlei Geräten. Daran turnten die beiden Schauspieler und die Schauspielerin dauernd herum. Zwischendurch duschten sie, rieben sich trocken, aßen Bananen und fingen wieder an zu turnen. Den Text sprachen sie ganz nebenbei, sodass man ihn kaum verstand. Von Seerosen keine Spur.

Hedwig und Hunkeler verließen das Theater verstimmt.

»Warum tun sie das?«, fragte sie.

»Um uns zu ärgern«, sagte er.

Die folgenden Tage blieb er im Elsass. Er las viel. Erst sämtliche Werke von Hölderlin. Es waren auch Briefe darunter, die er nicht kannte, die damals, als er sich mit dem Dichter beschäftigt hatte, noch nicht greifbar gewesen waren, jedenfalls nicht für ihn. Er staunte darüber, dass Hölderlin zu Fuß nach Bordeaux gewandert war und auf dieser Reise die Nächte mit geladener Pistole neben sich verbracht hatte. Er staunte auch über die Liebe zu Susette Gontard, der Ehefrau eines reichen Handelsherrn. Er hatte sich damals gefragt, ob die beiden zusammen im Bett gewesen waren oder nicht. Davon war an der Uni nicht die Rede gewesen, man sprach nicht über solche Sachen. Jetzt las er in einem Brief folgende Liebessätze Susettes: »Wenn es in der Stadt zehn Uhr schlägt, erscheinst Du, an der niedrigen Hecke, nahe bei den Pappeln, ich werde dann oben an meinem Fenster mich einfinden, und wir können uns sehen. Zum Zeichen halte Deinen Stock auf die Schulter, ich werde ein weißes Tuch nehmen. Du gehest wenn ich komme, an den Anfang der Einfahrt nicht weit von der kleinen Laube. Du kannst wohl sehen, ob von beiden Seiten niemand kommt, dass wir so viel Zeit gewinnen unsere Briefe durch die Hecke zu tauschen.«

Er holte beim Buchhändler Homers *Ilias* und *Odyssee*. Das waren Werke, in denen man tagelang wohnen konnte.

Einmal rief Paul Wirz an, wünschte einen angenehmen Ruhestand und meldete, erstens sei der Tresor noch immer nicht gefunden worden. Zweitens seien die beiden Teppichhändler mit der Pariser Nummer nach wie vor in der Gegend. Drittens werde die Sache wohl im Sande verlaufen. Was auch Hunkeler vermutete.

Zeitungen las er fast keine. Ein paarmal klickte er die Zürcher Boulevardzeitung an und las, was Hauser von sich gab. Der hielt die Geschichte um die havarierte Antigone weiterhin am Köcheln, indem er abstruse Theorien aufstellte. Einmal war es der latente Deutschenhass der Basler. Etwas später die Enttäuschung und die Wut einzelner Bühnenveteranen, die am Basler Theater in Ehren ergraut und von Vetter hinausgeworfen worden waren. Dann ein verbitterter Autor, der bessere Tage gesehen hatte. Schließlich die Rache einer Schauspielerin, die von Vetter verlassen worden war. Das alles veröffentlichte Hauser in Frageform, da er keine Fakten vorzuweisen hatte.

Hunkeler las diese Artikel mit einigem Vergnügen, obschon sie purer Schwachsinn waren. Immerhin hatte Hauser eine blühende Phantasie. Und die Breitseiten gegen die alte Humanistenstadt Basel nahm Hunkeler genüsslich zur Kenntnis. Denn auch er war hier nie heimisch geworden.

Einmal rief er kurz vor Mitternacht Lüdis Privatnummer an. Er wusste, dass der Kollege um diese Zeit den Anruf seines Geliebten erwartete.

Er vernahm das leise Kichern.

»Ja, mein Joujou?«

»Ich bin nicht dein Joujou. Ich bin dein Kollege Hunkeler.«

Pause. Das Klicken eines Feuerzeugs war zu hören, dann das Ausstoßen von Rauch aus tiefer Lunge.

»Was willst du? Du weißt, dass ich mich mit dir nicht unterhalten darf. Wenn du etwas wissen willst, dann ruf Madörin an.«

»Ich will mich nicht mit dir unterhalten«, sagte Hunkeler. »Du musst überhaupt nichts sagen. Wir machen es wie folgt. Bei einem Ja hängst du auf. Bei einem Nein bleibst du dran, und wir reden übers Wetter. Einverstanden?«

Lüdi sagte nichts.

»Gut. Mich interessiert, von wem das Blut ist, das auf der Antigone gefunden wurde. Ist es Vetters Blut?«

Lüdi legte auf.

Am andern Morgen wurde Hunkeler geweckt von einem Zwitschern. Es war noch dunkel, von Hahn Fritz war nichts zu hören. Er kannte dieses Zwitschern. Es war der Hausrotschwanz, der jedes Frühjahr in einem Schwalbennest im Rossstall brütete. Hunkeler freute sich. Bald kam der Sommer.

Am 2. Juni, einem Dienstagmorgen, fuhr Hunkeler nach Basel zurück. Er fühlte sich gut, er hatte sich bestens erholt. Die Bücher waren gelesen, das Holz war gehackt und zu mehr oder weniger kunstvollen Beigen aufgeschichtet. Die fehlenden Ziegel im Dach hatte er ersetzt. Sogar die Wiese war gemäht.

In drei Tagen stand seine Entlassung bevor, nachmittags um fünf, mit einer schlichten Feier.

Nach Trois Maison bog er ab Richtung Helfrantzkirch. Er wollte ein bisschen spazieren fahren durch die nähere Umgebung, sonst nichts. Die Rue du Général de Gaulle ließ er links liegen, der Fall Antigone ging ihn nichts mehr an. Beim Ausgang des Dorfes drehte er nach rechts Richtung Kappelen. Der Mais stand in den Feldern, die wenigen Wiesen, die es noch gab, waren übersät mit Blumen.

In einem Waldstück sah er im Rückspiegel, wie ein weißer Kastenwagen zu ihm auffuhr. Er ging vom Gas, da er annahm, der Kastenwagen würde ihn überholen. Doch der blieb hinter ihm. Tatsächlich, er hatte eine Pariser Nummer.

Hunkeler fuhr sehr langsam, bis er Kappelen erreichte. Ein gewöhnliches Sundgauer Dorf, außen herum neue Backsteinhäuser, im Zentrum die alten Riegelbauten, die Scheunen halb zerfallen. Keine Wirtschaft, kein Lebensmittelladen, eine kleine Filiale des Crédit Mutuel.

Nach einer Kurve war der Kastenwagen verschwunden. Hunkeler hielt an, er hatte vor, wieder einmal den Ölstand zu prüfen. Er öffnete die Kühlerhaube, stellte sie auf die Stütze. Er suchte den Ölstab. Er fand ihn nicht sogleich, er kannte sich nicht aus mit Motoren. Dann zog er ihn heraus, wischte ihn, da er nichts anderes zur Hand hatte, am Taschentuch ab und wollte ihn wieder hineinstecken. Da sah er einen Schatten, der ihm riesig erschien.

Hunkeler erhob sich sehr schnell und stieß mit dem Kopf gegen die Kühlerhaube.

»Aua!«, schrie er. »Sind Sie wahnsinnig geworden, mich so zu erschrecken?«

Vor ihm stand ein Mann, der auf beiden Schultern Teppiche trug.

»Tapis, Monsieur?«, fragte er. »Suisse? Chuchichäschtli?«

Es war ein fünfzigjähriger Mann mit zerfurchter Stirn und gelben Zähnen. Auf dem Kopf trug er eine weiße Mütze. Er lächelte überaus vorsichtig. Auch sein Kumpel, der zwanzig Meter weiter hinten stand, die rechte Hand hinter dem Rücken, lächelte freundlich.

Hunkelers Hand glitt blitzschnell unter die Jacke. Aber da war nichts, kein Holster, keine Pistole. Im Elsass trug er nie eine Waffe. Es war eine Reflexbewegung, nichts weiter. Eine dumme, saublöde Angewohnheit.

»Nichts tapis«, schrie er, »verschwinden Sie mit Ihren idiotischen Bettvorlegern. Ich habe mir den Kopf angeschlagen, verstehen Sie? Fichez le camp, hauen Sie ab.«

Der Blick des Mannes flackerte leicht. Dann wurde sein Lächeln breiter.

»La police suisse, n'est-ce pas?«, fragte er.

»Nichts Schweizer Polizei, nichts tapis. Verschwinden Sie!«

Der Mann nickte höflich. Er entfernte sich langsam, immerzu lächelnd, er wandte den Blick nicht von Hunkeler. Erst als er bei seinem Kumpel war, drehte er sich um.

Hunkeler steckte den Ölstab zurück und ließ die Kühlerhaube einschnappen, mit zittrigen Händen. Sein Knie bebte, als er aufs Gas trat und weiterfuhr. Warum hatte er sich mit dem Griff unter die Jacke verraten? Er war sich sicher, dass der zweite Mann hinter dem Rücken eine Pistole versteckt hatte. Trotzdem war seine Reflexbewegung unverzeihlich gewesen. Wie ein Grünschnabel hatte er sich aufgeführt. Oder wie ein alter Idiot.

Er fuhr sehr langsam weiter, wartete, bis das Beben im Knie nachließ. Er rollte Richtung Mulhouse. Nach zehn Minuten erreichte er Magstatt-le-Bas. Als er die Wohnwagen samt Limousinen am Dorfrand stehen sah, überlegte er kurz, ob er anhalten und aussteigen sollte. Aber wozu? Er durfte hier keine Ermittlungen durchführen. Zudem verspürte er einen Riesenhunger. Er brauchte etwas in den Magen.

Er fuhr in die Rheinebene hinunter nach Sierentz. Hier veränderte sich die Landschaft. Die Straße wurde breiter, der Verkehr dichter. Es gab sogar eine Ampel, vor der er warten musste. Eine Großgarage, ein Einkaufszentrum, eine Fabrik. Er bog in eine Seitenstraße Richtung Kembs, die quer durch die Ebene führte.

Er rollte unter der Autobahn hindurch, die Basel mit Colmar verband, sah die Lastwagen vorbeirasen, von Rotterdam nach Genua und wieder zurück nach Rotterdam.

Er kam an einem Karpfenweiher vorbei, an dem ein Fischer saß.

Hunkeler stieg aus und ging zu dem Mann. Der blickte nicht auf, saß reglos, den roten Schwimmer im Auge. Er fischte mit Maden, die Büchse lag offen neben dem Klappstuhl. Gemeinsam schauten sie übers Wasser, das sich im Wind leicht kräuselte und die Seerosenblätter zum Tanzen brachte.

Auf der Rheinstraße bog er rechts ab Richtung Loechlé. Dort kannte er eine Wirtschaft, in der man Merguez vom Grill essen konnte. Er fuhr durch ein neues Wohnviertel, Einfamilienhaus neben Einfamilienhaus, alle mit sauber geschnittenem Rasen drum herum. Wohnblocks gab es hier keine. Wer heiratete in dieser Gegend, baute sich ein Haus mit Garage.

Etwas später kam er wieder an einem Standplatz für Fahrende vorbei, es waren sechs Wagen. Dann ein weites Feld, Brachland mit Brennnesseln, Nachtkerzen und Disteln.

Rechts floss ein Bach die Schotterterrasse hinunter. Er kannte ihn, er war hier schon oft spazieren gegangen, besonders im Frühjahr, wenn die Bachbumbeln blühten. Daneben stand eine alte Sägerei. Ein mächtiges Gebäude mit Bruchsteinmauern und mannsdicken Pfeilern aus Tannenholz.

Er stieg aus. Es hatte sich nichts verändert seit dem letzten Mal. Noch immer lagen die drei Eichenstämme da, zwischen denen Brennnesseln hervorwuchsen. Der Wagen, auf dem das Holz zur Säge gerollt wurde, stand leer auf den Schienen. Das Sägeblatt war noch eingespannt, es war angerostet. Ein Haufen Sägemehl, ein Haufen Späne, ein Duft nach Holz. Hinten führte eine kleine Treppe hoch, eine Tür stand offen.

Er stieg langsam hinauf, behutsam wie eine Katze. Er hörte von oben, vom Dachfirst her, eine Amsel singen. Er schaute hinein in den Raum. Ein Dachboden, gefüllt mit Heu. Es war altes Heu, es duftete kaum. Jemand musste es kürzlich neu aufgeschüttet haben, die Gabel stand an der Wand. Der Boden bestand aus dicken Brettern. Durch die Fugen sah man hinunter in den leeren Stall.

Er hörte ein Geräusch, das nicht zu passen schien in die Mittagsruhe. Er wandte sich um und wartete. Er sah nichts als das Gebälk der Sägerei, hörte nichts als die Amsel.

Jemand hatte sich hier ein Lager bereitet. Alles war da, was ein Mann zum Überleben brauchte. Ein Schlafsack, Unterwäsche, ein warmer Pullover, ein Wintermantel. Eine Gaslampe hing an einem Nagel. Ein Gaskocher mit Teller und

Besteck, ein aufgeklapptes Stellmesser. Daneben Reis, Nudeln, Salz. Ein Dutzend leere Rotweinflaschen, ein Zapfenzieher war nicht zu sehen. Zwei Bücher von Adorno, die Taschenbuchausgabe von Blochs *Geist der Utopie*, drei dunkelblaue Bände Marx. Mehrere Hefte, zum Stapel aufgeschichtet.

Hunkeler nahm eines der Hefte und schaute hinein. Ein Schulheft, blau kariert. Vollgeschrieben mit Bleistift, absatzlos, in einer winzigen, fein ziselierten Schrift. Er konnte kein Wort entziffern.

Wieder war das Geräusch da, diesmal sehr deutlich. Es war jemand, der die Treppe hochkam.

Ein alter Mann erschien in der Tür, ein Rentner mit Strickweste und Krawatte. Die rechte Hand hatte er hinter dem Rücken.

»Was wollen Sie, Monsieur? Was suchen Sie hier?«

»Ich habe hier ein Heft gefunden«, sagte Hunkeler, der sich vom Schreck erholt hatte, »aber ich kann nicht lesen, was da drinsteht.«

»Mais c'est privé. Das isch privat do, Si händ do nix verlore.«

»Verloren nicht, nein. Ich habe jemanden gefunden. Einen Mann, der Hefte vollschreibt. Kennen Sie Kurt Dreisitz?«

Eine Fliege brummte herum, eine dicke Schmeißfliege. Der Mann vertrieb sie mit der linken Hand. Dann nahm er die rechte hinter dem Rücken hervor und warf ein Holzscheit weg.

»Attention, Monsieur. Man muss aufpassen hierzulande. Es treibt sich allerlei Pack herum.«

»Ein Freund von mir aus alten Tagen«, sagte Hunkeler, »aber er ist nicht da.«

»Manchmal ist er drüben im Rheinhafen. Ich habe Ihre Basler Nummer gesehen. Aus Basel kommt selten jemand hierher.«

»Kennen Sie ihn?«

»Mais bien sûr kenne ich ihn. Er wohnt seit Jahren hier.«

»Wissen Sie, wo er angemeldet ist?«

»Hier nicht. Was soll er sich anmelden? Das kostet nur Geld. Les impôts, vous savez. Sie können zahlen und zahlen und bekommen nichts dafür. Der Stall da steht seit Jahrzehnten leer. Ein guter Platz pour un auteur. Er war einmal ein berühmter Mann. Er wurde sogar in Straßburg gespielt, auf Französisch. Er hat mir die Kritiken gezeigt.«

Er überlegte, ob er weggehen sollte. Aber dann schöpfte er wieder Verdacht.

»Sie sind nicht etwa von der Polizei?«

»Aber nein. Ich bin Rentner wie Sie.«

»Mit der Polizei hat er nichts am Hut. Sie haben ihn schon ein paarmal eingesperrt, in Mulhouse. Das ist ein Blödsinn. Hier ist ihm wohl, und er tut niemandem etwas zuleide. Ils sont foux, les gendarmes, die schpinne alli. Die Algerier lassen sie laufen und geben ihnen erst noch Geld, damit sie hier ein gutes Leben haben. Einen bekannten Autor sperren sie ein. Erst vor ein paar Tagen haben hier zwei Araber herumgeschnüffelt.«

»Hier in der Sägerei?«

»Ja, am Abend, als es schon dunkel war. Ich habe ihre Taschenlampen gesehen, ich war mit César noch draußen. Ich habe hinübergerufen, der Hund hat gebellt. Da sind sie abgehauen.«

»Was hatten sie für ein Auto?«

»Einen hellen Kastenwagen. Die Nummer habe ich nicht lesen können. Pourquoi?«

»Vielleicht sollte man es melden.«

»Auf keinen Fall, Monsieur. Manchmal bekommt er Geld, von einem Verlag in Frankfurt. Eine Frau bringt es ihm jeweils, da er keine Adresse hat. Dann lässt er ein Fest steigen, vorne im Pigalle. Kennen Sie das Pigalle?«

Hunkeler nickte.

»Er hat Freunde in der Schweiz drüben, Schauspieler und Künstler und so. Die kommen dann alle her und trinken Champagne. Mich lädt er auch ein.«

Er hatte Zutrauen gefasst. Er war wohl froh, mit jemandem reden zu können.

»Man freut sich hier, wenn sich wieder einmal etwas bewegt, vous savez. Toujours la télévision, das ist langweilig auf die Dauer. Über mich zum Beispiel kann niemand etwas Besonderes erzählen. Niemand sagt etwas über mich. Über ihn könnte ich stundenlang reden. Wissen Sie, dass er ein Schiff hat?«

»Ach ja?«

»Ein kleines Ruderboot aus Holz. Er hat es gefunden, hat er gesagt. Er hat es flottgemacht. Er kann das, er hat Schiffszimmermann gelernt. Er hat auch das Dach hier geflickt, damit es nicht hereinregnet.«

»Wo hat er das Boot liegen?«

»Am alten Rhein drüben. Er hat es unter einer Weide versteckt. So kommt er jederzeit nach Deutschland hinüber, auch nachts, wenn der Steg bei Märkt gesperrt ist. Er kann auch auf dem Kanal oberhalb der Schleuse fahren, bis in den Rheinhafen hinauf. Wie früher in meiner Jugend. Damals war hier eine große Wildnis und überall Wasser. Damals hat es viele Boote gegeben. Mein Großvater hat noch Lachse gefangen.«

Er wartete, ob Hunkeler etwas sagte. Doch der nickte bloß.

»Bon. Die Hefte müssen Sie dalassen, Monsieur. Die gehören ihm, n'est-ce pas?«

Eine halbe Stunde später saß Hunkeler im Pigalle auf der Terrasse. Die Wirtschaft erinnerte ein bisschen an Nordafrika. Wegen der weißgetünchten Mauern. Wegen des Lichts auf dem Vorplatz. Wegen des Dufts aus der Küche. Er aß vier Merguez, eine Schüssel Pommes frites und eine Schüssel Salat. Dazu trank er ein Viertel Riesling. Das musste sein, denn obschon die Würstchen gut durchgebraten waren, troffen sie von Fett.

In der Nacht des 4. Juni, es war ein Donnerstag, wurde Kurt Dreisitz geweckt vom Geräusch fremder Schritte. Er lag auf dem Heuboden der alten Sägerei, unweit des Rheins in Kembs-Loechlé. Er hatte sich am Abend früh schlafen gelegt, weil er reichlich Rotwein getrunken hatte.

Jetzt war er plötzlich hellwach. Er hörte zwei Männer reden, auf Französisch, was er nicht verstand. Da sie leise redeten, wie wenn sie nicht gehört werden wollten, erschrak er. Er war ein Penner, und es war in letzter Zeit mehrmals vorgekommen, dass Penner verprügelt worden waren.

Er lauschte, ob sich die Schritte entfernten. Da sie näher kamen, schlüpfte er aus dem Schlafsack und ging zur offenen Tür. Er sah unten zwei Gestalten, die mit Taschenlampen die Sägerei ausleuchteten, als ob sie etwas suchten. Schnell zog er sich von der Tür zurück. Einen Moment überlegte er, sie zuzusperren, aber das hätte ihn verraten. Er wollte fliehen, unbedingt, auf welchem Weg auch immer. Aber er wusste keinen Weg. Mit rasendem Puls kroch er ins Heu, zwängte sich den Bodenbrettern entlang zur Rückmauer des Stalls, immer weiter, obschon er nur noch Staub einatmete, und stieß mit dem Kopf gegen einen harten, spitzen Gegenstand. Er biss sich auf die Unterlippe, um nicht loszuschreien vor Schmerz.

Er hörte, wie die beiden Männer die Treppe hochstiegen, wie sie den Heuboden betraten. Wie einer die Gabel nahm und in den Heustock stieß. Er stieß sie immer wieder hinein. Mit jedem Stoß kam sie näher an Kurt Dreisitz heran.

Dann war ein heiseres Bellen zu hören. Es war César, der Hund vom alten Nachbarn. Das Bellen kam näher und wurde zum bösen Knurren.

»Merde«, sagte einer der beiden Männer, »prends la fourche.«

Sie stiegen sehr schnell die Treppe hinunter. Man hörte sie rennen, verfolgt vom jaulenden Hund. Dann ein Anlasser, der Motor sprang an, das Auto fuhr davon. Dann war Stille.

Kurt Dreisitz würgte den Mageninhalt hinunter, der ihm hochkam. Er hatte sich schon übergeben, es roch nach Wein. Er war nahe am Ersticken. Mit letzter Kraft stemmte er sich hoch, drückte Kopf und Schultern nach oben, schob Heuballen weg und kämpfte sich an die Luft.

So verharrte er eine Weile, er atmete tief, sein Körper zitterte.

Bis er merkte, dass ihm Blut über die Stirn lief. Er tastete seinen Kopf ab und fand eine Wunde, die plötzlich unerträglich zu schmerzen begann.

Er kroch aus dem Heuhaufen heraus, entflammte die Gaslampe und holte den Apothekerkasten hervor. Erst schüttete er sich aus der Schnapsflasche einen Guss über den Kopf, dass es brannte wie das Höllenfeuer. Dann wickelte er sich eine Mullbinde um den Schädel und fixierte sie mit der Klammer.

Er musste hier weg, ohne jeden Zweifel, so schnell wie möglich. Die beiden Männer hatten etwas gesucht. Da sie es nicht gefunden hatten, würden sie wiederkommen.

Bevor er ging, wollte er wissen, gegen was sein Kopf gestoßen war. Ein Nagel konnte es nicht gewesen sein, der wäre tiefer eingedrungen. Ein Rechen, ein Beil, eine Heugabel? Er konnte sich nicht erinnern, dass da etwas gelegen hätte, als er das Heu aufgeschüttet hatte.

Er steckte sich seine Taschenlampe in den Mund und machte sich an die Arbeit. Er riss das festgepresste Heu weg und grub sich hinunter bis auf die Bretter. Als Erstes sah er eine Metallecke aufglänzen, dann zwei Kanten. Er grub weiter, bis er sah, was ihn verletzt hatte. Es war ein Metallwürfel mit einer Kantenlänge von einem halben Meter. Ein Tresor älteren Jahrgangs mit Zahlenschloss. Mit Klebeband war eine Plastiktüte daran befestigt. Er riss sie auf, es waren zwei Dutzend Dynamitstäbe drin.

Kurt Dreisitz schluckte drei Schmerztabletten. Dann stieg er hinunter, um den alten Mistschubkarren zu holen, der bei den Eichenstämmen lag. Es war kurz vor zwei, er sah es auf der Armbanduhr. Er musste sich beeilen, um vor Tagesanbruch fertig zu sein.

Die Tüte mit dem Dynamit schob er in die alte Ledertasche, zusammen mit den Heften. Dazu altes Knäckebrot, eine Flasche Rotwein, Unterhosen, den Apothekerkasten und das Stellmesser. Er schleppte den Tresor zur Treppe, mit schmerzendem Kopf, das Blut tropfte trotz des Verbands von seiner Stirn. Er knüpfte alte Garbenschnüre zusammen, band sie am Griff des Tresors fest und ließ ihn die Treppe hinuntergleiten. Er hob ihn mit größter Anstrengung auf den Schubkarren, holte oben die Ledertasche, nahm einen Schluck aus der Schnapsflasche und schob sie ebenfalls hinein. Dann machte er sich auf den Weg.

Er stieß den Schubkarren auf die Straße hinaus. Das war nicht schwierig, das Rad hatte einen Gummireifen, der immer noch voll Luft war. Den Tresor hatte er vorne beim Rad hingelegt, so dass er an den Holmen nicht allzu schwer zu tragen hatte. Aber er spürte das Nachlassen der Panik, die einer lähmenden Müdigkeit wich.

Der Himmel war noch tief schwarz. Nur vorne am Rhein war das Licht der Schleusen zu sehen. Er hörte Nachtigallen singen, mehrere Dutzend. Einmal sah er weit vorn zwei Autoscheinwerfer, konnte die Karre aber rechtzeitig hinter einen Busch schieben.

Die Kirchenuhr von Rosenau schlug drei Uhr, als er den Steg über die Kembser Schleusen passierte. Weiter flussabwärts war ein Lastkahn, der Anker gesetzt hatte. Von der Schleusenwand rechts tropfte Wasser. Die Schleusenkammern waren leer. Der Himmel über den Weinbergen drüben in Deutschland hatte sich gerötet.

Er erreichte den Kiesweg zur Insel hinüber, die den Kanal vom alten Rhein trennte. Hierher kam niemand am frühen Morgen, er fühlte sich schon beinahe in Sicherheit. Trotzdem machte er keine Pause, obschon sein Kopfweh unerträglich geworden war. Es rann ihm zwar kein Blut mehr über die Stirn, aber er spürte den Puls in den Händen.

Er schob den Karren durch das Kiesbett, in dem der Reifen stecken zu bleiben drohte. Er stemmte sein ganzes Gewicht dagegen. Auf keinen Fall wollte er anhalten und ausruhen. Denn dann, das wusste er, würde er kollabieren.

Als er die Weide erreichte, unter der sein Boot lag, war der Himmel bereits hell. Er hörte das Rauschen der Autobahn, die von Basel nach Freiburg führte. Er staunte über die vielen Vögel, die sangen. Er sah einen Reiher im Wasser draußen stehen, der versuchte, einen großen Fisch zu verschlucken.

Kurt Dreisitz nahm die Äste weg, mit denen er das Boot bedeckt hatte. Er zog es ins Wasser, schob die Karre daneben und wuchtete den Tresor hinüber, das Boot schaukelte bedenklich. Dann stieß er ab und ruderte über den alten Rhein. Drüben machte er an einer Erle fest, wartete, bis die Strömung das Boot unter ihre Äste getrieben hatte, stieg aus, sank in den Sand und schlief sogleich ein.

Am Montag, dem 8. Juni, morgens um neun saß Hunkeler im Café Oldsmobile des Altersheims am St. Johanns-Ring. Vor sich hatte er die *Basler Zeitung* liegen. Pannenserie in deutschem AKW, las er. Ausschreitungen nach Demo in Zürich. Zahl der Grenzgänger hat wegen Krise abgenommen.

Das alles war Hunkeler egal. Was ging ihn die Pannenserie an? Und was die Demo in Zürich? Gar nichts, fand er. Die sollten sich ruhig die Köpfe einschlagen. Aber bitte, ohne ihn zu behelligen. Und die Grenzgänger, die ihren Job verloren hatten, mussten halt eine neue Stelle suchen. Er hatte das alles nicht mehr nötig, er war pensioniert. Und zwar seit drei Tagen, seit Freitag, dem 5. Juni, 17 Uhr.

Eine schlichte Abschiedsfeier war es gewesen, mit einer kurzen Würdigung der während 37 Jahren geleisteten aufopfernden, treuen Arbeit, wie Staatsanwalt Suter in wohlgesetzter Rede formuliert hatte. Der Erste Staatsanwalt Bürgi, dem das ganze Kommissariat unterstellt war, hatte sich, wie meist in solchen Fällen, entschuldigen lassen. Die Kollegen, samt Frau Held von der Pforte, hatten ihm stehend applaudiert und mit Händedruck alles Gute gewünscht. Madörin, Haller und Lüdi hatten ihm eine Kiste mit zwölf Flaschen Pommard überreicht, für lauschige Abende im Elsass. Dann waren alle auseinandergelaufen, um möglichst schnell ins Wochenende zu entkommen.

Hunkeler hatte kurz Frau Held umarmt, die den Tränen nahe war. Er hatte ihr sogar einen Kuss auf die Wange gedrückt. Was er eigentlich schon längst hatte tun wollen. Aber so etwas schickte sich erst beim endgültigen Abschied. Er hatte seinen privaten Holzstuhl, Eiche, gebeizt, auf dem er während seiner Zeit als Kommissär im Büro gesessen hatte, unter den Arm genommen. Er war hinausgegangen, war erst zu seiner Wohnung gefahren und anschließend ins Elsass.

Jetzt saß er in diesem sterilen Café und hätte gerne eine geraucht. Aber das war nicht gestattet. Er war nur hier, weil Edi, der faule Hund, noch nicht offen hatte. Immerhin gab es Aircondition, welche die vor einigen Tagen aufgekommene Hitze fernhielt.

Er nahm einen Schluck Kaffee. Er schmeckte fade, öde wie das ganze Café. Gottes Segen allen, die hier ankommen, war an eine Wand geschrieben. Gottes Segen allen, die hier bleiben dürfen. Gottes Segen allen, die von hier scheiden müssen. Vorn an der Theke war ein Büffet aufgebaut mit Butterzopf und Kuchen, mit Honig, Käse, Schinken. Hungern musste hier niemand.

An einigen Tischen saßen alte Frauen, sonntäglich gekleidet, mit violettem und rosa Schimmer im Haar. Sie waren darauf bedacht, damenhafte Haltung zu wahren. Wie sterbende Katzen. Die ließen sich auch nichts anmerken.

Am Tisch gegenüber war eine fröhliche Dreiergruppe. Eine aufgedonnerte Blondine mit tiefem Dekolleté, ledriger Haut und noch immer schrillem Lachen. Eine kleine Brünette von ebenfalls achtzig Jahren, die eine schöne, warme Stimme hatte und in einem Rollstuhl saß. Sie hielt Händchen mit einem mageren Greis in dunklem Anzug und verblichener Seidenkrawatte, der sich eine Ehre daraus machte, die beiden Damen zu unterhalten.

Lieber verrecken, dachte Hunkeler, als hier eingesperrt leben. Lieber autonom bleiben und im Haus im Elsass auf allen vieren herumkriechen. Er dachte das, obschon er wusste, dass auch ihn das Altersheim erwartete, falls er nicht vorher starb.

Er griff wieder zur Zeitung und blätterte auf die Regionalseiten. Was war denn los heute? Was gab es Neues? Wo versteckte sich das Leben?

In Bottmingen war ein junger Mann nach einer betrunkenen Amokfahrt, bei der er mehrere Autos demoliert hatte, zu Fuß nach Hause geflüchtet. Er konnte von der Polizei im Bett verhaftet werden.

In der Steinenvorstadt hatten vier Burschen einen Zwanzigjährigen angehalten. Einer von ihnen hatte ihm offenbar grundlos ein Messer in den Bauch gestoßen. Die Täter waren flüchtig.

Beim Stauwehr von Märkt, wenige Kilometer unterhalb von Basel, war die Leiche des Intendanten des Basler Theaters aus dem Rhein gezogen worden.

Hunkeler war es, als röche er den Rhein. Als hörte er die Schiffsschraube drehen. Als läge er in der Bugkajüte des Rheinlasters Sonvico, mit dem er mit 16 Jahren von Basel nach Rotterdam gefahren war. Es war ein unwiderstehlicher Geruch. Nach Sommerhitze. Nach faulem Wasser. Nach Maschinenöl.

Er erschrak. War er eingedöst über der Zeitung, war er versunken in Altersmüdigkeit?

Er schaute um sich, vorsichtig, lauernd. Nein, es roch noch immer nach Altersheim hier, nach Desinfektion und Putzmittel. Die Dreiergruppe nebenan war nach wie vor am Schäkern, der alte Gigolo hielt Händchen mit der Brünetten. Niemandem war etwas aufgefallen.

Er verließ das Oldsmobile, Hitze schlug ihm entgegen. Als heutigen Höchstwert hatte die *BaZ* 32 Grad angegeben, als Tiefstwert 17 Grad. Das war wie üblich ein schlechter Witz. Möglicherweise sank in den Parks oben auf dem Bruderholz die Temperatur in der Nacht tatsächlich auf angenehme 17 Grad. Hier in den Häuserschluchten wirkten Asphalt und Mauern wie Speicheröfen, die ihre Hitze auch am Morgen noch ausstrahlten.

Er beschloss, im Rhein schwimmen zu gehen, und zwar im kühlen Auwald des Markgräflerlandes. Er ging die paar Meter zum Haus, in dem seine Wohnung lag, nahm die Post aus dem Briefkasten, blätterte sie auf der Treppe durch und warf sie oben in den Mülleimer. Dann schaute er zum Ahorn hinüber, der im Hinterhof stand. Kein Blatt bewegte sich, die Luft stand still.

Er setzte sich an seinen Arbeitstisch und überlegte lange. Dann probierte er, ob es noch ging. Er kippte langsam den Stuhl nach hinten, hob den linken Fuß an und stellte ihn gegen die Tischkante, dann tat er das Gleiche mit dem rechten Fuß. Er legte beide Arme um seinen Kopf, verharrte in Embryostellung. So hatte er oft gesessen in seinem Büro im Waaghof, wenn er nachdenken musste. Es ging noch ganz gut. Nur der Rücken schmerzte, die Stelle unten im Kreuz, die sein schwacher Punkt war.

Er nahm sein Notizbuch und schaute sich um nach der Dienstwaffe. Aber die hatte er letzten Freitag abgegeben.

Er fuhr über die Dreirosenbrücke. Im Kleinbasel drüben

drehte er nach links Richtung Kleinhüningen. Er folgte den Tramgleisen an den Gebäuden der Chemischen vorbei, überquerte das Flüsschen Wiese und rollte durch den Zoll. Links drüben sah er die alten Silos des Hafens stehen, die Druckerei der *Basler Zeitung*, das Gaswerk. Rechts den Containerbahnhof der Deutschen Bahn, dazwischen die Holzhäuschen der Schrebergärtner. Dahinter erhob sich der Tüllinger Hügel mit dem Weindorf Ötlingen.

Dann der Auwald, in dem Kohlehalden lagen. Neue Lagerhallen, Auto- und Einkaufscenter. Weiter vorn sah er den Kirchturm von Märkt, ein Storch stand dort in seinem Nest.

Er kurvte nach links und rollte unter kühlem Blattwerk hindurch zur Wirtschaft Stauwehr. Ein älterer Bau, angenehm gelegen. Die Tische unter den Bäumen waren leer.

Er stieg auf den Damm hinauf. Vor ihm lag das Wehr. Hohe Betontürme ragten in den Himmel, das Wasser fiel über zehn Meter tief. Ein Fußgängersteg, der abends gesperrt wurde, führte zur Insel hinüber. Rechts lag der Altrhein, der zwischen Kiesbänken mäanderte. Links der gestaute Fluss, weit wie ein See. Gegenüber auf der französischen Seite sah er die Anlegestelle der Piste du Rhin. Ein schönes Flussbild, das die Freiheit des Reisens versprach, den Aufbruch in grenzenlose Ferne.

Hier, zwischen dem ersten und dem zweiten Pfeiler, war die Antigone gestrandet. Und hier in der Nähe musste wohl die Leiche von Bernhard Vetter aus dem Wasser gezogen worden sein, nachdem sie sechs Wochen auf Grund getrieben hatte.

Er ging vom Damm hinunter und setzte sich in den Garten der Wirtschaft. Es dauerte lange, bis ein Mann erschien. Hunkeler bestellte ein Glas Weißwein.

»Wer hat Bernhard Vetter gefunden?«, fragte er.

»Warum?«

Der Mann war kräftig gebaut, hatte einen grauen Vollbart und schien sehr misstrauisch zu sein.

»Weil ich ein Freund war von ihm«, behauptete Hunkeler.

»Der hat wohl viele Freunde gehabt. Ich habe ihn gestern am frühen Morgen im Wasser treiben sehen, an der gleichen Stelle, wo die Antigone gelegen hat. Ich habe gleich die Polizei angerufen. Schon am Mittag hat es hier von Leuten gewimmelt, die alle behauptet haben, seine Freunde zu sein. Alles Journalisten. Ein Saupack ist das.«

»Ich bin nicht Journalist«, sagte Hunkeler, »ich bin Rentner. Ich frage mich, wie er ausgesehen hat.«

»Wie Wasserleichen eben aussehen. Das ist kein schöner Anblick.«

Er ging hinein, um den Wein zu holen.

Es war angenehm kühl hier. Ein leichter Wind strich durch die Espen und Erlen. Von jenseits des Damms war das Tuckern eines Schiffsmotors zu hören, der sich flussaufwärts schob.

Als der Mann den Wein brachte, blieb er stehen am Tisch.

»Sie sind kein Basler«, sagte er, »obschon Ihr Auto eine Basler Nummer hat. Ich höre es an Ihrem Dialekt.«

»Nein. Ich bin aus dem Aargau zugezogen.«

»Aargau? Das liegt an der Aare, nicht wahr? Ich heiße Willy Dreier.«

Hunkeler nannte seinen Namen und schenkte sich ein.

»Sie tauchen alle auf, wenn das Wasser warm wird«, sagte der Mann. »Solange es kalt ist, bleiben sie unten. Sie landen alle an der gleichen Stelle. Offenbar eine Frage der Strömung.«

Er wischte sich die Hände an der Schürze ab, als ob sie schmutzig wären. Aber sie waren nicht schmutzig.

»Beim Chemieunfall vor dreißig Jahren«, sagte er, »sind alle Aale verreckt. Ich habe sie mit dem Heurechen herausgefischt und in eine Grube im Wald geworfen.«

Hunkeler nickte und trank einen Schluck, er hatte alle Zeit der Welt.

»Inzwischen sind sie wieder da«, sagte Dreier. »Sie kommen aus dem Atlantik. Früher hat man sich erzählt, dass sie den Bauern nachts in die Ställe kriechen und die schlafenden Kühe melken. Aber das ist wohl ein Märchen.«

»Ich habe schon Ähnliches gehört. Aale gibt's auch in der Aare.«

»Sie schwimmen in die höchsten Bergseen hinauf. Da drüben«, der Wirt zeigte zum Damm, »liegen sie auf dem Grund. Obschon der Rhein zur Verkehrsstraße verkommen ist. Früher haben in Kleinhüningen oben Dutzende von Hafenarbeitern die Schiffe gelöscht. Das war gute Arbeit gegen gutes Geld. Heute mit den Containern geht das alles automatisch. Alles ändert sich. Nur der Aal bleibt.«

Er schaute zum Damm hinüber, als blickte er über den weiten Ozean.

»Sie haben ihm die Augen ausgefressen. Die waren leer. Es waren nur noch die Augenhöhlen da.«

Hunkeler blieb ruhig sitzen, sagte kein Wort.

»Ich bin über sechzig«, sagte Dreier, »ich habe schon vieles gesehen. Aber das vergesse ich nicht. Sauber ausgefressen. Sonst war alles noch dran.«

Er schaute Hunkeler aus scheuen Augen an, als ob er Hilfe erwartete.

»Was sagen Sie dazu? Warum muss ein toter Mann seine Augen verlieren? Normalerweise ist jemand da, der einem Toten die Augen schließt.«

»Haben Sie das den Presseleuten erzählt?«, fragte Hunkeler.

»Nein. Warum sollte ich? Christian Rotzinger hat mir verboten, etwas zu sagen. Aber einmal muss es heraus, sonst träumt man davon. Und das will ich nicht.«

Etwas später lag Hunkeler im kühlen Wasser des alten Rheins. Er ließ sich treiben, den Kopf unter Wasser, mit offenen Augen. Er sah Kiesel unter sich vorbeigleiten, ein paar Wasserpflanzen. Er hielt nach Fischen Ausschau, nach einer Forelle vielleicht, einer Brachsme. Er sah nicht weit genug, er hätte die Taucherbrille mitnehmen sollen.

Er stieg an Land und setzte sich unter eine Weide in den Sand. Er hörte dem Plätschern des Wassers zu, dem Rauschen auf der Autobahn hinten im Auwald. Eine Flusslandschaft wie in Kanada, dachte er, obschon er nie in Kanada war. Weiter unten sah er das weiße Gestein des Isteiner Klotzes.

Die Augen sauber ausgefressen. War das so? Fraßen die Aale den Leichen die Augen aus?

Er erinnerte sich an einen Freund, der vor einigen Jahren in den Rhein gegangen war, weil er nicht mehr leben wollte. Er hatte es im Winter getan, er wusste, dass die Kälte des

Wassers das Herz schockartig zum Stillstand bringen würde. Hunkeler hatte damals gehofft, dass die Aale den Leichnam bis aufs Skelett wegfressen würden. Ein paar Knochen auf dem Grund des Rheins, das wäre ein passendes Grab gewesen. Doch die Leiche war wieder aufgetaucht im Frühjahr. Man verschwand nicht so leicht.

Warum hatte ihm Willy Dreier davon erzählt? Wohl deshalb, weil er es irgendwem erzählen musste. Das ging am besten bei einem wildfremden Menschen.

Und er selbst, Peter Hunkeler, Kommissär im wohlverdienten Ruhestand? Was sollte er damit anfangen? War es wirklich der Aal gewesen?

Er fuhr zurück über den Zoll und parkte mitten in Kleinhüningen. Er kaufte an einem Kiosk mehrere Zeitungen, klemmte sie sich unter den Arm und setzte sich auf die Terrasse der Wirtschaft Schiff. Hier war früher eine Kneipe für Rheinschiffer gewesen, jetzt war es eine Pizzeria. Ein guter Ort, fand er, um Mittag zu essen und Zeitungen zu lesen. Jenseits der Straße floss hinter Bäumen die Wiese. Weiter rechts gegen den Rhein zu begann das Hafenareal.

Er bestellte Spaghetti Bolognese und Wasser. Dann begann er, die Zeitungen durchzublättern. Die Entdeckung von Bernhard Vetters Leiche war allen eine Erwähnung wert, auch der deutschen Presse. Meist war es eine kurze Agenturmeldung mit dem Hinweis, in einer späteren Ausgabe werde der Tote gebührend gewürdigt. Ein paar größere Blätter hatten ausführliche Artikel drin, die vermutlich seit langem vorbereitet waren. Nirgends war die Meldung als Sensation aufgemacht, man hatte wohl früher oder später damit gerechnet.

Nur der dicke Hauser hatte im Boulevardblatt gewaltig auf die Pauke gehauen. Er frohlockte schon auf der ersten Seite, er zog das Frohlocken über Seite zwei und drei. Er schrieb von Rätsel- und Theatermord, vom Ende der Kulturstadt Basel. Das stolze Flaggschiff der alten Humanistenstadt sei auf Grund gelaufen, die Basler Arroganz sei versenkt worden. Es war klar, dass er seinen Fortsetzungsroman weiterzuziehen gedachte.

Von leeren Augenhöhlen war nirgends etwas zu lesen. Was Hunkeler sehr erstaunte. Denn dies wäre die gruslige Hauptsensation gewesen, die sich einer wie Hauser nicht hätte entgehen lassen. Das bedeutete, dass die Ermittlungsorgane den Befund geheim halten wollten. Wie Hunkeler aus Erfahrung wusste, würde dies nur schwer durchzuhalten sein. Irgendjemand redete meistens.

Es musste von oben in den Informationsfluss eingegriffen worden sein mit dem Ziel, die Zahl der Informierten auf ganz wenige Personen zu beschränken. Und warum? War es vielleicht doch nicht der Aal gewesen, wie Willy Dreier gemeint hatte? War es vielleicht ein schnelles Messer gewesen?

Er streute Käse über die Spaghetti, die ihm der Kellner gebracht hatte. Das duftete hervorragend, das schmeckte sehr gut. Er schaute zufrieden über die Straße zu den Bäumen hinüber, unter denen Wildenten schliefen. Es fuhren nur wenige Autos vorbei, der Verkehr rollte weiter vorn über die Autobahn.

Der Ort, an dem er saß, war von einer wunderbar proletarischen Nostalgie. Binnenschiffer, Rheinschifffahrt, das Tor zur Schweiz, welch schöne Wörter.

Hier hatte er schon mit 16 Jahren gesessen, an jenem

Abend, als er ein Schiff nach Rotterdam gesucht hatte. Ein junger Holländer namens Jens hatte ihn mitgenommen. Sie waren zum Hafenbecken 1 gegangen und über vier aneinanderliegende Kähne gestiegen, hinüber zum Sonvico, der morgens um vier losmachen würde in Richtung Norden. Jens hatte ihm gezeigt, wo er in der Matrosenkajüte vorn schlafen konnte. Er hatte den Schlafsack ausgerollt und war hineingekrochen, die Hafengeräusche im Ohr. Als er erwachte, war es neun Uhr morgens, und der Kahn schwamm mitten auf dem Rhein.

Dieses frühe Ablegen kam ihm in den Sinn, dieser Aufbruch ins Unbekannte, Offene. Das ungewohnt saure Brot, das während der Fahrt von kleinen Bäckerschiffen aus hochgereicht wurde. Das Setzen des Ankers mitten im Fluss bei Einbruch der Dunkelheit, das Rasseln der Kette. Die Nächte in den Hafenkneipen, wenn er auf Jens wartete, der für zwei Stunden mit einem Mädchen verschwunden war. Das Hinabsteigen in die Kajüte im Morgengrauen, das wohlige Einschlummern im Schlafsack. Dann, in Holland, der erste Blick auf das Meer.

Er verspürte eine plötzliche Sehnsucht nach nächtlichen Hafeneinfahrten, nach Unerreichbarkeit. Er bezahlte und machte sich auf den Weg zum Hafen, der Wiese entlang. Eine Bahnschranke war heruntergelassen. Eine kleine Lok zog im Schritttempo alte Güterwagen quer über die Straße, die alle leer waren. Riesige Trucks warteten vor den Gleisen, die Fahrer saßen reglos in den Kabinen. Hier hatte die Hafenbahn Vortritt, auch wenn sie bloß hin- und herrangierte.

Als sich die Schranke nach zehn Minuten hob, ging er weiter, am Hafenbecken 1 vorbei, wo unter Platanen die Imbissbude zum Rheingrill stand. Gestapelte Container links, ein weit gespanntes Vordach rechts über dem Wasser, Hochbahn-Krane, die ihre Baggerschaufeln in die Laderäume zweier Kähne gesenkt hatten.

Am offenen Rhein war der Blick frei auf Huningue drüben, auf den Kirchturm und die alte Schleuse, die zum Rhein-Rhone-Kanal führte. Hunkeler folgte dem Treidelweg und kam zu einem kleinen Bootshafen. Hier hatte Bernhard Vetter jeweils die Antigone vertäut. Es lagen Motorboote im Wasser, weiße, gedrungene Rümpfe, mit jeder Menge PS hinten in der Schraube, mit denen die Hobbykapitäne mitten durch Basel heulten und die Zuschauer am Ufer zu neidischen Statisten degradierten. Hunkeler, der regelmäßig im Rhein schwamm, wusste, dass man sich vor diesen Kraftprotzen in Acht nehmen musste. Einen gemächlich treibenden Menschenkopf konnten sie schon mal übersehen.

Bewohnt war keines dieser Schiffe, außer einem alten Holzkahn. Ein unförmiges, viereckiges Ding, der Wohnaufbau füllte die ganze Bootsfläche aus. Es hieß Elise. Auf dem Dach war eine Wäscheleine gespannt. Jemand hatte dort bunte Frauenröcke zum Trocknen aufgehängt.

Gleich neben dem Treidelweg stand ein klotziger Betonbau. Es war die alte Motorenwerft, von der Madörin erzählt hatte, Ettore Lardinis Galerie. Sie hieß Cuba Libre und hatte am Montag geschlossen.

Hunkeler stieg die Böschung zu den Geleisen hoch, zwischen denen Unkraut wucherte. Daneben lag die Westquaistraße. Er schaute zu, wie ein Lastwagen rückwärts in ein Areal fuhr, auf dem ein Hügel aus grünem Glas lag. Offenbar wurde hier das Altglas der ganzen Nordwestschweiz verschifft. Langsam kippte der Laster seine Ladefläche hoch, so dass die Ladung abrutschte. Ein durchdringendes Scherbeln war zu hören, eine sirrende, klingelnde Glasmusik.

Hinreißend, fand Hunkeler. So war das eben, fiel ihm ein. Alte Männer schauten zu, wie gearbeitet wurde.

Vom Hafenbecken 1 her glitt an einem Stahlgerüst eine Kabine heran. Dort drin saß ein Mann, der eine mächtige Baggerschaufel bediente. Er ließ sie in den Scherbenhaufen hinunterfallen, wobei sich die beiden Kiefer öffneten. Ein anschwellendes Klirren und Klingeln, verführerischer noch als das Rieseln der Kiesel auf dem Grund des Rheins, wenn man den Kopf unter Wasser hatte. Die schimmernde Glashalde kam ins Rutschen, die aufgesperrten Kiefer fraßen sich in den Glasberg, schlossen sich langsam mit unwiderstehlicher Kraft, wurden hochgehoben in die Luft und glitten hinüber zum Hafenbecken. Dort senkten sie sich in den Laderaum eines Kahns.

Hunkeler ging weiter Richtung Dreiländereck. Er kam zu einem Areal, auf dem Kohle gelagert war, fein gemahlen wie schwarzes Mehl. Ein langgezogener Hügel, mit Runsen, vom Regen ausgewaschen. Eine schwarze Schönheit, urtümlich wie aus der Zeit des Zweiten Weltkriegs, als die Schweiz mit importierter Kohle beheizt wurde.

Alles, was man hier sah, war von einer festen, sicheren Realität. Es gab keine Verbotstafeln, keinen Stacheldraht. Diese Wirklichkeit war so stark, dass sie die Menschen von allein fernhielt.

Hunkeler kehrte um und folgte der Westquaistraße bis zum Rheingrill. Hier roch es nach gebratenen Würsten, was er sehr tröstlich fand. Da er schon gegessen hatte, widerstand er und ging die Hafenstraße entlang bis zu ihrem Ende. Mehrere Trucks rollten vorbei Richtung Autobahn, bereit zur großen Fahrt.

Er kam zu sechs Autogaragen mit alten, aufklappbaren Holztüren. Daneben lagen ausrangierte Container, von denen die Farbe abblätterte. Kaputte Boote mit dem Kiel nach oben. Viel wucherndes Grünzeug, Reben und Efeu. Eine Holzhütte. Ein Stall mit Gatter, in dem eine Sau lag und zwei Zwergziegen meckerten.

Gegen den Rhein hin gab es ein schmales Gebäude aus Backstein. Durch die großen Fenster sah man Tische mit Ölfarben drauf, Staffeleien, zwei Haufen aus Cola-Flaschen und Streichhölzern. Weiter hinten standen rostige Tankwagen auf den Geleisen.

Er ging hin und schaute sich um. Die eisernen Räder, die Bremsklötze, die zylinderförmigen Tanks. Die Brombeerstauden, die den Hügel rechts bewuchsen, die Brennnesseln, die einzelnen Margeriten. Von jenseits des Hügels war das Rauschen von Autos zu hören. Es kam von der Straße zum nahen Grenzübergang Weil-Friedlingen.

Er folgte dem Fußweg zu einem Kanal, in dem grünes, öliges Wasser lag. Eine hohe Fußgängerbrücke führte darüber. Er stieg hinauf und sah, wie sich von der Hafeneinfahrt her ein Tankschiff rückwärts in den Kanal schob. Auf Deck standen zwei junge Matrosen. Über einen Lautsprecher hörte man holländische Befehle. Der Kahn driftete nach rechts gegen die Kanalwand. Die Schiffsschrauben rauschten auf und vermochten den Aufprall zu mildern, so dass bloß ein Ächzen zu vernehmen war. Langsam glitt der Riese Richtung Hafenbecken 2, zu den großen Benzintanks.

Hunkeler stieg auf der anderen Seite der Brücke hinunter und kam in eine liebliche, heiße Bucht. Hier befand sich die Pumpstation für Dieselöl mit roten, ausfahrbaren Rohren. Das Schleppboot Vogel Gryff, das bei Hochwasser die schwächeren Schiffe nach Schweizerhalle hinaufzog. Irgendwer hatte neben dem Pfad Blumenbeete angelegt. Auch Tomaten und Gurken wuchsen hier, Weinreben und Palmen. Gleich daneben standen die Eisenstäbe des zwei Meter hohen Zauns, der die Landesgrenze markierte. Dahinter erhob sich das Rhein Center von Weil am Rhein.

Er ging nach vorn zum Gebäude der Grenzwache. Sein Blick glitt über die ruhenden Kähne und aufragenden Silos. Über das offene Wasser des Rheins zu Basels Hochbauten. Zur Dreiländerbrücke weiter unten, die sich elegant über den Strom spannte und für Fußgänger und Radfahrer offen war.

Auf dem Rückweg blieb er bei den Garagen stehen und schaute durch ein kleines Fenster in eine hinein. Eine Matratze samt Decken lag am Boden. An der Wand ein Tisch mit einer Schreibmaschine, daneben Schulhefte. Ein Gaskocher mit Teller und Besteck. Ein gelber Schwimmsack, in dem ein Schwimmer seine Kleider mitnehmen konnte.

Er ging hinüber zu den Fenstern des Backsteinbaus. Er sah eine weißhaarige Frau an einem Tisch sitzen, die damit beschäftigt war, Streichholzschachteln aufeinanderzuschichten. Sie tat das mit langsamen, fast fließenden Bewegungen, ganz in sich versunken, als ob sie einer Folge wunderschöner Töne lauschen würde. Dann plötzlich hielt sie inne, saß eine Weile starr, drehte den Kopf und schaute Hunkeler an.

Er erschrak. Er hatte sie nicht stören wollen. Ihre Konzentration hatte ihn zum Voyeur gemacht. Er versuchte, freundlich zu lächeln, zog sich zurück und bog um die Ecke. Er sah, dass hier ein Pfad begann. Er folgte ihm und kam zu einer kleinen Wiese, von der man über die Hafeneinfahrt sah. Tische und Stühle standen da. Eine Tür führte zur ebenen Erde in einen Raum, in dem sich eine Theke befand mit Zapfhahn und Kaffeemaschine. Es war die Wirtschaft Zum Kiel.

An einem der Tische saß eine kleine, rundliche Frau von ungefähr fünfzig Jahren und strickte. Sie hatte ihn kommen hören und schaute ihn neugierig an.

»Ist das hier öffentlich?«, fragte er.

»Ja natürlich. Glauben Sie, wir verstecken uns? Wollen Sie etwas trinken?«

»Gern. Wasser, ein halber Liter.«

»Sie können sich ruhig zu mir setzen. Ich beiße nicht.«

Er setzte sich zu ihr.

»Ich finde es hier ganz angenehm«, sagte sie. »Es geht immer ein Wind. Und in der Nacht wird es kühl, so dass man gut schlafen kann.«

Sie strickte ruhig weiter. Er hörte zu, wie die Nadeln klapperten.

»Suchen Sie jemanden?«

»Nein, eigentlich nicht. Das heißt doch. Ich suche Walter Rutziska.«

Sie legte ihr Strickzeug weg und ging hinein. Das Geräusch eines sich schließenden Kühlschranks war zu vernehmen. Dann brachte sie das Gewünschte.

»Sie müssen sich gedulden. Walter kommt erst am Abend. Sie sind von der Polizei, nicht wahr?«

»Woran merkt man das?«

»Ich bin hier auf dem Bach aufgewachsen«, sagte sie. »Da entwickelt man einen Blick für alle Arten von Polizisten.«

»Wie viele Arten gibt es?«

Sie lachte.

»Es gibt die bösen, die hinterlistigen. Die Zögerer, die unbeholfen wirken. Die anständigen, jovialen. Gefährlich sind sie alle.«

»Ich bin in Rente. Vor mir müssen Sie sich nicht fürchten.«

»Ach so? Und jetzt ist Ihnen langweilig?«

»Hier im Hafen nicht. Hier gibt es wunderschöne Dinge zu sehen.«

»Nicht wahr?« Sie lachte ihn an. »Ich habe von Vater eine Wohnung am Wiesendamm geerbt. Aber ich wohne lieber hier, am Wasser. Ich habe ein Boot im Hafen liegen. Da drüben.«

»Es heißt Elise, nicht wahr?«, sagte er.

Sie nickte und zog den Faden ihres Strickzeugs nach.

»Mein Name ist Wiebke van Leyden. Ich bin Holländerin. Ich kann Sie beruhigen. Wir hier haben nichts mit Bernhard Vetters Tod zu tun.«

»Wie kommen Sie da drauf?«

»Erst haben sie Kurt Dreisitz eingebuchtet. Das war, als die Antigone gestrandet war. Dann haben sie Walter Rutziska eingesperrt. Dann hatten wir ein paar Tage Ruhe. Jetzt, nachdem Vetters Leiche aufgetaucht ist, sind sie wieder gekommen. Ein Herr Madörin war da. Sie haben Kurt mitgenommen. Er sitzt noch immer. Ich frage mich, warum.«

»Soviel ich weiß, ist Dreisitz auf der Antigone geblieben, in der Nacht, als Vetter verschwand. Oder stimmt das nicht?«

»Und? Ist das verboten? Ich habe in jener Nacht vom 23. auf den 24. April auf der Elise übernachtet. Ich habe die Antigone anlegen hören, gegen zwei Uhr morgens. Ich bin nachschauen gegangen, was los war. Kurt war so betrunken, dass ich ihn stützen musste. Ich habe ihn über den Steg zur Elise und zu Bett gebracht. Dann bin ich wieder eingeschlafen.«

»Und Vetter? Hat er sein Boot vertäut?«

»Ach Gott, immer diese Fragen. Warum wollen Sie das wissen, wenn Sie in Rente sind?«

»Wegen der Wahrheit«, sagte er.

»Die Wahrheit ist, dass Vetter tot ist. Den holt niemand zurück. Als wir am andern Tag hörten, dass die Antigone aufs Wehr aufgefahren und Vetter verschwunden war, ist Kurt gleich abgehauen ins Elsass hinüber.«

»Wann haben Sie es gehört?«

»Gegen Mittag. So etwas erfährt man schnell, wenn man am Bach wohnt. Dann ist er über den Kembser Steg auf die Insel gegangen und ins Deutsche hinübergeschwommen. Dort ist er ein paar Tage geblieben. Er hat mich nicht angerufen, um sich nicht zu verraten. Da ich wusste, wo er war, sind sie mir gefolgt, als ich ihm Wäsche und Lebensmittel bringen wollte. Vermutlich hätte er nicht abhauen sollen. So hat er sich verdächtig gemacht. Sie haben ihn fünf Tage lang drinbehalten. Sie haben ihm vorgeworfen, Vetter ermordet und in den Rhein geworfen zu haben. So etwas Idiotisches.«

Sie strickte ruhig weiter, während sie das erzählte, mit geübten, schnellen Bewegungen.

»Jetzt, wo Vetter aufgetaucht ist, haben sie ihn wieder geholt. Sie haben sein Stellmesser gefunden. Sie behaupten, er habe ihm die Augen ausgestochen.«

»Wer behauptet das?«

»Ich glaube, es war Madörin. Er hat es nicht zu mir gesagt, sondern zu einem Kollegen. Aber ich habe es gehört. Warum hätte er so etwas tun sollen? Sie haben ihn in Handschellen gelegt. Er hat gleich zu weinen angefangen. Er erträgt so etwas nicht. Er ist der feinste, sensibelste Mensch, den ich kenne. Können Sie ihn nicht herausholen?«

Sie schaute ihn aus großen, traurigen Augen an.

»Sind das Socken, die Sie da stricken?«, fragte er. »Für ihn?«

Sie nickte.

»Er trägt nur handgestrickte Wollsocken. Ich habe Angst, dass er sich umbringt im Gefängnis. Er ist nicht geschaffen für diese Welt. Er ist geschaffen fürs Schreiben. Darin ist er gut. Sonst ist er für nichts zu gebrauchen.«

»Wenn sie ihm nichts beweisen können«, sagte Hunkeler, »werden sie ihn bald wieder laufenlassen. Wovon lebt er eigentlich?«

»Ab und zu wird noch immer etwas gespielt von ihm. Dann erhält er Tantiemen. Sonst lebt er von mir. Er schreibt einen großen, autobiographischen Roman.«

»Ach so? Kann man etwas lesen?«

Sie schüttelte den Kopf.

»Sie nicht. Ich schon. Weil ich seine Handschrift lesen

kann. Ich habe ihm eine Schreibmaschine in seine Garage gestellt. Aber er weigert sich, den Text einzutippen. Das habe so etwas Endgültiges, behauptet er. Er lässt lieber alles offen, bis zum Schluss.«

»Und wann soll Schluss sein?«

»Er sagt, Schluss sei, wenn sich nichts mehr verändere.«

»Ach so«, sagte Hunkeler. »Er ändert den Text immer wieder um, damit nicht Schluss ist. Denn wenn Schluss wäre, hätte er nichts mehr zu schreiben.«

»Das stimmt. Die Sätze, die er macht, sind genau und schön.«

Die Sonne schien schräg über die Bäume von Huningue. Ein gleißender Schimmer lag auf dem Wasser.

»Wovon leben eigentlich Sie?«, fragte er.

»Von harten Schweizer Franken. Ich bediene abends in der Pizzeria Schiff. Manchmal helfe ich auch hier bei Arthur Erni aus. Kennen Sie ihn?«

Er schüttelte den Kopf.

»Ein großartiger Typ. Sie sollten ihn kennenlernen.«

»Gern«, sagte er. »Ich hätte auch gern Bernhard Vetter kennengelernt.«

Sie strickte weiter, als hätte sie ihn nicht gehört.

»Was war er für einer?«

»Merkwürdig«, sagte sie nach einer Weile, »dass alle wissen wollen, was er für einer war. Jetzt, wo er tot ist.«

Er schaute zu, wie ein Containerschiff in den Hafen einfuhr, ruhig und sicher.

»Er war ein alter Mann, der wohl nicht viel Lustiges erlebt hat in seinem Leben. Er war immer ernst, sein Gesicht hat nie gelacht. Ein trauriger Mann.«

»War er ab und zu hier?«

»Manchmal, er hat zu uns gehört. Das heißt, er wollte zu uns gehören. Obschon er uns fremd war. Kurt ist jeweils sofort abgehauen, wenn er kam.«

»Er scheint ein bedeutender Theatermensch gewesen zu sein.«

»Das kann schon sein, aber ich glaube es nicht recht. Er hat zwar auch hier versucht, den Chef rauszuhängen. Wohl vor allem, um seine Unnahbarkeit zu rechtfertigen.«

Sie überlegte lange.

»Er war unberührbar. Er ließ niemanden an sich heran. Obschon er es sich gewünscht hätte. Das haben wir Frauen gemerkt.«

»Was für Frauen?«

»Zum Beispiel Sabine. Oder die Annebeth Schubiger, die da vorn ihr Atelier hat.«

»Die mit den Streichholzschachteln?«

»Ja. Kennen Sie sie?«

»Ich habe ihr vorhin zugeschaut, durchs Fenster. Vermutlich habe ich sie erschreckt.«

Sie kicherte vergnügt.

»Die ist leicht zu erschrecken. Sie hat sich insgeheim verliebt in Vetter. Ich glaube nicht, dass sie es selbst gemerkt hat. Aber ich habe es gemerkt. Er ist manchmal kurz vor Mitternacht hergekommen, um ein Bier zu trinken. Obschon Bier ihm nicht geschmeckt hat. Er hat sich damit einkaufen wollen in die Runde.«

»Wie hat er es mit den Frauen gehabt?«

Sie warf ihm einen kurzen Blick zu, überlegte, ob sie weiterreden sollte.

»Wir haben darüber diskutiert, ob er schwul sei. Ich glaubte lange, er sei nicht einmal das. Allerdings hat es ihn dann erwischt. Er hat sich wie ein fünfzehnjähriger Junge bis über beide Ohren verliebt.«

»Ach so? Das ist ja interessant. In wen denn?«

»In eine wunderschöne, blutjunge Frau aus Südamerika. Aus Brasilien, hat man sich erzählt. Man weiß ja nie bei diesen Girls, woher sie wirklich kommen. Warum wollen Sie das wissen?«

»Weil ich gern Liebesgeschichten höre.«

Das Containerschiff hatte sich langsam dem Westquai genähert und war daran festzumachen.

»Ettore Lardini vom Cuba Libre hat am 3. April einen Samba-Abend zur Eröffnung seiner neuen Ausstellung veranstaltet. Wir waren alle eingeladen, auch Vetter. Es waren sechs Girls, die getanzt haben. Eine davon war Simone Breda. Arthur Erni hat diese Frauen und die Musik organisiert. Er hat eine Agentur für Samba-Events, dort oben im ersten Stock.«

Sie zeigte hinauf zu einem Fenster, in dem die brasilianische Flagge hing.

»Was waren das für Girls?«

»Was weiß ich. Vermutlich sind sie mit einem normalen Touristenvisum eingereist. Aber die eine ist Schweizerin, Sabine Loretan, sie arbeitet im Ententeich an der Dorfstraße.«

»Hier in Kleinhüningen?«

»Ja, in der Nähe der Kirche. Vetter hat sich auf den ersten Blick in Simone verliebt. Er ist nicht mehr von ihrer Seite gewichen. Er hat mit ihr eine Flasche Champagner getrunken und hat sie nachher mit auf die Antigone genommen. Ich habe ihn schreien hören in der Nacht.«

»Hat er sie angeschrien?«

»Wo denken Sie hin. Es waren Lustschreie. Sie hat ihn richtig rangenommen. So war das. Sie hat dann bei ihm auf dem Boot gewohnt. Eine kurze, herrliche Zeit wohl für ihn. Das hat zwei Wochen gedauert. Bis sie verschwunden ist.«

»Wie verschwunden?«

»Einfach abgetaucht. Wir haben sie gesucht, vergeblich.«

»Ist sie zurückgereist?«

»Das glaube ich nicht. Mädchen, die es in die Schweiz schaffen, wollen in der Regel hierbleiben. Weil sie hier viel mehr verdienen. Ich glaube es auch deshalb nicht, weil Simone ebenfalls verliebt war. Sie haben hier an der Hausmauer gesessen, bis in den Morgen hinein. Er hat ihr den Kopf in den Schoß gelegt und geschlafen.«

»Weshalb ist sie denn abgehauen?«

Sie hatte mit dem Stricken aufgehört. Ihre Hände lagen auf ihren Knien.

»Das ist die Frage. Wir glauben, dass sie nicht freiwillig verschwunden ist. Vetter war jedenfalls überzeugt davon. Er ist kaum mehr ins Theater gegangen, er hat sie fast rund um die Uhr gesucht.«

»Wo hat er sie gesucht?«

Sie lächelte wieder, aber es war ein trauriges Lächeln.

»Überall hier. Das Hafenareal ist groß.«

Sie rollte ihr Strickzeug zusammen und erhob sich.

»Einen Augenblick noch, bitte«, sagte er. »Können Sie sich wirklich nicht mehr erinnern, was in jener Nacht geschah, als Sie Kurt Dreisitz zu Bett gebracht hatten?«

Sie strich sich über ihr kurzes Haar.

»Nicht genau. Deshalb sage ich lieber nichts.«

»Kein Geräusch? Keine Männerstimmen?«

»Man hört viele Geräusche am Wasser, in der Nacht.«

»Und die Antigone? Hat ihr Motor weitergetuckert? Wenn Sie Ihrem Freund Dreisitz helfen wollen, versuchen Sie sich zu erinnern.«

Wieder strich sie sich übers Haar, als ob sie sich hätte beruhigen müssen.

»Es kann schon sein«, sagte sie, »dass die Antigone weiter getuckert und sogar wieder abgelegt hat. Es kann auch sein, dass ich auf dem Steg Männerschritte gehört habe. Ein kurzes, heftiges Gespräch, ein Stöhnen vielleicht? Was meinen Sie? Wie möchten Sie es haben? Wir Leute vom Bach sind nicht angewiesen auf die Polizei, verstehen Sie? Für uns gibt es keine Landesgrenzen, keine Nationalitäten. Wir schauen für uns selber.«

Auf dem Rückweg durch die Hafenstraße sah Hunkeler links auf einem Parkplatz einen gelben Kastenwagen stehen. Er ging hin und schaute hinein. Richtig, es war Hausers Auto, es lagen zwei Fotoapparate drin.

Vorne rechts standen mehrere Wagen der Basler Polizei, vor einem weißen Gebäude. Hunkeler überlegte, ob er umkehren sollte. Aber dann ging er weiter. Kollege Haller stand vor dem Eingang und rauchte seine Luzerner Pfeife.

»Du hier?«, fragte er. »Was tust denn du hier? Ich denke, du bist im Elsass.«

»Ich schaue zu, wie gearbeitet wird«, sagte Hunkeler. »Das macht mir Spaß und Freude. Was sucht ihr da drin?«

»Das ist die Tripol AG, wie du dort auf der Tafel lesen kannst. Die handelt mit allen möglichen Waren. Kauf, Verkauf und Transport auf dem Wasserweg, verstehst du?«

»Nein.«

»Madörin ist auf dem Mafia-Trip. Er meint, es seien verbotene Waren dabei.«

»Was zum Beispiel?«

»Streng geheim«, sagte Haller und klopfte seine Pfeife aus. »Omertà, wie in Neapel. Übrigens ist Hauser in der Gegend. Folglich kannst du morgen in der Zeitung lesen, was das für Waren sein sollen.«

»Ich wüsste es lieber schon heute.«

»Ich habe schon gedacht, dass du dich langweilst. Ein Schnüffler wie du legt sich nicht auf die faule Haut. Was würde wohl Madörin dazu sagen, wenn er dich hier sieht?«

»Rück heraus damit«, sagte Hunkeler, »dann verschwinde ich.«

»Unter Kollegen?«

»Ja natürlich. Was denn sonst?«

»Irgendwelche wichtige Bestandteile für Zentrifugen, die zur Uran-Anreicherung gebraucht werden. Hergestellt von einer Firma in Cham im Kanton Zug. Sie dürfen nicht ausgeführt werden. Aber Herrn Ramsik von der Tripol AG scheint das nicht zu interessieren. Er will sie per Container über Rotterdam verschiffen. Und das soll Bernhard Vetter gemerkt haben. Und deshalb soll er umgebracht worden sein. Alles nach Madörin.«

»Wer ist auf diese Idee gekommen?«

»Irgendein anonymer Mensch, der im Kommissariat angerufen hat.«

»Und was glaubst du?«

»Ich glaube, dass das Mumpitz ist. Wenn dieser Herr Ramsik ein gewiefter Geschäftsmann ist, lässt er sich nicht von einem abgehobenen Theatermann in die Karten schauen. Und umbringen wird er ihn schon gar nicht. Weil so was nur Ärger macht.«

»Richtig kombiniert, Kollege«, sagte Hunkeler. »Ich bin sicher, du wirst deinen Weg noch machen.«

»Hör auf, ja? Und Gruß an Hedwig.«

In seiner Wohnung an der Mittleren Straße schob er eine tiefgefrorene Pizza in den Ofen und setzte sich vor den Fernseher. Er zappte die ganze Skala hinauf und hinunter, es passte ihm nichts. Er öffnete die Tür zum Balkon in den Hinterhof. Eine trübe Schwüle drückte herein, ein feuchtes Tuch, das ihn einhüllte. Auf dem Dach gegenüber sah er drei Krähen hocken, schwarz gezeichnet gegen den eindunkelnden Himmel.

Um 23 Uhr verließ er die Wohnung, da er Lust hatte auf kaltes Bier. Vorne beim Brunnen, der aus drei Röhren sein Wasser in den Kalksteintrog plätschern ließ, sah er eine alte Frau auf der Bank sitzen. Sie hatte einen Strohhut auf und trug ein geblümtes Kleid, dessen Rot im Schein der Straßenlampe schwach aufleuchtete. Sie saß reglos, sie wartete wohl auf einen kühlenden Hauch. Er hätte sie gerne gegrüßt, aber er traute sich nicht.

Er ging den Ring hoch Richtung Burgfelderplatz. Das Sommereck war noch offen, am Stammtisch war Edi zu sehen mit seinen beiden Saufkumpanen, die jeden Abend bei ihm saßen. Das Oldsmobile lag im Dunkeln, die alten Menschen lagen in ihren Betten und träumten von früher. Der türkische Laden hatte noch Licht. Mehmet war dabei, die Harasse mit dem Gemüse und dem Obst hineinzuräumen.

Auf dem Platz vorn ging er nach links, wartete, bis der Dreier vorbeigefahren war und überquerte die Straße. Vor dem Milchhüsli saßen drei alte Männer, jeder an einem einzelnen Tisch, jeder für sich. Sie schauten zu, wie er hineinging. Sie grüßten schon lange niemanden mehr.

Er stellte sich an die Theke zu Milena, der serbischen Wirtin, und bestellte ein großes Bier. Es waren die üblichen Gäste da, Arbeitslose und IV-Rentner, die sich hier die Nacht um die Ohren schlugen. Einige spielten Billard und jubelten bei jedem gelungenen Stoß, als ob es um die Weltmeisterschaft ginge. Es war ein übertriebenes Gejubel, das die Angst übertönen sollte. Die Invalidenrente, von der die meisten hier lebten, fuhr pro Jahr über eine Milliarde Defizit ein, die mit einer Erhöhung der Mehrwertsteuer kompensiert werden sollte. Darüber stand eine Volksabstimmung bevor, von der niemand wusste, wie sie ausgehen würde. Was schon seit Monaten auf die Stimmung im Milchhüsli drückte.

Gegen Mitternacht kam der dicke Hauser herein, der gleich um die Ecke an der Colmarerstraße wohnte. Er war in Begleitung eines brandmageren jungen Kerls mit kahlrasiertem Schädel.

»Endlich«, sagte Hauser, »endlich treffe ich dich wieder einmal. In Basel ist der Teufel los. Und Hunkeler hockt gemütlich im Elsass und schlürft edlen Burgunder. Das da ist übrigens mein Assistent Helmut Dörrer. Er kommt von der Theaterhochschule Hildesheim und mischt die alternative Theaterszene auf. Was darf es sein? Grappa? Wodka?«

»Ich habe einen Saudurst. Noch ein großes Bier bitte, für einen armen Rentner.«

»Ach so, ja. Das hätte ich beinahe vergessen. Du bist ja nicht mehr im Geschäft. Jetzt heißt es halt, Gemüse anpflanzen und zu den Hühnern schauen. Und zum Teufel mit der Gerechtigkeit.«

»Genau so ist es«, sagte Hunkeler und musterte den jungen Mann, der ihn noch kein einziges Mal angeschaut hatte.

»Was suchst du denn auf dem Hafenareal?«, fragte Hauser.

»Dort bin ich spazieren gegangen. Weil es schön kühl ist.«

»Ach natürlich, die frische Brise der Hafeneinfahrten, nicht wahr? Nur schade, dass da hin und wieder eine Leiche im Wasser treibt. Was macht eigentlich das Kommissariat? Da haben sie einen Fall von europäischer Bedeutung direkt vor der Nase. Und sie drehen Daumen. Sie halten es nicht einmal für nötig, richtig zu informieren. Oder sie wissen nichts. Was meinst du?«

»Ich weiß gar nichts. Woher sollte ich auch?«

Er schaute den jungen Mann an, der an einem heißen Glas Schwarztee nippte.

»Was machen Sie in Basel?«, fragte er ihn.

»Theater«, sagte der junge Mann, den Blick aufs Teeglas gerichtet, »alles Theater.«

»Dörrer ist mein Gewährsmann für Theaterfragen«, erklärte Hauser. »Er erarbeitet in der Kaserne ein sensationelles *Ödipus*-Projekt. Hast du von der Tripol AG gehört?«

»Nein. Was ist das?«

»Ich habe gesehen, wie du dich mit Haller unterhalten hast.«

»Aber ja. Wir haben über die Hitze geredet.«

Hauser kippte den zweiten Grappa hinunter und bestellte den dritten.

»In der Tripol AG steckt libysches Geld«, sagte er. »Funkt's endlich in deinem alten Schädel?«

Hunkeler schüttelte den Kopf. Nein, es funkte gar nichts in seinem alten Schädel.

»Da steckt der gute, alte Gaddafi dahinter. Der möchte schon lange eine Atombombe haben, damit er ein bisschen zündeln kann. Er hat alles, was es dafür braucht. Außer den Zentrifugen. Die will er sich über die Tripol holen.«

»Was hat das mit Bernhard Vetter zu tun?«

Hauser schaute ihn argwöhnisch an, als ob er an seinem Verstand zweifeln würde. Er zog ein Taschentuch hervor und wischte sich den Schweiß von der Stirn. Er schwitzte stets, wenn er Schnaps trank. Er schwitzte eigentlich immer.

»Ich bin abgeschnitten von allen Informationen«, sagte Hunkeler. »Kollege Madörin will es so. Ich kenne nur deinen Fortsetzungsroman. Den lese ich übrigens gern.«

»Das ist mein Job. Jetzt mache ich daraus die ganz große Kiste. Alles ist da, was es braucht. Jetzt spielt auch noch die Weltpolitik hinein. Vetter als Opfer des Erzbösewichts Gaddafi, wie klingt das?«

»Es klingt gut. Nur stimmt es leider nicht.«

Wieder der Argwohn. Hauser war sehr schnell, schneller noch als Hunkeler.

»Du weißt also doch etwas. Aber was?«

Hunkeler schlürfte den Schaum von seinem Bier. Wie kühl und beruhigend das war!

»Es fehlt der Sex«, sagte er.

»Ach so, ja.« Hauser kam wieder in Fahrt. »Der Dramaturg und die Hure, wie klingt das?«

»Sehr gut. Oder noch besser: Der Dramaturg und die Sambatänzerin.«

»Genau, exquisit. Vetter verliebt sich in ein Sambamädchen. Die verschwindet in ein Puff in Deutschland, da sich Sambamädchen nicht verlieben dürfen. Vetter ist untröstlich und sucht sie mit einer Verbissenheit, wie sie nur ein frustrierter Dramaturg aufbringt. Bei seiner Suche stolpert er über die Tripol AG, entdeckt etwas, was er nicht entdecken dürfte, und wird deshalb um die Ecke gebracht. So ungefähr, nicht wahr?«

»Woher soll ich das wissen?«

»Du verarschst mich nicht?«

»Wie würde ich dazu kommen, einen seriösen Journalisten zu verarschen?«

»Theater«, sprach Helmut Dörrer, so leise, dass es kaum zu hören war. »Alles Scheißtheater.«

»Wie bitte?«, fragte Hunkeler.

»Die Augen des Ödipus als Instrument zum Erkennen der eigenen Geworfenheit in Schuld, verstehen Sie?«

»Nein«, sagte Hunkeler, »das verstehe ich nicht.«

»Nur der, der nichts sieht, ist ohne Schuld. Nur der Blinde ist unbefleckt. Wer sieht, schaut seine eigene Verworfenheit. Leben heißt Schuld auf sich laden. Nichts anderes. Glücklich ist der Blinde, der dies nicht sieht. Das ist der Grund, warum sich Ödipus blendet. Damit er die eigene Schuld nicht schauen muss. Das ist schon fast christlich gedacht.«

»Interessant«, sagte Hunkeler.

»Wer viel lebt«, dozierte Dörrer, »macht sich viel schuldig. Das hat auch Jesus gewusst, der über die Sünderin Maria Magdalena gesagt hat, Lukas, Kapitel 7, Vers 47: ›Ihr sind viele Sünden vergeben, denn sie hat viel geliebt. Welchem aber wenig vergeben wird, der liebt wenig.‹ Das hat Jesus von den alten Griechen gelernt. Der hängt nicht allein im luftleeren Raum, der hat seine Vorgänger gehabt, zum Beispiel Sophokles. Deshalb sticht sich Ödipus seine Augen aus, weil er nicht stark genug ist, die eigene Schuld zu ertragen. Und genau dadurch wird er stark, gerade dadurch wird er zum Sehenden.«

»Moment mal«, sagte Hunkeler und steckte sich eine Zigarette an. Ihm war, als könnte er so besser denken. »Da verwechseln Sie die Begriffe. Vergebung ist etwas anderes. Die Christen glauben, dass Jesus die Macht hat, Schuld zu vergeben. Gerade deshalb, damit sie sich nicht die Augen ausstechen müssen. Das ist die christliche Gnade. Immerhin ein Fortschritt. Was wäre das für ein Leben, wenn wir uns alle die Augen ausstechen würden?«

Helmut Dörrer stutzte, als hätte er von fern einen seltsamen Ton gehört. Er schaute kurz auf, aus zusammengekniffenen Augen.

»Unterbrechen Sie mich nicht dauernd, wenn ich am Denken bin. Auch der Seher Tiresias ist blind. Weil er seinen Blick nur nach innen richtet. Er löst sich aus der Gesellschaft heraus. Er lebt nur noch, indem er sich selbst spiegelt, in seinem eigenen Denken, und so in den Abgrund seiner eigenen Geworfenheit schaut.«

»Aber er sagt doch ein paar gescheite Sätze gerade über diese Gesellschaft.«

Wieder stutzte der junge Mann. Er schien über das, was er gehört hatte, kurz nachzudenken. Und er gab Antwort. Was Hunkeler einigermaßen beruhigte.

»Tiresias antwortet nicht auf die Fragen der Gesellschaft. Er antwortet sich selbst. Deshalb werden seine Antworten allgemeingültig, weil sie aus der Schwärze, aus der Dunkelheit kommen. Im christlichen Mittelalter waren es die Eremiten, die diese gesellschaftspolitische Aufgabe übernahmen. Der Schweizer Bruder Klaus zum Beispiel aus Obwalden, ein Seher von europäischer Bedeutung. Aber der eigentliche Eremit ist der Blinde. Und wieder einmal wächst das Rettende aus einer Frau. Die Rettung kommt von Antigone. Sie führt ihren blinden Vater durchs Leben. Sie ist die Leidende, Dienende. Genauso wie ihre Mutter Jokaste die Leidende war.«

»Sie überraschen mich, junger Mann«, sagte Hunkeler. »Daran ist überhaupt nichts neu und revolutionär. Das sind die alten Geschlechterrollen. Da sind mir sogar Hulschs Monatsbinden lieber. Das kann ich wenigstens nachvollziehen, dass die Frauen damit auf die Männer eindreschen. Das ist wenigstens neu.«

»Aber es führt zu nichts. Es ist billige Agitation. Nicht der Mann an sich ist schuld. Der Gott ist schuld, der uns alle ins Leben geworfen hat. Der nah ist, wie Hölderlin sagt, und doch schwer zu fassen. Heidegger mag zwar ein Nazi gewesen sein. Aber er hat immerhin ein paar brauchbare Begriffe geschaffen. Wir sind geworfen, ob uns das passt oder nicht. Wir agieren nicht selbst, wir werden agiert. Wir spielen nicht selbst, wir werden gespielt. Und nur der Blinde ist klarsichtig.«

»Sie wirbeln ganz schön in der Geschichte herum, junger Mann. Von Sophokles über Jesus zu Hölderlin und Heidegger. Sie müssen ja hochgelehrt sein.«

»Jawohl, ich kann denken, alter Mann. Wir werden wirbeln, wir werden Sie alle durcheinanderwirbeln.«

Das kam nun sehr laut, fast war es geschrien. Die Billardspieler schauten erstaunt herüber.

»Wir werden diese trübe Theaterstadt aufrütteln. Wir werden ein Zeichen setzen, dass es knallt. Erst beginnen wir in gleißendem Licht, sodass die Zuschauer geblendet die Augen schließen. Dann setzt die Dämmerung ein. Die letzte Stunde spielen wir in vollkommener Schwärze, es wird nichts mehr zu sehen sein. So führen wir das eigene Erblinden vor, die Einkehr in uns selbst.«

»Woher nehmen Sie den Text?«

»Unsere Gruppe hat eine enorme Sozialkompetenz. Natürlich habe ich die Federführung. Aber ich schreibe nichts vor. Wir holen alles aus der kollektiven Erinnerung heraus. Wir werden unser Unterbewusstsein hinausschreien, hinaustanzen. Das Leben als Tanz unter Blinden. Wir werden uns durch nichts abhalten lassen, unsere Botschaft zu formulieren, bis in die endgültige, leere Nacht.«

Als Hunkeler nach Hause ging, hörte er es vom Spalentor her zwei Uhr schlagen. Es hatte tatsächlich abgekühlt. Er sah einen Marder über den Burgfelderplatz rennen, mit langgezogenen, eleganten Bewegungen. Er hatte hier schon oft einen gesehen, fremd und ganz und gar ungezähmt. Er fragte sich, ob es stets derselbe gewesen war. Wohl eher nicht. Wo ein Marder war, war auch eine Marderfrau.

Weiter unten beim Brunnen setzte er sich auf die Bank

und überlegte. Was wusste Hauser? Und woher? Wusste er von Simone Breda, oder hatte er bloß spekuliert? Erstaunlicherweise hatte er kein Wort über ausgestochene Augen gesagt. Die Omertà hatte also bis jetzt funktioniert. Waren sie der Schlüssel zu dieser Geschichte, die leeren Augenhöhlen des Bernhard Vetter, der inmitten des Theatertrubels wie ein Eremit gelebt hatte? Warum hatte er sich denn so sehr um Ödipus bemüht, warum hatte er am Abend seines Verschwindens einen Vortrag über Hölderlins Übersetzung gehalten? Ausschließlich aus philologischem Interesse?

Hunkeler zweifelte daran. Kein Mensch kam ohne Schuld durchs Leben. Auch nicht, wenn er sich lebendig begraben ließ.

Eine verrückte Idee, in gänzlicher Dunkelheit Theater zu spielen. Und unerhört konsequent. Noch konsequenter wäre allerdings, dachte er, auch noch in totaler Lautlosigkeit zu spielen, so dass von der Bühne gar nichts mehr zum Publikum drang.

Er hörte ein zartes Mauzen. Es war eine kleine, getigerte Katze, der langweilig war allein in der Nacht.

»Komm, Büsi«, sagte er, »komm her.«

Er hob sie hoch und legte sie sich auf den Schoß, wo sie sogleich zu schnurren begann.

Am Morgen des 9. Juni, es war ein Dienstag, beschloss Hunkeler, den Rhein bis zur deutschen Grenze hinunterzuschwimmen.

Erst frühstückte er ausgiebig. Zwei Spiegeleier, Käse und Schinken, dazu eine Kanne Schwarztee. Dann suchte er den Schwimmsack hervor, den er vor etlichen Jahren gekauft hatte

in der Absicht, sich einer Gruppe von Flussschwimmern an-
zuschließen, alten Männern aus dem Rheinbad St. Johann,
die jeden Hochsommer von Thun nach Bern die Aare hin-
unterschwammen. Er hatte es nie geschafft, es war ihm stets
etwas in die Quere gekommen. Vielleicht hatte er auch bloß
keine Lust dazu gehabt. Die Strecke vom Hotel Drei Könige
bis zum Badehaus genügte ihm vollkommen, er war ein Ge-
wohnheitstier.

Er packte ein wenig Unterwäsche ein, das Handy, eine
Zahnbürste und eine Wolldecke und machte sich auf den
Weg. Er ging den St. Johanns-Ring hinunter zur Anlege-
stelle der Passagierschiffe, die nach Rotterdam fuhren. Im
Badehaus zog er sich aus, stopfte die Kleider in den gelben
Sack und schnürte ihn zu, so dass er wasserdicht war. Dann
stieg er ein.

Der Fluss führte reichlich Wasser, in den höheren Lagen
der Alpen schmolz der Schnee. Eine prickelnde Kühle ergriff Hunkelers Körper. Er schwamm mit kräftigen Zügen
hinaus in die Mitte, den Sack im Schlepptau. Er hörte die
Musik der Kiesel auf dem Grund, ein feines, zartes Rieseln.
Er schaute den Fluss hinauf und hinunter, ob ein Kahn zu
sehen war. Es war keiner in Sicht. Er legte sich auf den Rücken und blickte zur Dreirosenbrücke hoch, unter der er
hindurchgetragen wurde. Dann die Hochhäuser der Chemischen rechts, die Krane des kleinen Hafens links. Der neu
erbaute Campus, eine Forschungs- und Industrieoase, wo
das Geld für Basels Kultur verdient wurde. Die Grenze zu
Frankreich war nicht zu erkennen, hier wurde grenzüber-
schreitend gearbeitet.

Er ließ sich treiben, nur sachte Hände und Füße bewegend.

Er fragte sich wieder einmal, warum er eigentlich keine Kiemen hatte. Warum waren seine Vorfahren an Land gekrochen, was hatten sie damit bezweckt? War ein Leben zu Lande besser als ein Leben im Wasser? Er zweifelte daran. Er wäre am liebsten ganz eingetaucht in den Bauch des Rheins, mit rötlichen Schwimmhäuten zwischen Fingern und Zehen.

Als er das Sirren eines Motors hörte, schaute er auf. Richtig, da kam ein Lastkahn den Fluss hinabgefahren. Er war leer, sein Bug ragte vier Meter hoch. Der Kapitän hatte den Schwimmer entdeckt, er hupte aufgeregt, was Hunkeler fast ein bisschen beleidigte. Wer war er denn? Hatte er nicht Ohren und Augen im Kopf? Er schwamm Richtung Kleinbasler Ufer, legte sich auf den Rücken und winkte dem Mann im Steuerhaus. Der fand das überhaupt nicht lustig, er zeigte die erhobene Faust.

Hunkeler ließ sich das Kleinhüninger Ufer entlang treiben, passierte die Mündung der Wiese und das Cuba Libre. Er landete bei der Grenzwache. Es war zwar verboten, im Hafengebiet zu schwimmen, aber das war ihm egal. Einen Rüffel würde er leicht ertragen, verhaften würden ihn die Kollegen nicht.

Er rieb sich trocken und zog sich an. Ihm war kalt, der Rhein hatte noch nicht die Wärme des Hochsommers. Er ging den Grenzzaun entlang und suchte eine Stelle, wo er sich ausruhen konnte. Er fand eine Bank neben einer kleinen Holzhütte. In einem verwilderten Beet wuchsen Gladiolen, rote und gelbe. Die Knospen hatten sich noch nicht ganz geöffnet, aber ihre Farbe war zu erkennen. Tomatenstauden kletterten an der Hütte hoch, mit kleinen, grünen Früchten.

Er setzte sich und war ganz stolz. Das war jetzt etwas wie ein Abenteuer gewesen, ein Schwimmen in neue Gefilde. Er grinste zufrieden und ließ sich von der Sonne wärmen.

Er sah ein Gurkengewächs, das über den Boden wucherte. Es trug zwei handlange, dünne Gurken. Er ging hin, riss sie ab und biss hinein. Sie schmeckten nicht schlecht. Das wär's, dachte er, ein Leben in der Wildnis am Fluss, als Sammler und Jäger.

Ihm fiel auf, dass er sich zum ersten Mal auf sein Rentnerleben freute. Vielleicht würde er sich ein Schiff kaufen, den Rhein hinuntertuckern und überall, wo es ihm gefiel, anlegen für einige Tage. Oder durch die Kanäle Frankreichs, an Städten vorbei wie Nancy, Vitry, Châlons-sur-Marne bis nach Paris. Auf einer Péniche vielleicht, einem Kanalboot, das mehr als genug Platz hatte für Hedwig und ihn. Auf der Route der Schleusen, wo man alle hundert Meter warten musste, bis sich die Schleusenkammer gefüllt oder entleert hatte.

Er steckte sich eine Zigarette an und betrachtete bestens gelaunt seine Umgebung. Eine eigentümliche Idylle war das, direkt an der Landesgrenze. Blumen und Palmen, eine Weinrebe mit noch grünen Trauben. Ein rostiger Spaten, daneben ein Stück Segeltuch. Dicht am Ufer der vertäute Schleppkahn.

Er schaute noch einmal zum Segeltuch, das neben der Hütte lag. Ihm war etwas aufgefallen daran, aber er wusste nicht, was. Ein Stück Plane, von einem Lastwagen vielleicht. Es war über etwas ausgebreitet, als Schutz gegen Regen wohl. Es hatte nichts Auffälliges an sich. Aber dann merkte er es doch. Alles war überwuchert hier. Nur das Segeltuch lag frei.

Er zögerte lange. Was ging es ihn an, was unter dem Tuch lag? Sollten die Leute verstecken, was sie wollten. Ihn kratzte das nicht.

Dann sah er das Fahrrad auf der andern Seite des Grenzzauns. Ein Damenrad mit platten Reifen und festem Gepäckträger. Es war ungesichert an den Zaun gelehnt, als ob jemand es benützt hätte, um den Zaun zu überqueren.

Er stand auf und hob das Tuch an. Darunter lag ein Tresor mit einer Kantenlänge von rund einem halben Meter, hergestellt von einer Firma Posch.

Hunkeler griff zum Handy, um die Nummer von Paul Wirz von der Gendarmerie St. Louis zu wählen. Aber dann ließ er es bleiben und deckte den Tresor wieder zu. Schließlich war er ein ausgemustertes Auslaufmodell.

Am Nachmittag spazierte er zurück durch die Hafenstraße. Vor dem Gebäude der Tripol AG standen zwei Polizeiwagen mit Haller als Wache.

»Habt ihr etwas gefunden?«, fragte er und schaute zu, wie sich Haller umständlich die Pfeife anzündete.

»Da ist nichts zu finden. Wenn es etwas zu finden gäbe, haben sie es so gut versteckt, dass wir es nicht finden.«

Er zeigte auf Hunkelers Schwimmsack.

»Was hast du vor? Schwimmst du nach Rotterdam?«

»Klar. Und weiter bis in die Sargassosee, wie die Aale.«

»Abtauchen, das wär's. Kannst du mir sagen, warum ich hier stehe, acht Stunden am Tag?«

»Ja, wegen der Pflicht. Du stehst im Namen der Gerechtigkeit da, vergiss das nicht. Jetzt heißt es weitersuchen, bis ihr etwas findet.«

»Wenn wir dürfen«, sagte Haller und versuchte es mit einem zweiten Streichholz. »Es ist eine Beschwerde eingetroffen. Gepfeffert und gesalzen. Vom Wüstensohn Gaddafi. Was sich das Provinznest Basel erlaube mit einer seriösen libyschen Firma. Der ist richtig böse. Das Bundeshaus in Bern hat sich gemeldet, ob wir verrückt geworden seien.«

»Und? Seid ihr verrückt geworden?«

»Ein bisschen schon. Madörin tobt herum, er lasse sich von diesem Kretin nicht auf die Füße treten. Er hat Herrn Ramsik samt seiner schönen Sekretärin eingesperrt.«

»Und der Haftrichter?«

»Der hat zugestimmt.«

»Dann prost Mahlzeit«, sagte Hunkeler, »ich wünsche viel Vergnügen.«

Gemeinsam schauten sie nach vorn zur Westquaistraße, von der drei Frauen in die Hafenstraße einbogen. Zwei waren kaffeebraun, die Dritte hatte rötliches Haar. Rote und gelbe und blaue Blusen mit Dekolletés bis zum Bauchnabel, altmodische Stöckelschuhe, ein Hüftschwung, der die Hafenstraße zum Laufsteg machte. Sie gingen unter dem Kran durch, der eben einen grasgrünen Container zum Hafenbecken 1 hinübertrug. Die Kranhupe setzte ein, heulte dreimal auf, verstummte und heulte wieder auf. Das Horn des Containerschiffes antwortete, im gleichen Rhythmus. Eine Sirene war zu hören. Das Pfeifen einer Rangierlok, das Hupen mehrerer Laster, eine Schiffsglocke. Ein Hafenkonzert der staunenden, bewundernden Art, eine Musik für Aphrodite.

Als die Frauen an der Tripol AG vorbeigingen, sagte eine der Schönheiten: »Ciao, filho da puta.«

Dann stöckelten sie weiter Richtung Laderampe der Rhenus AG, wo einige Männer standen.

»Was hat sie gesagt?«, fragte Haller, dem die Pfeife ausgegangen war.

»Keine Ahnung. Irgendetwas von Hurensohn.«

»Gehen die hier auf den Strich?«

»Das glaube ich nicht.«

Sie schauten zu, wie die Frauen auf die wartenden Männer zuschritten und mit ihnen zu reden begannen.

»So geht es natürlich auch«, sagte Hunkeler.

»Was geht auch?«

»So kann man einen ganzen Hafen auf den Kopf stellen.«

Er ging zurück zum Rheingrill, setzte sich draußen ans Wasser und bestellte eine Kalbsbratwurst, schön durchgebraten. Dann griff er zum Boulevardblatt, das auf dem Nebentisch lag, und las, was Hauser gedichtet hatte. Er las von einer Weltverschwörung, die von Nordkorea und Libyen ausging und ihre Drehscheibe in der Schweiz hatte, in Basel, um genau zu sein, wo eine finstere Gruppe aus der Hochfinanz dabei war, Gaddafi bei der Herstellung der Atombombe zu helfen, als Gegenleistung für Schürfrechte am libyschen Erdöl. Denn die Basler waren geldgierig, hochnäsig und verschlagen. Und da Bernhard Vetter, der im Hafen wohnte, Zeuge dieser Machenschaften geworden war, war er ermordet worden.

Eigenartig, dachte Hunkeler, als er sich ein Stück Wurst abschnitt, mit Senf bestrich und in den Mund schob, welch verstiegenen Mumpitz das Zürcher Boulevardblatt Hauser durchgehen ließ. Es musste noch viel schlechter um die Zeitung stehen, als man allgemein annahm. Seltsam auch, dass

Hauser nichts über das Thema Hure und Theaterdirektor geschrieben hatte. Vielleicht behielt er diese Liebesschmonzette für das Sommerloch auf.

Es war Zeit, dass die Wahrheit an den Tag kam. Und Hunkeler beschloss, Ettore Lardini einen Besuch abzustatten.

Er wurde empfangen von einem ganz in Hellblau gekleideten, älteren Herrn, der wie ein Profisegler aussah. Er war sehr zuvorkommend, sehr höflich.

»Die Dauerausstellung, der ich dieses Kulturzentrum verdanke«, sagte er, »kann ich Ihnen leider nicht zeigen. Wir sind dabei, sie umzuhängen. Ich zeige Ihnen die Wechselausstellung. Kunst aus Getränkedosen, Kunst aus den Favelas von Rio. Umwerfend vital.«

Sie stiegen hoch in einen Saal, wo Hunderte kleiner Figuren ausgestellt waren, aus dem bunten Blech von Dosen hergestellt. Fußballer, Sambatänzerinnen. Herren in Frack, Polizisten, Boxer. Adler mit ausgebreiteten Schwingen, Katzen und Hunde. Alles auf den ersten Blick benennbar, wunderbar lustvoll und lustig.

»Schön«, sagte Hunkeler, »was kostet so eine Figur?«

»Hundert Franken.«

»Die da nehme ich«, sagte Hunkeler und zeigte auf eine Sambatänzerin. »Wie viele haben Sie schon verkauft?«

»Nur wenig. Leider entsprechen diese Kunstgegenstände nicht der heutigen Mode.«

»Das glaube ich nicht«, sagte Hunkeler und schaute zu, wie Lardini die Tänzerin in eine Schachtel schob. »Vielmehr glaube ich, dass diese Kunstgegenstände viel zu billig sind. Was nichts kostet, ist nichts wert. So denkt man in Basel.

Ich bin sicher, dass Picasso ausflippen würde, wenn er diese Ausstellung sähe. Und Dieter Roth würde tanzen.«

Ein schneller, schräger Blick von Lardini.

»Kannten Sie Dieter Roth?«

»Von früher, ja. Von der Rio Bar her.«

»Das Problem ist«, sagte Lardini, »dass diese Künstler keinen Namen darunter schreiben. Die Leute bezahlen für Namen. Das hier stammt von einem Kollektiv, es ist Kollektivarbeit. Unsere Stiftung unterstützt eine junge Künstlergruppe, die in den Favelas wohnt und mit den Leuten dort Kunst macht. Ausschließlich mit Material, das sie vorfinden. Es gibt keine Müllabfuhr. Es gibt nicht einmal eine geregelte Kanalisation. Recycling zum Kunstwerk, aus Müll wird Kunst. Namen spielen keine Rolle, man lebt Tag und Nacht in der Gruppe.«

Er nahm die Hunderternote, die ihm Hunkeler hinstreckte.

»Das ist für Sie wenig Geld«, sagte er, »nehme ich an. In den Favelas ist es ein Vermögen. Ich halte nichts von der üblichen Entwicklungshilfe. Dieses Geld kommt selten an die richtige Stelle. Man muss zu den Leuten hingehen, mit ihnen reden, mit ihnen handeln.«

»Schön. Ich heiße übrigens Hunkeler.«

»Ich weiß. Sie sind pensionierter Kommissär und suchen den Mörder von Bernhard Vetter.«

»Woher wissen Sie das?«

»Buschtelefon. So etwas spricht sich hier am Wasser schnell herum. Wenn Sie mögen, lade ich Sie ein in die Piste du Rhin. Ich muss nur noch rasch etwas erledigen.«

»Gern«, sagte Hunkeler.

Die Sonne stand dicht über den Vogesen, als sie losfuhren. Lardini besaß ein kleines Holzboot mit Außenbordmotor.

»Man kann auch rudern damit«, sagte er, »Sie brauchen keine Angst zu haben, falls das Benzin ausgeht.«

Er steuerte in die Mitte des Flusses, wo die Strömung am stärksten war. Dort stellte er den Motor ab. Das Boot trieb unter der Dreiländerbrücke hindurch, auf der Leute standen und winkten. Industriebauten an beiden Ufern, dazwischen Auwald. Im Westen die Vogesen mit der roten Sonnenkugel.

»Fahren Sie oft ins Elsass hinüber?«, fragte Hunkeler.

»Immer wenn ich Zeit habe. Zum Essen oder zu einem Schluck Wein.«

»Ist das eigentlich gestattet?«

»Warum nicht? Wenn ich keine Waren dabeihabe?«

»Entschuldigung. Ich stecke manchmal noch in der Nachkriegszeit fest, als die Leute Kaffee über die Grenze schmuggelten.«

»Das hier ist eine Region, die zusammengehört. Wir am Bach wissen das. Die Landesgrenzen sind lächerlich. Das wächst alles zusammen in den nächsten Jahren. Obschon die Elsässer immer noch nicht wollen. Am deutschen Ufer steht das Rhein Center, wo man alles kaufen kann, was man will. Es gibt Wirtschaften, Parkanlagen, Spielplätze für Kinder. Am französischen Ufer gibt es nichts als Kies und ein paar verkrüppelte Bäume. Die Elsässer verzeihen den Deutschen den letzten Krieg noch immer nicht. Weil sie ihn nicht vergessen können. Erst die Generation, die jetzt heranwächst, wird vergessen. Schließlich bezahlt man auf beiden Seiten mit Euros.«

»Nur in der Schweiz nicht«, sagte Hunkeler.

Sie glitten unter der Palmrainbrücke hindurch, auf der sich der Abendverkehr staute. Das Wehr von Märkt war zu sehen, in der Ferne erschienen die Schleusen von Kembs. Lardini startete den Motor und steuerte den Hafen der Piste du Rhin an.

Sie setzten sich an einen Tisch unter den Espen.

»Was möchten Sie essen?«

»Nichts«, sagte Hunkeler. »Ich habe im Rheingrill eine Bratwurst gegessen. Aber gegen eine Flasche Wein hätte ich nichts.«

»Elsässer Riesling?«

»Ja gern.«

Das Ausflugsschiff Basler Dybli fuhr flussabwärts. Die Gäste winkten herüber, was offenbar Brauch war in der Gegend.

»Ich weiß nicht«, sagte Lardini, als der Kellner den Wein gebracht hatte, »wer Bernhard Vetter umgebracht hat. Ich möchte es gerne wissen. Viele möchten es wissen am Bach. Vielleicht ist es Rutziska gewesen, vielleicht Dreisitz. Vielleicht auch jemand, den ich nicht kenne. Damit will ich sagen, dass ich Ihnen helfen will.«

Hunkeler nahm einen Schluck Wein. Herrlich schmeckte das, himmlisch.

»Ich war's nicht«, sagte Lardini. »Ich habe das schon auf dem Kommissariat erklärt, einem Herrn Madörin. Der ist übrigens ein Arschloch.«

Hunkeler nickte und nahm einen zweiten Schluck. Dieser Wein war unwiderstehlich.

»Ich weiß, dass es sogenannt leichte Mädchen waren, die ich zum Samba-Abend eingeladen habe. Richtiger wäre: arme

Frauen. Ich habe in Rio gelebt. Ich kenne die Verhältnisse. Ich kenne auch die Samba-Schulen. Dort lernen die Töchter aus gutem Hause das Tanzen, bewacht von ihren Müttern. Diese Töchter tanzen nur am Karneval, in sündhaft teuren Kostümen. Das ist das Einzige, was sündhaft ist an ihnen. In den Favelas ist es anders. Dort tanzen die Mädchen für ein paar lumpige Dollars. Weil es ihre einzige Möglichkeit ist, an Dollars heranzukommen. Die Prostitution ernährt dort Tausende von Familien. Man kann das moralisch verurteilen. Nur hilft diese Verurteilung niemandem.

Die Girls aus den Favelas tanzen anders als die Töchter aus gutem Hause. Sie tanzen den wirklichen Samba, der anrüchig ist, schockierend, brutal. Ich bin hingerissen davon, ich war es schon immer. Sie haben vorhin von Picasso geredet. Das ist richtig. L'art brut. Die Negerkunst. Heute darf man das ja kaum mehr sagen, wenn man nicht als Rassist verschrien werden will. Ich bin kein Rassist. Ich sehe die Schönheit, wo sie ist. Und ich nenne sie auch beim Namen.

Ich habe noch nie einen Rappen an einem dieser Girls verdient. Ich werde es auch nie tun. Dazu verehre ich sie zu sehr.«

Er schenkte neu ein.

»Die Samba-Events von Arthur Erni«, sagte Hunkeler, »was ist das für eine Agentur?«

»Die ist seriös. Sonst würde ich nicht mit ihr zusammenarbeiten.«

»Und Erni persönlich?«

»Ein alter Freund aus den 68er Jahren. Vormals ein guter Werbetexter. Er hat Drogen genommen. Aber er ist seit Jahren clean.«

»Und wo sind diese Samba-Girls jetzt?«

»Zwei sind in Herzogenbuchsee. Drei im Ententeich an der Dorfstraße. Eine davon ist Schweizerin und heißt Sabine Loretan. Sie ist die Chefin im Ententeich.«

»Heute über Mittag«, sagte Hunkeler, »sind drei Frauen durch die Hafenstraße gegangen. Die haben kurz den Hafen aufgemischt.«

Lardini lächelte, er nickte.

»Das waren die drei aus dem Ententeich.«

»Warum haben sie das getan?«

»Das wissen Sie doch. Sie suchen Simone Breda.«

Es war inzwischen dunkel geworden. Zwei Schwäne schwammen heran, mit weiß leuchtendem Gefieder.

»Erzählen Sie mir bitte etwas über Bernhard Vetter«, sagte Hunkeler.

Lardini zögerte.

»Was soll ich Ihnen erzählen? Es ist schwierig, einen Menschen zu beschreiben. Man kennt meist nur eine Seite von ihm. Die andern Seiten, die er bestimmt auch hat, kennt man nicht. Ich habe Vetter nie bei der Arbeit erlebt.«

Sie schauten zu, wie die beiden Schwäne ihre Hälse ins Wasser tunkten.

»Es kann sein, dass er bei der Arbeit aufgeblüht ist. Dass er in der Arbeit sich selbst erlebt, sich selbst ausgedrückt hat. Üblicherweise hat er alle auf Distanz gehalten. Als ob sich sein Lebenswille in der Selbstverbarrikadierung erschöpft hätte. Erinnern Sie sich an die Figürchen aus den Favelas. Vielleicht sind sie ja nicht die ganz große Kunst. Aber in jeder einzelnen Figur wird der Wille zur Darstellung sichtbar, die Freude am Ausdruck. Vetter war ganz anders, er bestand aus Kontrolle. Aus Selbstkontrolle, aus Kontrolle der andern. Wie Sie bestimmt wissen, war er Adorno-Schüler. Ich weiß nicht, wie er gelebt hat, ich weiß nur, wie er gedacht hat. Er hat sich überlegen gefühlt, hat aber gleichzeitig unter seiner Überlegenheit gelitten. Er hat ganz bewusst Macht ausgeübt. Er hat die Machtausübung als seine Pflicht verstanden.«

»Ist das nicht ein Widerspruch in sich?«, fragte Hunkeler. »Adorno war doch ein scharfsinniger Kritiker von Herrschaft und Macht.«

»Ich kenne einige Leute dieser Art. Sie kommen alle aus Deutschland. Sie können die Verbrechen der Nazis nicht in ihr Denken integrieren, was ja kein Wunder ist. Sie wittern überall nazistisches Gedankengut, faschistoide Mentalität, die sie aufdecken müssen. Das tun sie mit Hilfe der Frankfurter Schule, zu der Adorno gehörte. So ist diese Generation der eigenen Schuld, die meiner Meinung nach eine eingebildete Schuld ist, entkommen. Soweit das überhaupt möglich ist. Denn ich denke, dass eine eingebildete Schuld noch schwerer drückt als eine wirkliche Schuld.«

Ein Schiff glitt vorbei, lautlos fast. Es war die Alemannia, ein weißer Passagierkahn, mit leuchtenden Lämpchen geschmückt.

»Es gibt eine östliche Philosophie«, sagte Lardini, »die jede Schuld verneint. Denn der einzelne Mensch ist nicht selber schuld, dass er auf der Welt ist. Meist ist er in einem liebenden Augenblick gezeugt worden. Für mich ist die Liebe dieses Augenblicks stärker als alles andere. Nicht die Schuld bestimmt die Welt, sondern die Liebe. Und die hat Vetter gefehlt.«

»Wie oft haben Sie ihn gesehen?«

»Erstaunlich oft. Er ist jeweils kurz vor Mitternacht vorbeigekommen auf ein Glas Wein. Wir haben uns auf die Dachterrasse gesetzt, manchmal bis Sonnenaufgang. Dann hat er sich auf seinem Boot für ein paar Stunden hingelegt. Bis Simone Breda aufgetaucht ist. Da hat es ihn erwischt. Was man ohne weiteres begreifen kann.«

Das sagte er wie beiläufig, aber es schwang eine Spur Trauer mit.

»Diese Simone scheint ja eine richtige Granate zu sein«, sagte Hunkeler, ebenso beiläufig.

»Stimmt, sie gefällt allen.«

»Auch Ihnen?«

»Auch mir, ja. Übrigens war auch Erni spitz auf sie. Aber sie hat niemanden an sich herangelassen. Außer Vetter.«

»Wie ist sie denn?«

»Wunderbar, ein typischer Café-au-lait. Liegt es an ihrem Lachen, ihrer Stimme, ihren Bewegungen? Ich weiß es nicht. Vielleicht ist es das Tänzerische an ihr. Sie scheint schon zu tanzen, wenn sie redet.«

»Wie haben die beiden miteinander geredet?«

»Meist Englisch. Aber sie kann auch ein bisschen Deutsch, da sie auf deutschen Kreuzfahrtschiffen aufgetreten ist. Er wollte sie vom Fleck weg heiraten.«

»Ach ja?«

»Ja, das hat sie beeindruckt. So hätte sie als Tänzerin Karriere machen können. Ich glaube sogar, dass sie ihn deswegen geliebt hat.«

»Eine ziemlich kitschige Dutzendgeschichte also«, sagte Hunkeler, »nicht wahr?«

»Nein.«

Das kam überraschend entschieden.

»Ich habe schon mehrere Männer erlebt, die sich in solche Girls verliebt haben. Aber so etwas habe ich noch nie gesehen. Ich glaube sogar, dass es geklappt hätte. Sie hätte ihn tatsächlich aus seiner Einsamkeit herausgeholt.«

»Wenn sie nicht verschwunden wäre.«

»Ja.«

Ein kleines, schnittiges Motorboot schoss auf dem Wasser Basel zu, mit dröhnendem Motor und aufgestelltem Bug. Dann die heranrauschenden Wellen, ihr Aufklatschen am Ufer. Aufgeregtes Entengequake, endlich wieder Stille.

»Ich habe gehört«, sagte Lardini, »dass Vetter die Augen ausgestochen worden seien. Stimmt das?«

»Ich weiß es nicht.«

»Wenn es stimmt, muss der Mord etwas mit Ödipus zu tun haben. Oder was denken Sie?«

Kurz vor 23 Uhr fuhren sie zurück, schön dem Ufer nach, wo die Strömung am schwächsten war.

»Wo darf ich Sie absetzen?«, fragte Lardini. »Beim Cuba Libre?«

»Nein, beim Kiel.«

»Gut, dann komme ich mit.«

Im Hafen stellte Lardini den Motor ab und ließ das Boot auslaufen.

Sie stiegen ein paar Stufen hoch und setzten sich an einen Tisch. Einige Lampions leuchteten, eine Partyfackel. Ein Akkordeon spielte Tango. Zwei Paare tanzten dazu, eng umschlungen. Es waren die beiden Café-au-laits, die sich von zwei Burschen willig herumschieben ließen. Zwei Frauen saßen da, die Hunkeler auch schon gesehen hatte. Der Zweimetermann mit weißem Pferdeschwanz an der Handorgel ließ sich von den Neuankömmlingen nicht stören, er schaute nur kurz auf und spielte dann voller Hingabe weiter. Eine schmelzende Melodie. Die Lichter eines Kahns am Kai drüben glitzerten auf dem Wasser. Hafengeräusche, metallen und kühl. Der abnehmende Mond, der sein Licht ins Erlenlaub streute.

Als die Musik aufhörte, herrschte eine Weile Stille.

»Was will der Kerl?«, fragte der Mann mit dem Pferdeschwanz.

»Das ist Freund Hunkeler«, sagte Lardini. »Er ist okay. Das da ist Arthur Erni, das Sabine Loretan, das Annebeth Schubiger. Luciane und Gisele. Die beiden Tänzer kenne ich nicht.«

»Piet und Henke«, sagte der eine, »aus Holland.«

»Und jetzt Champagner für alle«, rief Lardini.

»Nein«, widersprach Arthur Erni, »das ist ein Schnüffler. Es gibt nur Schnaps.«

Er ging hinein, um Schnaps zu holen.

»Er ist Schnüffler gewesen«, rief Lardini ihm nach, »jetzt ist er ein Rentner.«

Erni erschien wieder und schenkte Kirsch ein.

Annebeth Schubiger hatte den Blick noch kein einziges Mal gehoben. Sie saß wie versteinert. Dann fasste sie Hunkeler ins Auge.

»Er hat mich belauert«, kreischte sie los, »er verfolgt mich. Er will etwas von mir.«

Alle schwiegen. Alle schauten Hunkeler an. Er kippte sich

den Kirsch in die Kehle, bloß um Zeit zu gewinnen. Dann stellte er das leere Glas hin.

»Ich verfolge niemanden«, sagte er. »Ich wüsste nicht, warum. Ich bin hier, weil es mir hier gefällt. Ich bin mit 16 nach Rotterdam hinuntergefahren. Daran will ich mich erinnern, deshalb bin ich hier. Ich habe durch das Fenster ihres Ateliers geschaut. Ich habe sie sitzen sehen. Sie war so konzentriert, dass der Anblick mich fasziniert hat. Ich habe sie wohl erschreckt. Das tut mir leid.«

Alle hatten wortlos zugehört. Wie vor Gericht, kam es ihm vor, wie wenn er schuldig gesprochen werden sollte. Er schaute einen der beiden Holländer an, einen Schiffsmann vermutlich. Der zuckte mit den Achseln.

»Sorry«, sagte er, »I cannot help you.«

Dann fing Annebeth Schubiger plötzlich an zu zittern. Es begann in ihren Händen, ganz leise erst. Dann zuckten ihre Schultern, ihr ganzer Körper bebte.

»Und Simone Breda?«, schrie sie. »Was ist mit der?«

»Ganz ruhig«, sagte Sabine Loretan, die neben ihr saß, »reg dich nicht auf. Es geschieht ihr nichts. Wir werden sie finden.«

Sie umarmte sie, streichelte ihr über das kurze graue Haar. Die alte Frau begann zu schluchzen.

»Samba do Brasil«, rief Henke, »this is not a funeral.«

»Ich habe gewusst«, sagte Erni, »dass es Streit gibt. Warum schleppst du einen Schnüffler an?«

»Spiel jetzt«, sagte Lardini, »los, Samba!«

Erni griff zum Akkordeon, unwillig, wie es schien. Aber nach wenigen Takten war er voll in der Musik.

Die beiden Café-au-laits zogen ihre Blusen aus. Sie stellten sich vor die Holländer und begannen zu tanzen, dass den jungen Männern Hören und Sehen verging. Auch Hunkeler wurde es mulmig zumute. Beinahe bekam er es mit der Angst zu tun. Aber er schaute doch hin.

Sabine Loretan erbarmte sich seiner.

»Darf ich bitten, Herr Hunkeler?«

»Danke, ich kann nicht Samba tanzen.«

»Dann eben Ländler. Ländler geht zu allem.«

Sie war etwas über vierzig, mit dünnem, rötlichem Haar.

»Gut«, sagte er, »dann eben Hudigäggeler.«

Er fasste sie mit dem linken Arm um den Rücken, drehte sich mit ihr im Kreis. Er roch ihr Parfüm, irgendetwas süß Exotisches.

»Das geht ja ganz gut«, sagte sie.

Er gab sich alle Mühe, nicht aus dem Rhythmus zu fallen. Früher hatte er viel getanzt. Es war eine Verführungstechnik gewesen, um die Mädchen anschließend noch ein bisschen abknutschen zu können. Aber das war längst vorbei.

»Ist es Ihnen nicht zu langweilig mit mir?«, fragte er.

»Nein, überhaupt nicht. Sie haben viel Gefühl.«

Worauf er sich noch mehr in die Musik hineinlegte.

Nach zwei Stücken führte er sie an den Tisch zurück. Annebeth Schubiger war verschwunden.

»Das macht nichts«, sagte Sabine, »sie geht meist früh schlafen. Vergessen Sie es. Zum Wohl.«

Sie schenkte neu ein, und er kippte sich das zweite Glas in die Kehle.

»Wo haben Sie Samba gelernt?«, fragte er.

»In Sursee, an der Fasnacht. Ich war in der Samba-Clique. An der Fasnacht war alles erlaubt. Wir haben das Städtchen zum Kochen gebracht. Kommen Sie mich einmal besuchen im Ententeich. Das liegt gegenüber vom Altersheim St. Christophorus.«

»Gern. Wer hat Ihrer Meinung nach Bernhard Vetter umgebracht?«

»Nicht so laut. Die Wände haben Ohren.«

Sie schaute zu Erni hinüber. Aber der schien in die Musik versunken zu sein.

Ettore Lardini erhob sich.

»Ich verabschiede mich«, sagte er. »Ich wünsche einen zauberhaften Abend.«

Er stieg ins Boot, stieß ab und tuckerte langsam hinüber zum offenen Rhein.

Arthur Erni hörte auf zu spielen und schenkte sich einen Kirsch ein. Die beiden Café-au-laits zogen ihre Blusen wieder an und verschwanden mit den Holländern, ohne sich zu verabschieden.

»Sie spielen wunderbar Akkordeon«, sagte Hunkeler. »Ich wette, Sie könnten Geld verdienen damit. Eigentlich hätten Sie es nicht nötig, mit Huren zu handeln. Warum tun Sie es denn?«

Erni schaute ihn starr an, aus zusammengekniffenen Augen, in denen die Pupillen kaum zu sehen waren. Seine Brauen waren violett gefärbt.

»Son of a bitch«, sagte er.

»Gut, kann sein, dass ich ein Hurensohn bin. Aber Sie sind viel schlimmer. Sie beuten kleine Mädchen aus. Was würde wohl Großvater Marx dazu sagen? Was meinen Sie? Sind Sie nicht ein übler Klassenfeind?«

»Passen Sie auf«, sagte Sabine, »er wird aggressiv.«

Hunkeler schaute ihm noch einmal direkt in die Augen.

»Ach so, jetzt seh ich's«, sagte er, »das liebe Kokain. Die Wunderdroge, die nicht süchtig macht, nicht wahr? Man spielt zwar wunderbar Handharmonika, aber es kostet Geld. So viel Geld kann man mit Musik nicht verdienen. Also holt man sich beim Staatssekretariat für Wirtschaft eine Lizenz zur Vermittlung von ausländischen Tänzerinnen. Man hält diese Tänzerinnen wie Sklaven. Kostüme, Fotos für den Schaukasten und Musik haben sie mitzubringen. Arbeitszeit achtzehn Uhr bis drei Uhr, Anzahl Auftritte pro Abend zehn, Nettolohn zweitausend Franken. Und dann vermittelt man sie für viel Geld weiter in schummrige Kontaktbars. Wenn sie nicht spuren, nimmt man ihnen Pass und Visum weg, sperrt sie wochenlang in einen Kaninchenstall und verkauft sie am Ende in eine griechische Hafenkneipe. Und alles nur, weil man das weiße Pulver braucht. Pfui Teufel, was sind Sie für ein schmieriger Lump.«

Er hatte sich in eine richtige Wut hineingeredet, er merkte es selbst. Obschon diese Wut eigentlich fehl am Platze war. Aber Steinobst macht böse, hatte er in seiner Jugend oft gehört, und Kirsch war Schnaps aus Steinobst. Es war ihm egal. Am liebsten wäre er dem Kerl an den Kragen gegangen.

Erni hatte ungerührt zugehört. Sein Gesicht hatte sich nicht verändert. Ganz im Gegensatz zu Sabine Loretan, die schneeweiß geworden war. Aber sie schwieg.

Erni machte etwas Erstaunliches. Er griff nach hinten und zog einen Dolch hervor, der in seinem Gurt gesteckt hatte. Ein krummes, gefährliches Messer. Er stieß es mit aller Kraft in den Holztisch.

»Das da ist ein Kris«, sagte er, »der Dolch der Malaien.

Damit wehre ich mich, wenn man mir zu nahe kommt. Ich könnte Sie ohne weiteres umbringen und ins Wasser werfen. Die Nutte da, mit der Sie eben so entzückend getanzt haben, würde schwören, ich sei es nicht gewesen. Aber ich tue es nicht. Sie sind mir viel zu blöd. Ein kleines, eingebildetes, dreckverwöhntes Schweizerlein, keine Ahnung von Tuten und Blasen. Zudem sind Sie betrunken. Ich rate Ihnen, gehen Sie heim zu Mutti und weinen Sie sich aus. Falls Sie noch nicht genug intus haben, hole ich Ihnen eine zweite Flasche. Sie können auch die austrinken, bis die Sonne aufgeht. Und falls es Sie interessiert: Meine Lizenz ist einwandfrei. Ich mache nur seriöse Geschäfte.«

Er holte drinnen eine neue Flasche Kirsch, stellte sie hin und verschwand.

Sabine saß immer noch reglos da, den Blick auf den im Holz steckenden Kris geheftet. Dann schüttelte sie den Kopf, öffnete die Flasche und schenkte ein.

»Mein Gott, die Angst, die ich ausgestanden habe. Er hätte Sie glatt umbringen können. Was Sie ihm gesagt haben, darf man denken, aber nicht laut. So etwas wird in diesen Kreisen sofort bestraft.«

»Das ist mir egal«, behauptete Hunkeler und goss sich ein weiteres Glas hinter die Binde. »Der Sauhund hätte mich nicht erwischt. Wenn es drauf ankommt, bin ich wieselflink.«

Er sah aus den Augenwinkeln, wie drei Gestalten um die Hausecke kamen. Es waren Wiebke van Leyden, Rutziska und Dreisitz. Die beiden Männer zögerten, als sie den fremden Gast am Tisch sitzen sahen.

»Kommt nur«, sagte Wiebke, »ich kenne ihn. Er ist harmlos.«

Sie sah den Kris im Holz stecken und erschrak.

»Was war los? Ist er wieder ausgerastet?«

»Und wie«, antwortete Sabine, »er hätte ihn beinahe erstochen.«

»Ach was«, sagte Hunkeler. »Ich kenne Sie übrigens beide. Kurt Dreisitz, der große Arbeiterdichter.«

»Hören Sie endlich auf mit diesen Etiketten«, sagte Dreisitz, »ich bin ein Dichter, sonst nichts.«

»Eben. Ehre, wem Ehre gebührt. Und Walter Rutziska, der bedeutende Tragöde. Ich war im Theater, als Sie den Text des Boten mitsprachen, aus der hintersten Reihe. Sie haben den Schauspieler auf der Bühne glatt an die Wand gespielt. Ganz große Klasse.«

»Ach so, Sie waren dabei?«, sagte Rutziska, sichtlich erfreut, und goss sich ein Glas voll. »Was ist das? Kirsch?«

»Sie hätten unbedingt die Titelrolle spielen müssen«, fuhr Hunkeler fort. Er merkte, wie seine Zunge anstieß. Aufgepasst, alter Mann, sauf dich nicht um deinen Verstand! »Oswald Gemperle war ja nicht schlecht. Aber eben ein bisschen zu akademisch. Kein Wort war wirklich erlebt. Und deshalb war kein Wort wirklich erlebbar. Die Folge davon war gähnende Langeweile. Und was die Monatsbinden sollten, weiß ich bis heute nicht.«

»Modischer Schnickschnack, billiges Beigemüse«, sprach Rutziska mit tragender Schauspielerstimme, »um ein paar verklemmte Bürgerweiber zu erschrecken. Die Tragödie des Sophokles aber besteht aus Sprache, aus dem Logos. Am Anfang war das Wort, und auch am Ende wird das Wort sein.«

»Nur muss man das Wort richtig rüberbringen«, schob Hunkeler wieselflink ein.

»Genau«, sagte Rutziska. »Genau dies ist das Problem des heutigen Stadttheaters. Ich habe Bernhard Vetter ja ganz gut gemocht. Auch Hulsch mag ich, auch den Gemperle. Aber diesen Kollegen fehlen die Dimensionen. Sie denken eindimensional, sie denken nur mit dem Kopf. Den Bauch lassen sie weg, weil sie keinen haben. Im Bauch liegt die eigene Vergangenheit, die eigene Schuld, die eigene Verzweiflung. Die Trauer über das eigene Leben. Aus diesem Bauch heraus muss man den Ödipus spielen. Spielt man bloß aus dem Kopf heraus, so spielt man auf einer Saite, die keinen Resonanzkasten hat. Versuchen Sie es, streichen Sie mit dem Bogen über eine Saite, die in der Luft hängt. Es wird kein Ton entstehen. Weil eben der Bauch fehlt, der die Saite zum Singen bringt. Aber davon haben diese TUIS, wie Brecht sie genannt hat, keine Ahnung. Wissen Sie, was TUI bedeutet?«

Ja, Hunkeler wusste es. Aber er schüttelte den Kopf.

»TUI ist eine Abkürzung von Tellekt-Uell-In. Von Intellektuell also. Brecht hat diese Besserwisser verachtet, wie ich sie verachte. Aber sie haben die Macht. Aus Instinkt wehren sie einen Bauchschauspieler, wie ich einer bin, radikal ab. Weil sie wissen, dass ich eine Gefahr für sie bin. Weil ich sie alle zusammen glatt an die Wand spiele und das Publikum zum Erschauern bringen kann. Sie sagen, ich saufe zu viel. Ich sei unzuverlässig. Ich sei von der Regie nur schwer zu führen. Alles Ausreden. Natürlich bin ich schwer zu führen von einem Hulsch. Aber bloss, weil Hulsch keine Ahnung hat. Hulsch wird nie den großen Atem finden, der durch die Seelen der Zuschauer braust wie der Wind der Ägäis, der von Apollons heil'ger Insel Delos her weht.

Io! Nachtwolke mein! Du furchtbare,
Umwogend, unaussprechlich, unbezähmt,
Unüberwältiget! O mir! O mir!
Wie fährt in mich zugleich
Mit diesen Stacheln
Ein Treiben und Erinnerung der Übel!«

Dieser Ausbruch kam überraschend, aus dem Stand heraus. Ohne Zweifel, Rutziska war ein gewaltiger Tragöde. Auch Sabine hatte ihm atemlos zugehört.

»Seit wann bist du draußen?«, fragte Wiebke Kurt Dreisitz.

»Seit genau vierzehn Uhr.«

»Ohne konkrete Anklage?«

»Ja natürlich. Wie sollte denn eine Anklage lauten?«

»Vielleicht haben sie gedacht«, sagte Hunkeler, »Sie hätten ein Motiv. Weil Sie von Vetter erst groß herausgebracht und später fallengelassen wurden. Das Motiv der Rache also. Ich habe übrigens Ihr *Matrosenleben* gesehen damals. Hinreißend.«

Er kam sich ein bisschen blöd vor bei diesen Lobhudeleien. Aber es musste sein, er kannte sich aus mit Theaterleuten.

»Was sind Sie für einer?«, fragte Dreisitz.

»Er ist Polizist«, sagte Rutziska. »Ich habe ihn an jenem Abend, als ich den Boten von der Bühne wegspielte, in der Kantine sitzen sehen.«

»Ich kenne ihn«, sagte Wiebke.

»Ich auch«, sagte Sabine. »Er ist okay. Er sucht den Mörder von Vetter.«

»Vetter war für mich ein Charakterlump«, sagte Dreisitz.

»Aber deshalb bringe ich ihn doch nicht um. Wenn ich alle Charakterlumpen, die unsere Stadttheater bevölkern, umbringen wollte, hätte ich viel zu tun. Er war ein großer Lügner. Er hat Wasser gepredigt und Wein getrunken, wie sie alle. Er hat von Behaftbarkeit geredet, von klarem Denken und sauberer Arbeit. Er selber hat getrickst und beschissen, wenn es um seine Karriere ging. Er hat wie kein Zweiter das Dramaturgenvokabular beherrscht, hat von vertikaler und horizontaler Dramaturgie gefaselt und die Kritiker damit beeindruckt. Er hat ausschließlich fürs Theater und für die Theaterkritiker Theater gemacht. Nie fürs Publikum. Im Grunde hat er das Publikum gehasst. Er hat die Leute alle für Faschisten gehalten. Da er sich das nicht laut zu sagen getraut hat, hat er das Wort faschistoid verwendet. Aber das machen ja alle so am Theater. Sie selber auf der Bühne oben sind die mutigen Aufklärer. Unten hocken die faschistoiden Dummköpfe. Eine unglaubliche Arroganz ist das, eine unverschämte Frechheit. Sie können sich diese Arroganz erlauben, auch wenn sie das Theater leerspielen, weil sie über die Subventionen verfügen. So einfach ist das.«

Seine Rede hatte ihn mitgenommen, er brauchte Trost. Er kippte sich ein volles Glas in den Hals.

»Ich habe zwei weitere Stücke von Ihnen gesehen«, sagte Hunkeler. »Eines war ein Gespräch zwischen Vater und Sohn über dessen verstorbene Mutter. Das andere erzählte von der Liebe zwischen einem behinderten Mädchen und einem Familienvater. Sie haben mir genauso gut gefallen wie das *Matrosenleben*.«

»Aber sie passten nicht mehr in die Dramaturgenköpfe. Mit dem *Matrosenleben* bin ich ihnen so richtig zupass gekommen. Sie, die keine Ahnung hatten, was ein Arbeiter war, wollten etwas über die Arbeitswelt machen. Weil sie von der Diktatur des Proletariats gelesen hatten. Davon haben sie geträumt, diese Revolution wollten sie machen, unter ihrer Führung selbstverständlich. Sie haben gestaunt, dass ein Arbeiter wie ich so ein Stück schreiben konnte. Sie haben diesem Staunen öffentlich Ausdruck gegeben. Und ich Idiot bin ihnen auf den Leim gekrochen und habe mich gefreut. Die Arroganz, die dahintersteckte, ist mir erst später bewusst geworden. Denn warum soll ein Arbeiter kein guter Dramatiker sein? Als ich mit meinen neuen Stücken anrückte, die nicht mehr direkt von der Arbeitswelt erzählten, waren sie sehr enttäuscht. Sie haben mir *Das Kapital* von Marx in die Hände gedrückt. Ich habe noch immer nichts kapiert und angefangen, die drei Bände zu studieren. Ich fand es stinklangweilig, ich habe mich überhaupt nicht erkannt darin. Aber ich habe mich über mehrere hundert Seiten durchgebissen. Bis ich gemerkt habe, dass kein einziger Dramaturg mehr von Marx geredet hat. Aber plötzlich galt ich als unverbesserlicher, altväterischer Marxist. Damit steckte ich endgültig in der Schublade Arbeiterdichter. Sie haben meine Stücke nicht mehr gelesen. Vetter, der mich früher in höchsten Tönen gelobt hat, hat mich nicht einmal mehr zu einem Kaffee empfangen. Ich war mausetot für ihn.

Die Dramaturgen reden immer nur von sich selber. Aber sie spielen nicht selber, sie inszenieren nicht, sie machen kein Bühnenbild, sie schreiben keine Stücke. Deshalb sind sie schwer zu kritisieren. Das Einzige, was sie beherrschen, ist Machtausübung. Sie lassen spielen und inszenieren, sie behaupten zu wissen, wie man es macht. Für diese Behauptung beziehen sie ihren Lohn. Sie verbunkern sich mit gequälter Miene in den neuen Betonpalästen, sie leiden unter der Schlechtigkeit der Welt. Und sie werfen jeden Autor vor die Tür. Nur ein toter Autor ist ein guter Autor für sie. Denn der wehrt sich nicht mehr, den können sie plündern und fleddern, wie sie wollen. Sie lieben es, die großen Romane der Weltliteratur als Wichsvorlagen zu benutzen für ihre erbärmlichen Bearbeitungen. Aber eine eigene Geschichte erzählen können sie nicht.«

Er redete sich seinen ganzen brennenden Hass von der Seele, so dass alle betroffen schwiegen. Selbst Rutziska ließ ihn gewähren, obschon es ihm sichtlich schwerfiel.

»Der Gipfel dieser Arroganz sind die Kritiker, die dieses Schmierentheater mitmachen. Wenn sich die Theater leeren, ist es diesen Herren ebenfalls egal. Sie erklären dem Publikum im genau gleichen Dramaturgenkauderwelsch, dass es zu dumm sei für diese oder jene großartige Aufführung, die man unbedingt nach Berlin schicken müsse, auch wenn das eigene Haus leer bleibt. Das ist ein geschlossener Kreis von pseudorevolutionären Schwätzern, die vom Leben und vom Denken der Leute keine Ahnung haben. Es interessiert sie überhaupt nicht. Sie beklagen sich dauernd, das Theater sei in der Krise, die Subventionen seien zu niedrig, sie selbst fänden nicht die Beachtung, die sie eigentlich verdient hätten. Und wenn jemand den Mut aufbringt, dies alles zu kritisieren, erklären sie ihn mit der geballten Wucht des Feuilletons zum reaktionären Schwein.«

Er goss sich einen tüchtigen Schluck nach und kippte ihn entschlossen hinunter.

»Es geht dir doch gar nicht so schlecht«, sagte Wiebke

besänftigend. »Du wirst ab und zu noch gespielt, du schreibst an einem großartigen Roman. Und du hast mich.«

»Ab und zu noch gespielt, ha!« Dreisitz brüllte inzwischen. »Wie schön, wie gnädig! Ich, der ich in Russland und China und Japan und Brasilien und New York volle Häuser hatte, werde noch ab und zu auf einer Studiobühne in irgendeinem Kellerloch von drittklassigen Schmierenschauspielern durch den Kakao gezogen. Und ich soll auch noch dankbar sein dafür!«

»Goldoni«, sagte Hunkeler, »einer der größten Dramatiker, die es gab, ist noch mit achtzig Jahren in Paris von Theater zu Theater gerannt mit der Bitte, man möge seine neuen Stücke doch wenigstens lesen. Doch alle haben abgelehnt.«

»Ich nicht, nein!«, schrie Dreisitz. Er erhob sich schwankend, und der kleine, zierliche Mann war plötzlich von imposanter Statur.

»Ich bin kein Opfer, ich nicht! Wenn kein anderer das Arschloch Vetter umgebracht hätte, hätte ich es getan. Ich würde es wieder tun, jederzeit.«

Er ergriff eine leere Schnapsflasche, warf sie weit ins Hafenwasser hinaus und wankte um die Ecke davon.

»Dann muss ich wohl, Entschuldigung«, sagte Wiebke und wieselte ihm nach.

Der Himmel hatte sich im Osten rötlich gefärbt. Ein erster Vogel war zu hören. Der Mond stand hoch und warf sein Licht über die Hafeneinfahrt. Von dort war ein Tuckern zu hören, es kam rheinaufwärts. Ein Boot schob sich um das Gebäude der Grenzwache herum, ein kleiner, grauer Schlepper, wie sie vor fünfzig Jahren im Einsatz waren. Er ließ seinen Scheinwerfer aufleuchten und suchte damit den Pier ab.

»Zeit für mich«, sagte Hunkeler, »höchste Zeit. Darf ich Sie nach Hause bringen?«

»Danke nein«, sagte Sabine, »ich schlafe bei Walter.«

Rutziska hatte sich erhoben. Er schritt langsam zum Wasser und stellte sich in Positur. Dann begann er zu deklamieren.

»Was hab ich noch zu sehen und zu lieben,
Was Freundliches zu hören? ihr Lieben!
Führt aus dem Orte geschwind mich,
Führt, o ihr Lieben! den ganz nichtswürdigen,
Den Verfluchtesten und auch
Den Göttern verhasst am meisten unter den
Menschen.«

Der Scheinwerfer des Schleppers strich über ihn, kam zurück und blieb auf ihn gerichtet. Rutziskas Stimmkraft war so gewaltig, dass der Kapitän ihn hören musste.

»So schnell, als möglich, bei den Göttern, begrabt
Mich draußen irgend, tötet oder werft
Ins Meer mich, wo ihr nimmermehr mich seht.
Habt keine Furcht! So nämlich ist mein Übel,
Dass vor mir nie kein Mensch es tragen mochte.«

Hier endete der Tragöde. Er schwankte kurz und brach dann, wie vom Blitz getroffen, zusammen. Und die Sirene des Schleppers heulte dreimal auf.

Als Hunkeler erwachte, war es taghell. Er spürte, dass er hart lag, und er spürte seinen Kopf. Der schmerzte bedenklich.

Des Weiteren spürte er, dass ihn jemand in die Seite trat.

»Aufwachen, Mann«, hörte er eine Stimme sagen, »hier wird nicht geschnarcht. Du kannst deinen Rausch auf dem Schiff ausschlafen.«

Die Stimme kam Hunkeler bekannt vor. Er versuchte, sich zu erinnern. Richtig, es war die Stimme von Wachtmeister Kaelin.

Er zog sich die Wolldecke, in die er gehüllt war, vom Kopf und setzte sich auf. Was er sah, erfreute ihn ganz und gar nicht. Ein paar Gladiolen mit roten und gelben Knospen, Tomatenstauden, eine Palme. Eine Holzhütte, einen rostigen Spaten. Eine Segeltuchplane, die anders dalag, als er es in Erinnerung hatte. Im Rücken war der Grenzzaun. Ein gelber Schwimmsack hing daran, auf der deutschen Seite war ein Damenrad angelehnt. Vor sich hatte er eine Bank. Daneben stand Kaelin.

»Kommissär Hunkeler«, sagte der. »Oh. Sie hätte ich hier nicht erwartet. Geht's Ihnen nicht gut? Brauchen Sie Hilfe?«

»Danke nein«, sagte Hunkeler, »mir geht es blendend. Wie kommen Sie dazu, mich zu wecken?«

Er versuchte aufzustehen, aber das ging nicht gut. Er hatte zu viel Schnaps getrunken, fiel ihm ein, und zu wenig geschlafen. Er sah Hosen und Hemd ordentlich gefaltet auf der Bank liegen. Die Unterwäsche hatte er noch am Leibe. Das beruhigte ihn. Er versuchte es noch einmal, diesmal schaffte er es. Er zog sich die Wolldecke straff über die Schultern und fasste den Polizisten ins Auge.

»Sie haben mich soeben getreten, Wachtmeister Kaelin. Was fällt Ihnen ein?«

»Es war ganz und gar nicht meine Absicht, Sie zu treten,

Herr Kommissär. Ich hatte keine Ahnung, dass Sie es sind. Ich habe gedacht, es sei eine Schnapsleiche.«

»Eine was?«

»Irgendein besoffener Matrose. Von einem Schiff, das im Hafen liegt. Ich bitte höflich um Entschuldigung.«

»Bitte sehr. Es kann ja mal vorkommen. Was führt Sie in die Gegend?«

Er hätte sich gerne angezogen. Aber das schickte sich nicht vor dem Polizisten.

»Ach so«, sagte Kaelin, dem ein Licht aufzugehen schien, »Sie sind ja in Rente und nicht mehr dabei. Schwer zu ertragen, nicht wahr, dieses plötzliche Nichtstun? Da überhockt man gerne einmal und legt sich irgendwohin, um ein bisschen auszuruhen. Das kann ich sehr gut begreifen.«

»Was unterstellen Sie da, Wachtmeister Kaelin?«, fragte Hunkeler mit aller Schärfe, deren er fähig war. »Was nehmen Sie sich heraus?«

»Entschuldigung. Wir laufen hier Streife. Und da hab ich gedacht...«

»Was haben Sie sich gedacht? Glauben Sie eigentlich, ich vergeude hier meine Zeit?«

Kaelins Miene hellte sich auf. Offenbar hatte er einen Geistesblitz.

»Ach so? Sie ermitteln hier undercover, Herr Kommissär.«

»Das Wort undercover nehmen Sie bitte nicht mehr in den Mund. Sie erwähnen mit keinem Wort, dass Sie mich hier gesehen haben.«

»Gut, okay. Ich laufe meine Streife, als ob ich niemanden gesehen hätte. Wir werden den Sauhund schon finden.«

Er zwinkerte kurz mit dem linken Auge und verschwand Richtung Hafenstraße.

Hunkeler setzte sich auf die Bank. Ihm war kalt, er schlotterte, obschon die Luft warm war. Wenn Kaelin redete, würde das einen Verweis, vielleicht sogar ein Verfahren nach sich ziehen. Wer aus dem Polizeidienst ausschied, durfte sich in keiner Weise mehr einmischen. Vermutlich würde er nicht reden, er war ein guter Kumpel.

Hunkeler hörte ein leises Klopfen, mehrmals hintereinander. Dann war Stille. Er wartete, bis es wieder einsetzte. Es kam von der Hütte, aus dem hinteren Teil, dicht am Grenzzaun. Lautlos, um sich nicht zu verraten, ging er zwischen den Tomatenstauden hindurch und bog um die Ecke. Dort wuchs ein armdicker Efeu, und daran klebte eine Spechtmeise, die auf die Rinde einhackte.

Er brauchte dringend etwas in den Magen, etwas Warmes. Und Flüssigkeit, sein Mund war ausgetrocknet. Aber vorher wollte er kurz baden.

Er trat an die Ufermauer und sprang kopfvoran hinunter. Wieder das kurze Erschauern, der Schock des Übergangs von der Luft ins Wasser.

Er lag lange auf dem Rücken, Arme und Beine ausgebreitet, er atmete langsam und tief. Dann kletterte er die Uferleiter hoch und zog sich an.

Am Abend des 10. Juni, es war ein Mittwoch, saß Annebeth Schubiger in ihrem Atelier vor leeren Streichholzschachteln. Sie bereitete gerade eine Ausstellung vor in einer der besten Galerien der Stadt.

Annebeth Schubiger war in Moosleerau im aargauischen Suhrental aufgewachsen, in einem alten Bauernhaus, das noch ein Strohdach hatte. Eine liebliche Gegend, wo an den Abenden sanftäugige Rehe aus den Wäldern kamen und in den Teichen die Frösche quakten. Eine Gegend auch, wo die Weiber das Sagen hatten, ohne viele Worte zu machen. Denn die Männer in diesem Tal wussten um die eigene Unvernunft.

Ihr Vater war Zeichenlehrer gewesen, die Mutter Geigenlehrerin. Sie selbst hatte sich von Kindsbeinen an am liebsten in Vaters Atelier aufgehalten, wo die Bilder mit den Strohdächern drauf herumstanden. Sie mochte den Geruch nach Ölfarbe und Pfeifentabak.

Sie hatte schon früh selbst mitzeichnen dürfen, auf einer eigenen, kleinen Staffelei. Sie hatte Vaters Bilder nachgeahmt, lauter gleichschenklige Dreiecke, die vom Boden zum First hinaufreichten. Diese steile Schräge, so hatte Vater erklärt, musste sein, damit das Wasser die zusammengepressten Strohhalme entlang bis auf den Boden hinunterrann und nicht in Stall und Wohnung tropfte.

Später hatte sie die Kunstgewerbeschule in Zürich besucht, nach Art der Sophie Taeuber mit Garn und Stofffetzen hantiert und aus altem Zeitungspapier Collagen hergestellt. Aber immer wieder war sie auf ihre Dreiecke zurückgekommen, auf das Suhrentaler Strohdach.

Sie hatte angefangen, die Dächer vom Boden zu lösen und tanzen zu lassen. Sie hatte sie ineinander verschachtelt und mit ihnen den Himmel gefüllt. Sie hatte schon früh gut verkauft.

Bis sie eines Tages mit einer Basler Künstlerkollegin den Kleinhüninger Rheinhafen besuchte. Als sie die aufgestapelten Container sah, das Wasser, die Kräne, die sich darüber erhoben, wusste sie, dass sie neu anfangen musste. Das Dreieck erschien ihr plötzlich als unwirklicher, verlorener Traum, als zwar schöne, aber unwiederholbare Kindheitserinnerung. Was sie hier vor sich hatte, das war die eiserne, viereckige Männerwelt. Schienen auf rostrotem Schotter, grauer, löchriger Asphalt, Lastwagen, an deren Steuer müde Männer saßen. Dazwischen die aufgeschichteten Container, grün, gelb und rot.

Sie zog nach Basel, mietete in Kleinhüningen eine Wohnung und an der Hafenstraße ein Atelier. Sie hatte vor, diese mit Händen zu greifende Männerwelt zur künstlerischen Darstellung zu bringen.

In ihrem eigenen Leben hatte sie nur wenig Kontakt zu Männern gehabt. Das ging ganz gut. Sie lebte nur insofern in der Gegenwart, als sie ihre Erinnerung im Moment des Schaffens gegenwärtig werden ließ. Zudem war das männerlose Leben alte Suhrentaler Tradition. In Moosleerau wurden Männer höchstens zum Kinderkriegen gebraucht. Und Kinder wollte sie keine haben.

Nun also diese mächtigen Quader, hoch in den Himmel gestapelt. Annebeth Schubiger sah sie Tag für Tag. Sie schaute *jedes Mal gebannt zu, wenn ein hochbeladenes Schiff in den Hafen einfuhr. Wenn der Greifer anrollte, sich niedersenkte, zugriff und einen einzelnen Container anhob wie eine Spielzeugschachtel.*

Sie fing an, mit Streichholzschachteln zu arbeiten. Erst kaufte sie die umliegenden Kioske leer, dann bestellte sie sie direkt beim Hersteller. Sie bemalte sie, grün, gelb und rot. Sie schichtete sie aufeinander, türmte sie hoch. Dann setzte sie Leim ein und ließ die Schachteln wuchern. Sie brachte die kleinen Container zum Tanzen, zum Schweben. So nahm sie ihnen die viereckige, eiserne Härte.

Bis letzten Montag, als der fremde Mann vor ihrem Fenster gestanden und sie angestarrt hatte. Da war ihr plötzlich heiß geworden, als ob man sie bei einer verbotenen Tat ertappt hätte. Sie war so erschrocken, dass sie sich nicht mehr hatte bewegen können.

Inzwischen wusste sie, dass er Polizist war und Hunkeler hieß. Aber was er hier suchte, wusste sie nicht.

Simone Breda kam ihr in den Sinn, die verschwunden war. Die wunderschöne Simone, die den Hafen zum Leuchten gebracht hatte. Die dem hochnäsigen Bernhard Vetter sanften Schlaf geschenkt hatte. Die sogar den meist verkoksten Arthur Erni verliebt gemacht hatte. Sie hatte das sofort gesehen, auch wenn er sich nichts hatte anmerken lassen.

Eines Abends, als sie im Kiel am Wasser saßen, war Simone nicht aufgetaucht. Sie hatten auf sie gewartet, bis der Morgen graute. Vetter hatte gejammert und geschworen, er werde kein Auge mehr zutun, bis er seine Simone wieder in den Armen hätte. Sie hatten den ganzen folgenden Tag ge-

sucht, Wiebke, Dreisitz, Rutziska und Erni. Sie hatten die Arbeiter in den Lagerhallen befragt, die Kran- und Lokführer, die Schiffsleute. Sie hatten sich in der Wirtschaft Schiff erkundigt und im Ententeich. Auch Sabine Loretan hatte mitgesucht, sogar Ettore Lardini. Eine Vermisstenanzeige bei der Polizei hatten sie nicht gemacht, Lardini und Erni waren dagegen.

Als an jenem Freitag, dem 24. April, bei Märkt die leere Antigone gefunden wurde, stand fest, dass ein Unglück geschehen war.

Annebeth Schubiger war der Meinung, dass beide umgebracht worden waren, und zwar vom gleichen Mörder. Wer es war, wusste sie nicht. Jedenfalls war es ein Mann. Einer, der Simones Liebe zu Vetter nicht ertrug.

Seither konnte sie nicht mehr konzentriert arbeiten. Sie fragte sich sogar, ob sie die Ausstellung absagen sollte. Diese Lösung verwarf sie, sie war ihr zu negativ. Oder alles verbrennen, am besten während der Vernissage, wenn die Kritiker da waren? Ein stummer, flammender Protest?

Diesen Morgen nun hatte sie einen Einfall gehabt. Das war gewesen, nachdem sie den Polizisten angeschrien hatte. Sie hatte anschließend nicht einschlafen können und fieberhaft eine Antwort gesucht.

Sie würde die Vernissage auf dem Rhein machen. Auf einem Weidling, einem traditionellen, schön geschwungenen Holzschiff. Die bunten, verschachtelten Objekte darauf aufbauen zum Gesamtkunstwerk und von einem Motorboot oberhalb der Wettsteinbrücke in die Mitte des Flusses fahren lassen, beleuchtet von Fackeln. Auf der Höhe des Münsters Schlag Mitternacht das Ganze in Brand setzen. Sie selbst *würde das tun, vorn auf dem Bug stehend. Der Weidling würde brennend unter der Mittleren Brücke hindurchgleiten, das dunkle Wasser erleuchten, aufflammen und vor sich hin glimmen. Sie würde an Bord bleiben, so lange es ging. Dann würde sie ins Wasser springen, ein im Fluss erstickter Schrei.*

So würde sie es machen, genau so. Sie musste nur noch den Galeristen überzeugen. Aber der machte sofort mit, da war sie sich sicher. Denn an schönen Sommerabenden saßen Hunderte von Leuten am Rhein.

Sie öffnete eine Büchse Katzenfutter, nahm eine Flasche Milch aus dem Kühlschrank und verließ das Atelier. Sie folgte ein Stück weit dem Geleise und kam zum Stall. Im Mondlicht sah sie die Sau am Boden schlafen. Die Zwergziegen lagen wiederkäuend daneben.

Sie hatte für die Katzen Näpfe hingestellt. Diesen Abend waren es drei. Zwei fehlten, die Rote und der alte Kater, der kaum mehr laufen konnte. Aber der fehlte oft.

Sie goss die Milch in einen Napf und löffelte das Fleisch aus der Büchse. Sie war zufrieden jetzt, sie schaute den Katzen mit Wohlbehagen zu, wie sie fraßen.

Sie hörte ein Geräusch, das ihr fremd vorkam, unbekannte Schritte. Sie schaute sich um, alles war wie immer. Ein fernes Kreischen von Bremsen, Eisen auf Eisen. Das Rollen eines Krans.

Dann war ein Kratzen da, ein Schaben. Sie vernahm es deutlich, sie hörte auch, woher es kam. Es kam von der rostigen Eisentür des kleinen Anbaus neben dem Stall. Sie hatte diese Tür schon oft gesehen, es war ihr nie etwas aufgefallen daran. Es gab viele ähnliche Türen im Hafen.

Das Kratzen hatte aufgehört. Eine Maus, eine Ratte? Nur

noch die Katzen waren zu hören, die schnellen Bewegungen ihrer Zungen in der Milch, ihr Schnurren. Aber war da nicht wieder ein Schritt?

Annebeth Schubiger wäre am liebsten geflohen. Aber sie hielt stand und schaute genau hin. An der Tür hatte seit einiger Zeit ein neues Vorhängeschloss gehangen. Es war zugesperrt gewesen. Jetzt hing ein altes Schloss dort. Sein Schließbügel war nicht eingerastet. Man konnte ihn aushängen und die Tür öffnen.

Annebeth Schubiger fasste sich ein Herz. Sie ging hin und griff nach dem Schloss. Wieder hörte sie etwas wie Männerschritte, aber diesmal war es zu spät. Sie wurde mit großer Kraft umgestoßen, so dass ihr Kopf gegen die Tür prallte. Sie wollte sich erheben und umdrehen, trotz ihres Alters war sie noch immer beweglich. Sie spürte noch, wie jemand sie an den Haaren packte, ihren Kopf nach hinten riss, und wie ein brennendes Messer ihr Gesicht aufschnitt. Dann fiel sie in Ohnmacht.

Sie wurde am nächsten Morgen um zehn von Wiebke van Leyden gefunden. Wiebke rief sogleich die Ambulanz, die in knapp zehn Minuten da war. Der Arzt stellte eine Gehirnerschütterung fest und aufgerissene Augenbrauen, was wohl vom Sturz gegen die Eisenleiste an der Tür herrührte. Dadurch hatte die alte Frau Blut verloren und war ohnmächtig geworden. Sie erzählte zwar etwas von Kratzgeräuschen, von Männerüberfall und von einem brennenden Messer. Aber sie redete wirr.

Wachtmeister Kaelin, der mit dem Pikettwagen nach einer Viertelstunde eintraf, stellte Blutspuren an der Türleiste und am Boden fest. Die Tür stand offen, es hing kein Schloss daran. Im Raum war nichts Auffälliges zu finden. Stroh und Heu für die Tiere, ein Korb mit Kartoffeln, Kartoffelschalen, vermutlich für die Sau. Ein Melkkessel für die Ziegen. Eine Matratze mit Decken, ein violetter Lippenstift. Zerschnittene Elektrokabel, alte Lumpen, an der Wand eine Postkarte mit dem Zuckerhut von Rio. Die Karte war unbeschrieben. Ein scharfer Geruch hing im Raum, der wohl vom Stall nebenan kam.

Ein Bagatellfall also, ein Unfall. Der Sturz einer geistig verwirrten, älteren Dame, die unter Wahnvorstellungen litt und irgendetwas Abstruses gesucht hatte.

Am Donnerstagnachmittag, dem 11. Juni, lag Hunkeler in seinem Garten im Elsass unter der Trauerweide und las ein Buch über Adorno. Er fühlte sich schlecht, er litt immer noch unter dem Schnaps, den er im Hafen getrunken hatte. Wein trank er oft, besonders wenn er gut war. Und er war eigentlich immer gut. Aber Schnaps?

Ab und zu einen Armagnac vielleicht. Oder einen Marc de Bourgogne, im Schwenkglas, versteht sich. Zum Beispiel in Paris nach einem feinen Essen.

Hunkeler war der Meinung, Wein sei ein Geschenk Gottes. Wein schmeckte himmlisch. Wein machte selig, Wein war geduldig. Wenn man zu viel trank davon, was schon einmal vorkommen konnte, wurde man dumm und blöde, aber nie böse. Und nach einem langen Schlaf war man wieder munter.

Aber dieser Kirsch steckte ihm immer noch in den Knochen. Er hatte nicht gut geschlafen letzte Nacht. Er war zweimal erwacht und ans offene Fenster getreten. Er hatte in die Mondnacht hinausgeschaut, den Käuzen zugehört und den Schreien der Frau am Bach unten. Er hatte sich gefragt, was er eigentlich herausgefunden hatte. Nichts, außer dass Simone Breda verschwunden war. Und dass Dreisitz und Rutziska eine Wut hatten auf Bernhard Vetter, der sie nicht mehr berücksichtigt hatte. Aber das war wohl normal. Ausgemusterte Dramatiker und Schauspieler schimpften übers Theater. Was Hunkeler gut verstand.

Jetzt lag er auf einem bequemen Feldbett, das Hedwig gekauft hatte, und schaute ins Laub der Weide hinauf. Es war schön kühl hier, die bis auf den Boden fallenden Zweige hielten die Hitze fern. Ein zartes Zwitschern hin und wieder, ein Flügelflattern. Das waren die Blaumeisen, die in den Blättern herumturnten.

Was war Arthur Erni für ein Mensch? Dies war die Frage, die er nicht aus dem Kopf kriegte, auch wenn er versuchte, an etwas anderes zu denken. Vielleicht lag das daran, dass ihn, als Erni seinen Dolch in den Holztisch stieß, einen Moment lang die nackte Angst gepackt hatte, schnell und verstörend und ebenso schnell wieder verflogen. Es blieb das Messer im Holz, ein Zeichen dafür, dass die nächtliche Idylle am Wasser jederzeit aufreißen und einer ungeahnten, atavistischen Gewalt weichen konnte.

Was verbarg sich hinter Ernis zusammengekniffenen Augen? Es war äußerst unvorsichtig gewesen von ihm, den Dolch zu zücken. Auch was er gesagt hatte, hätte er nie und nimmer sagen dürfen. Er wusste, wer Hunkeler war. Er hatte vor einem ehemaligen Kommissär sein wahres Gesicht gezeigt. Warum?

Die Antwort konnte nur sein: weil er nach eigenen Gesetzen lebte und dabei keine Rücksicht mehr nahm. Er war ausgestiegen aus der Gemeinschaft der Menschen. Und er fühlte sich sicher im Hafenmilieu.

Ein gefährlicher Mann also, wenn man ihm zu nahe kam, wie er selbst gesagt hatte. Hunkeler zählte an seinen Fingern ab, was er von ihm wusste.

Erstens war er in den 68ern ein Kumpel Lardinis gewesen, ein Sozialist, später Mitbegründer der Progressiven Organisation Basel.

Zweitens hatte er Drogen genommen, war aber nach Lardini inzwischen clean. Was nicht der Wahrheit entsprach.

Drittens war er ein guter Werbetexter gewesen.

Viertens führte er die Wirtschaft zum Kiel.

Fünftens war er Inhaber der Agentur Samba-Events.

Sechstens hatte er sich die Augenbrauen violett gefärbt.

Siebtens hatte er einen Kris im Gürtel stecken.

Achtens spielte er wunderschön Akkordeon.

Eine eigenartige Palette, ein bewegtes Leben wohl.

Hunkeler erinnerte sich an die Zeit um 1968, als er mit dem Jurastudium angefangen hatte. An die Diskussionen in der progressiven Studentenschaft. An die Sit-ins. An die Vorträge deutscher Kommilitonen, die über die permanente Revolution referierten. Es herrschte weitgehend Einigkeit, dass die Welt revolutioniert werden musste. Schluss mit dem Vietnamkrieg. Schluss mit der Ausbeutung. Schluss mit dem Kapitalismus. Einig waren sich die jungen Leute auch, dass die Revolution von der Universität ausgehen und auf das Proletariat übergreifen musste, das die Ketten der Unterdrückung sprengen würde.

Hunkeler hörte voller Interesse zu. Er staunte, wie selbstbewusst die Kommilitonen auftraten und redeten. Im Grunde war er einverstanden mit ihren Forderungen. Nur glaubte er keinen Augenblick daran, dass sie in die Tat umgesetzt werden könnten.

Vieles von dem, was gesagt wurde, verstand er nicht. Ihm fehlten die philosophiegeschichtlichen Voraussetzungen. Auch hatte er die Autoren, auf die sich die Studentenführer beriefen, Wilhelm Reich zum Beispiel und Marcuse, nur auszugsweise gelesen.

Verblüffend fand er, dass vor allem Studenten aus reichen Basler Familien vehement die Umverteilung der Güter verlangten und darauf bestanden, dass diese Umverteilung mit Gewalt zu erkämpfen sei.

An einen Ettore Lardini oder einen Arthur Erni erinnerte er sich nicht. Vermutlich hatten sie damals noch das Gymnasium besucht.

Erstaunlich fand er insbesondere auch die dezidierte Ansicht der Redner, die Truppen des Warschauer Pakts seien zu Recht in die Tschechoslowakei einmarschiert, da der sogenannte Prager Frühling eine vom amerikanischen Geheimdienst gesteuerte Konterrevolution gewesen sei. Er selbst war zwei Jahre zuvor mit einem Studentenbus für eine Woche nach Prag gefahren und hatte etwas ganz anderes erlebt, einen Ausbruch von Phantasie und Lebensfreude nämlich.

Er hatte sich im Universitätscafé zu diesem Punkt ein paarmal geäußert, obschon er sonst nie das Wort ergriff. Worauf ihn die Kommilitonen mit Argwohn bedachten.

Als etwas später aus der Studentenschaft heraus die POB entstand, fragte er sich, ob er mitmachen sollte. Er ließ es bleiben. Denn erstens war er kein Basler, zweitens wollte er sich nicht organisieren, und drittens zweifelte er daran, dass er progressiv genug war. Dass die POB den parlamentarischen Weg einschlug, fand er richtig. Mehrmals legte er für sie seine Stimme in die Urne. Mit Interesse verfolgte er den Weg ihrer Protagonisten. Einige wurden bekannte und beliebte Räte und Rätinnen im Eidgenössischen Parlament in Bern, andere Ärzte und Professoren. Den revolutionären Jargon, den sie in ihrer Jugend verwendet hatten, hielt ihnen niemand vor. Dieser Jargon war damals Mode gewesen, basta.

Als die schwarze Katze auf seinen Bauch sprang, erwachte er. Er wusste erst nicht, wo er war, er wusste nur, dass er friedlich geschlafen hatte. Missmutig betrachtete er die Katze, die mit den Krallen der Vorderpfoten seinen Bauchnabel malträtierte. Er schob sie weg, so dass sie beleidigt abschlich.

Er sah das Buch über Adorno auf dem Boden liegen und hob es auf. Er las von der Kritischen Theorie, die allein in der Lage sei, die Menschheit zu retten. Diese Kritische Theorie war die Theorie Adornos.

Hunkeler hielt nichts von Leuten, die mit einer Theorie die Welt retten wollten. Trotzdem las er weiter. Adorno hatte eine Sprache, der er nur mit größter Mühe zu folgen vermochte. Er nahm das als knifflige Denksportaufgabe. Er staunte über Adornos Anspruch, sein Denken über alles und jedes auszubreiten, auch wenn er keine Ahnung hatte davon. Der Wille, mit dem eigenen Denken die ganze Welt zu erfassen und in Worte zu fassen, faszinierte ihn. Er selbst war der Meinung, dass er von vielem nichts wusste und deshalb kein Recht hatte, darüber zu reden. Adorno hingegen steigerte sich in ausufernde Denkorgien hinein. Da er viel über Musik schrieb, schrieb er auch über Jazz, obschon er keine Ahnung davon hatte. Er veröffentlichte unglaublich einfältige Sätze darüber, was ihm egal zu sein schien. Hauptsache, er hatte etwas dazu gesagt.

Von der Arbeiterschaft wusste er auch nichts. Trotzdem forderte er 1939 mit seinem Kollegen Horkheimer zusammen den Sturz der deutschen Nazi-Regierung durch das Proletariat. »Es ist die Aufgabe aller Proletarier, die Hemmnisse abzuschaffen, die einer vernünftigen Ordnung der Welt entgegenstehen.«

Diese Forderung fand Hunkeler rührend und naiv, aber auch unglaublich arrogant. Wie kam der Großbürger Adorno dazu, den Arbeitern zu sagen, was sie zu tun hatten? War es nicht stets dasselbe? Die besitzende, gebildete Klasse schrieb der ungebildeten, besitzlosen Klasse, die nichts anderes zu verkaufen hatte als ihre Arbeitskraft, vor, was sie zu denken und zu tun hatte. Das war auch bei Kurt Dreisitz so gewesen, dem Vetter vorschreiben wollte, was er für Theaterstücke zu schreiben hatte. Und wenn er andere Stücke schrieb, wurden sie nicht gespielt.

Hunkeler selbst verstand sich nicht als Produkt einer bestimmten Klasse. Obschon er wusste, woher er kam. Aus dem bäuerlichen Kleinbürgertum nämlich. Aber er nahm sich die Freiheit heraus, sich als selbstbestimmtes Individuum zu definieren, so wie er es bei Jaspers und Sartre gelernt hatte.

Am Freitag, dem 12. Juni, als Hunkeler beim Frühstück saß, klingelte das Handy. Es war Wiebke van Leyden.

»Entschuldigen Sie bitte«, sagte sie, »ich habe die Nummer von Ihrem Beantworter. Es ist etwas passiert, Sie müssen helfen.«

»Was ist passiert?«

»Annebeth Schubiger ist niedergeschlagen worden. Von einem Mann, wie sie sagt. Sie hat ihn nicht gesehen. Aber sie hat seinen Schritt gehört. Er hat ihr mit einem Messer die Stirn aufgeschnitten, dicht über den Augen. Sie liegt im Kantonsspital und will Sie sprechen.«

Pause. Hunkeler sagte kein Wort.

»Sind Sie noch da?«

»Eigentlich nicht«, sagte er. »Ich bin weit weg und rudere in meiner Vergangenheit herum.«

Die Stirn aufgeschnitten, direkt über den Augen? Warum über den Augen?

»Sie sind unsere letzte Hoffnung«, sagte sie. »Alle anderen wollen nichts davon hören. Die Polizei behauptet, sie sei von selbst gegen eine scharfe Eisenleiste gefallen, die ihr die Brauen aufgerissen habe. Aber sie schwört, es sei ein Mann gewesen.«

Ein Mann vielleicht, der sie belauerte? Der sie verfolgte und etwas von ihr wollte? Lass die Finger davon, alter Mann, misch dich nicht ein.

Er schaute hinauf ins Weidengezweige, dessen Blätter sich sachte bewegten. Ein Westwind war aufgekommen. Was bedeutete, dass das Wetter umschlagen würde.

»Es tut ihr leid«, fuhr Wiebke fort, »dass sie Sie angeschrien hat. Sie hat nicht Sie gemeint.«

»Wen denn?«

»Es sei eine Vorahnung gewesen, sagt sie. Von einem fremden, bösen Mann.«

»Wo ist es geschehen?«

»Beim Stall mit den Ziegen. Es gibt dort eine eiserne Tür, die normalerweise verschlossen ist. Vorgestern Abend war sie nicht zugesperrt. Annebeth wollte sie öffnen und hineinschauen, weil sie ein Kratzen gehört hat.«

»Ein was?«

»Ein Schaben, das vom Raum hinter dieser Tür kam. Da hat sie jemand gepackt und niedergeschlagen.«

»Wem gehört der Stall?«

»Er gehört zur Wirtschaft Kiel. Arthur Erni verfüttert

dort die Küchenabfälle. Aber wir kümmern uns alle um die Tiere.«

»Wo sind Sie jetzt?«

»Im Kantonsspital.«

»Gut«, sagte Hunkeler, »bleiben Sie dort. Ich komme sofort.«

Nach einer halben Stunde parkte er vor dem Krankenhaus, das in den Wirtschaftsboomjahren von zwei größenwahnsinnigen Architekten an die Petersgasse geklotzt worden war. Ein gigantisches Mausoleum, das den Patienten schon beim Eintritt jeden Lebenswillen nahm. Eine Sterbefabrik, die jedem menschlichen Leiden sogleich den Weg in den Orkus wies.

Er fuhr in einem der Großraumlifte hoch und betrat das Zimmer von Annebeth Schubiger. Sie lag in einem Zweibettraum, mit bandagierter Stirn. Wiebke saß auf einem Kunststoffstuhl daneben. Ein großes Fenster gegen Westen, fest verriegelt. In der Ferne war Folgensbourg zu erkennen. Daneben ein schmales Fensterlein, das geöffnet werden konnte. Ein Plastikgitter sorgte dafür, dass niemand hinaussprang. Er trat ans Bett.

»Sie kennen mich«, sagte er, »ich bin Peter Hunkeler. Ich möchte wissen, was passiert ist.«

Annebeth Schubiger wirkte erschöpft. Sie hob mit Mühe die linke Hand, und Hunkeler ergriff sie.

»Ein Dämon«, flüsterte sie, »ein böser Geist aus dem Wald.«

Hunkeler wartete. Er hielt immer noch ihre Hand, die er sachte drückte.

»Aus welchem Wald?«, fragte er.

Sie ließ sich Zeit. Dann war ihr Händedruck zu spüren.

»Aus der Holrüti. Ein Riese mit großen Füßen, der alles niedertrampelt.«

»Sie ist sehr schwach«, sagte Wiebke leise. »Sie wurde operiert und genäht.«

Er schaute aus dem Fenster gegen Westen, wo schwarze Wolken hingen.

»Er will nicht«, flüsterte sie, »dass man sie sieht.«

»Dass man wen sieht?«

Sie strengte sich jetzt sehr an, ihr Atem ging schneller.

»Die Schönheit des Dreiecks, die Triade.«

Hunkeler wartete und überlegte. Er kam nicht dahinter.

»Das müssen Sie mir erklären«, sagte er. »Versuchen Sie es bitte.«

Ein paar rasche Atemzüge. Ihre Finger bewegten sich.

»Er will nicht, dass man Simone Breda sieht.«

Ihre Hand erlahmte. Die Frau fiel in den Schlaf zurück.

Die Tür ging auf. Ein junger Mann im Arztmantel kam herein.

»Was tun Sie hier?«

»Ich mache einen Besuch. Warum?«

»Unterstehen Sie sich, sie anzusprechen. Dann werfe ich Sie gleich hinaus.«

»Man wird doch noch eine Freundin besuchen dürfen.«

»Frau Schubiger hat eine Verletzung im Stirnbereich. Außerdem hat sie eine Gehirnerschütterung. Hinzu kommt der Schock. Sie braucht absolute Ruhe.«

»Ich lasse sie ja in Ruhe. Was pöbeln Sie mich an?«

Der Arzt zögerte. Dann wurde er freundlicher.

»Sie sind nicht etwa von der Polizei?«

»Wo denken Sie hin. Sehe ich so aus?«

»Ein bisschen schon. Darf ich Sie bitten, den Raum zu verlassen?«

Sie gingen zu dritt auf den Gang hinaus.

»Wie steht's mit den Augen?«, fragte Hunkeler.

»Sie hat Glück gehabt. Sie wird das Augenlicht behalten. Entschuldigen Sie bitte, aber ich bin in Eile.«

»Noch eine Frage bitte.«

»Ja?«

»Woher kommt die Verletzung der Augenbrauen?«

»Es sind nicht nur die Augenbrauen. Der Schnitt geht tiefer.«

»Von einem Messer?«

»Was fragen Sie mich? Ich betreibe keine Ursachenforschung. Ich diagnostiziere bloß.«

»Und was diagnostizieren Sie?«

Ein scharfer, hochmütiger Blick. Aber dann entschloss er sich, Auskunft zu geben.

»Eine tiefe Schnittverletzung über der Orbita, beidseitig, insbesondere auch der Glabella. Es sieht fast aus wie ein Skalpierungsversuch. Der Schädelknochen hat die Augen geschützt. Es sind keine bleibenden Schäden zu befürchten.«

»Und woher kommt diese Verletzung?«

»Wir gehen davon aus, dass die Annahme der Polizei, eine scharfe Metallleiste sei die Ursache, richtig ist. Und jetzt entschuldigen Sie mich bitte.«

Hunkeler setzte sich mit Wiebke in die Cafeteria. Er war deprimiert wie immer, wenn er jemanden im Krankenhaus besuchte. Wobei der Grund nicht im elenden Zustand der Patientin lag, sondern in ihrem Ausgeliefertsein an die Spitalmaschinerie.

»Haben Sie mit ihr sprechen können?«, fragte er.

»Ja. Ich habe gestern Abend frei genommen im Schiff und bin die ganze Nacht bei Annebeth gewesen. Sie hat zwischendurch lichte Momente gehabt und geredet. Sie hat stets dasselbe gesagt. Ein Dämon habe sie von hinten überfallen und ihr mit einem Messer die Stirn aufgeschnitten.«

»Warum fragt sie ausgerechnet mich um Hilfe?«

»Das habe ich ihr eingeredet.«

»Und warum?«

»Weil ich Vertrauen habe in Sie. Den anderen traue ich nicht über den Weg.«

»Welchen anderen?«

»Einer heißt Kaelin. Ein anderer Madörin. Die meinen beide, Annebeth sei irre im Kopf.«

»Ganz so abwegig ist das ja nicht. Was soll der Dämon? Was soll die Holrüti?«

»Das ist die Welt, in der sie lebt. Diese Welt ist für sie real. Märchen und Wirklichkeit sind für sie ein und dasselbe. Deshalb ist für sie auch ein Dämon real. Und die Holrüti ist eine geheimnisvolle, gefährliche Welt.«

»Dann ist der Täter also ein Mann aus einer geheimnisvollen, gefährlichen Welt.«

Wiebke nickte und tunkte ein Croissant in ihren Kaffee. Was Hunkeler nicht verstand. Wie konnte man die Luftigkeit von Blätterteig so mutwillig aufweichen?

»Wie war die Eisentür zugesperrt?«, fragte er.

»Mit einem Vorhängeschloss.«

»Und der Schlüssel?«

»Der hing normalerweise im Kiel hinter der Theke. Seit einiger Zeit hängt er nicht mehr dort.«

Sie schob sich das letzte, pampige Stück Croissant in den Mund.

»Wie lange schon?«

»Das weiß ich nicht. Ein paar Tage oder Wochen. Alle, die wollten, konnten sich den Schlüssel holen. Hinter dieser Tür ist das Heu- und Strohlager. Die Ziegen laufen oft frei herum und fressen zwischen den Geleisen. Aber ab und zu brauchen sie Heu. Irgendjemand von uns findet immer Zeit dafür. Wir sprechen uns ab. Das war so, bis der Schlüssel verlorenging. Dann hing plötzlich ein neues Schloss an der Tür. Den Schlüssel dazu hatte Arthur. Er hat gesagt, er werde ihn aufhängen, aber er hat es vergessen.«

»Folglich konnte nur er die Tür öffnen, nicht wahr?«

»Das stimmt nicht ganz. Annebeth hat mir klar und deutlich gesagt, dass vorgestern Abend nicht mehr das neue Schloss dran war, sondern wieder das alte.«

»Wann hat sie das gesagt?«

»Heute Morgen. Sie hat es mehrmals wiederholt. Deshalb ist sie ja hingegangen, um nachzuschauen. Dabei hat sie der Dämon niedergeschlagen.« Sie trank ihre Tasse leer und kaute langsam, obschon sie nichts mehr im Mund hatte. »Sie glauben doch nicht, dass Arthur Erni hinter dieser Tür Simone Breda eingesperrt hatte?«

»Ich weiß es nicht. Es könnte immerhin sein.«

»Aber sie war ja nicht drin, als ich Annebeth gefunden habe.«

»Woher wissen Sie das?«

»Weil ich hineingeschaut habe.«

Sie kaute weiter, mit leerem Mund. Dann wich das Blut aus ihrem Gesicht.

»Die Postkarte«, sagte sie.

»Was für eine Postkarte?«

»Es hing eine Postkarte vom Zuckerhut bei Rio an der Wand.«

»Sind Sie sicher?«

»Ja klar. Herr Kaelin hat sie abgerissen und eingesteckt. Simone kommt aus Rio.«

Am Nebentisch saß ein alter Mann, der von seiner Tochter besucht wurde. Er saß im Rollstuhl und hatte eine Kanüle im Arm, die zu einem Flüssigkeitsbeutel an einem fahrbaren Gestell führte. Der Mann konnte nicht mehr reden. Oder er hatte nichts mehr zu sagen. Was die Tochter dazu veranlasste, mit lauter Stimme Geschichten aus ihrem Alltag zu erzählen.

»Das würde also bedeuten«, sagte Wiebke sehr leise, »dass Arthur der Dämon ist.«

Dazu sagte Hunkeler nichts.

»Dass er auch Bernhard Vetter getötet und ihm die Augen ausgestochen hat. Dass er dasselbe mit Annebeth tun wollte. Warum sonst hätte er ihr die Augenbrauen aufschneiden sollen?«

»Vielleicht hat er sie nur warnen wollen. Vielleicht hat er Simone weggebracht und ist dabei von Frau Schubiger überrascht worden. Oder er hat sie schon vorher weggebracht. Das sind bloß Vermutungen. Das muss unter uns bleiben, Frau van Leyden. Sie dürfen es auf keinen Fall weitererzählen. Das Beste wäre, wenn wir die Sache der Polizei übergeben würden.«

»Wenn Sie den Fall übernehmen, sofort.«

»Das ist unmöglich. Wenn das Kommissariat erfährt, dass ich heimlich ermittle, machen sie mir die Hölle heiß.«

Sie schüttelte den Kopf. Und erstaunt stellte er fest, dass sie die Führung übernommen hatte.

»Nein, nicht mit Madörin«, entschied sie. »Wir machen das selber.«

Die junge Frau nebenan wollte ihren Vater wegschieben. Was wegen des fahrbaren Gestells schwierig war. Wiebke erhob sich. Aber da kam eine Krankenschwester und half.

»Wie lange kennen Sie Arthur Erni schon?«, fragte er.

»Vielleicht zehn Jahre. Oder etwas länger.«

»Erzählen Sie bitte etwas über ihn. Mich würde interessieren, was er vorher gemacht hat.«

»Er ist in Thailand gewesen. Er hat dort eine Bar geführt. Davon hat er erzählt. Obschon er fast nichts von sich verraten hat. Als er zurück war in Basel, hat er die Wirteprüfung gemacht und den Kiel übernommen.«

»Warum er zurückgekommen ist, wissen Sie nicht?«

»Er hat gesagt, es habe ihn jemand betrogen. Aber fragen Sie ihn doch selber.«

»Er wird mir nichts sagen.«

»Erni ist ein verschlossener Mensch«, sagte sie nach einigem Nachdenken. »Er teilt sich im Grunde nur mit dem Akkordeon mit. Und auch dann nur, wenn er Koks nimmt. Ich glaube, er ist ein zutiefst enttäuschter Mann.«

»Hat er eine Freundin?«

»Nein. Jedenfalls weiß ich nichts davon. Ich finde das erstaunlich. Hier im Hafen hat jeder eine Freundin, auch wenn er bloß noch kriechen kann.«

»Wie hat er sich Simone gegenüber verhalten?«

»Eigentlich hat er sich gar nicht verhalten. Er hat kaum mit ihr geredet, obschon er ein paar Brocken Portugiesisch kann. Er hat über die Handorgel mit ihr geredet.«

»Wie meinen Sie das?«

Ihre Hand fuhr unbeholfen über ihr kurzes Haar.

»Wenn sie da war, hat er anders gespielt. Dann hat er nur für sie gespielt.«

»Wie anders?«

»Irgendwie inbrünstiger. Sie quälen mich übrigens mit dieser Fragerei. Merken Sie das nicht?«

Wieder war ihr trauriger Blick da, aus großen, reinen Kinderaugen.

»Meinen Sie, ich finde unser Gespräch vergnüglich?«

»Nein, das meine ich nicht«, sagte sie. »Fragen Sie halt in Gottes Namen.«

»Hat ihm Simone geantwortet?«

»Schwer zu sagen. Sie haben sich fast nie angeschaut. Aber es war eine Spannung da. Sie hat ihn abgewiesen.«

»Wie das?«

»Es ist immer eine Spannung um Arthur. Eine Art Spannungsfeld. Besonders wenn er auf Koks ist. Ich muss ihn nicht einmal anschauen, um es zu merken. Ich werde nervös in seiner Gegenwart. Es ist eine aggressive, besitzergreifende Spannung, die meine Intimsphäre verletzt. Simone hat es auch bemerkt, da bin ich mir sicher.«

»Und Bernhard Vetter?«

Jetzt war wieder ihr warmes Lächeln da.

»Der hat überhaupt nichts gemerkt. Er hat keine Ahnung gehabt, was da ablief. Er wollte den Kopf in Simones Schoß betten und schlafen, und das hat er auch getan. Er war wirklich süß.«

»Ich möchte wissen, ob sie ihn geliebt hat.«

»Ja.«

Das kam fest und sicher.

»Und warum?«

»Haben Sie eine Frau?«

Hunkeler nickte.

»Lieben Sie sie?«

»Ich glaube schon«, sagte er.

»Und warum?«

»Im Grunde weiß ich das nicht. Weil ich sie liebe.«

»Sehen Sie? Vetter war eine eindrückliche Persönlichkeit. Sehr eigenartig. Kopfgesteuert, immer erklärungsbereit. Er hat für alles eine Erklärung gehabt. Er hat alles durchschaut. Nur sich selber nicht. Aber das hat er nicht gemerkt. Wir Frauen haben ihn gemocht. Auch Simone hat ihm gern zugehört, obschon sie mit Sicherheit nur sehr wenig verstanden hat von dem, was er geredet hat. Ihr hat wohl imponiert, was uns allen imponiert hat. Dass er geradlinig seinen Weg gegangen ist. Dass er unbefleckt war.«

»Was soll das heißen?«

Wiebke legte sich die Hand in den Nacken, als ob sie ihren Kopf stützen müsste.

»Vetter war so, wie er war. Er hat weder nach rechts noch nach links geschielt. Kompromisslos, das ist das Wort. Seine Entscheidung für Simone war eine Sache von wenigen Sekunden. Er ist auf sie zugesteuert, als wäre er der einzige Mann auf Gottes Erdboden, der für sie in Frage käme. Die Unsicherheit in seinen Bewegungen war weg. Er hat sogar mit ihr getanzt, obschon er überhaupt nicht tanzen konnte. Sie hat mitgemacht, sie hat ihn sofort akzeptiert.«

»Und Arthur Erni hat zugeschaut?«

»Das weiß ich nicht. Wir haben uns alle auf Bernhard konzentriert. Er hat sie im Sturm erobert. Ich habe erst am nächsten Abend, als wir alle am Wasser saßen und Arthur Handharmonika gespielt hat, gemerkt, dass sich etwas zusammenbraut. Aber da war es zu spät. Simone hatte sich für Bernhard entschieden.«

»Das letzte Mal, als wir miteinander geredet haben«, sagte Hunkeler, »haben Sie von Erni nichts gesagt.«

»Warum hätte ich es Ihnen sagen sollen?«

»Damit ich es weiß.«

»Jetzt wissen Sie es.«

»Vielleicht sagen Sie mir jetzt endlich, was Sie in jener Nacht vom 23. April gehört haben.«

Wiebke wartete eine Weile, bis sie sich entschloss.

»Ich sage nur, an was ich mich wirklich erinnere, ohne jede weitere Vermutung. Ich habe gehört, wie die Antigone angelegt hat. Sie hat draußen festgemacht, gegen den Fluss hin. Sie war mit einem Seil am Heck vertäut. Vetter hat mir geholfen, den betrunkenen Kurt auf mein Boot zu bringen. Er ist dann zurück auf die Antigone gegangen. Gleich darauf habe ich Schritte gehört auf dem Steg.«

»Männerschritte?«

»Ich glaube, ja. Ich habe nicht groß darauf geachtet, weil ich mit Kurt beschäftigt war.«

»Wohin die Schritte führten, wissen Sie nicht?«

»Doch, das weiß ich. Denn es hat mich erstaunt. Sie gingen zum offenen Fluss.«

»Also zur Antigone.«

»Das nehme ich an. Der Motor tuckerte immer noch. Ich dachte, vielleicht will noch jemand ausfahren mit Vetter. Dann hörte das Tuckern auf, obschon die Antigone immer noch an der Außenseite des Hafens lag. Es waren Stimmen zu hören.«

»Was für Stimmen?«

»Ich habe nur die Stimme von Vetter erkannt. Weil er geschrien hat.«

»Vor Schmerz?«

»Nein. Aus Wut.«

»Was hat er geschrien?«

»Es war schwer zu verstehen.«

»Bitte versuchen Sie, sich genau zu erinnern.«

»Er hat Wörter gebraucht, die ich irgendwie komisch fand. ›Unerhört‹ zum Beispiel, oder ›Skandal‹.«

»Wieso fanden Sie das komisch?«

»Weil es nicht meine Wörter sind. Ich fand sein Fluchen und Schimpfen ziemlich hilflos.«

»Und die andere Stimme?«

»Es war eine Männerstimme, aber leise, so dass ich nichts verstanden habe.«

»Könnte es Arthur Erni gewesen sein?«

»Hören Sie auf. Ich ertrage das nicht. Wie könnte ich Arthur beschuldigen, wenn ich nicht sicher bin?«

Sie legte die Hände in den Schoß, sie war erschöpft. Sie schüttelte mehrmals den Kopf, als ob sie etwas abschütteln wollte.

»Haben Sie ein Taschentuch?«

Hunkeler gab ihr eines. Sie tupfte sich die Augen ab.

»Etwas später habe ich gehört«, sagte sie, »wie die Schritte auf dem Steg zurückkamen Richtung Ufer.«

»Schritte eines einzelnen Mannes?«

»Ja, es war nur einer, der zurückkam. Ich habe gedacht, Vetter sei wohl zu müde, um noch in den Hafen zu fahren. Glauben Sie wirklich, dass er ihn umgebracht und ins Wasser geworfen hat?«

Hunkeler sagte nichts.

»Hat er noch gelebt«, fragte sie, »als er ihm die Augen ausgestochen hat?«

»Nein«, sagte er, »das hätten Sie gehört.«

Kurz nach Mittag war Hunkeler zurück im Elsass. Er schlüpfte in die schwarze Pelerine, die er vor Jahren beim Trödler gefunden hatte. Gutes, dichtes Wollgewebe, das vor Wind und Regen schützte. Dazu setzte er einen Hut auf.

Ein kühler Wind blies ihm um die Ohren, als er Richtung Wald ging. Wolken zogen gegen Osten, hohe, steile Wölbungen, aus denen es drüben über dem Jura wetterleuchtete. Die Maisfelder standen schon hoch, die Luft ließ ihre Blätter flattern. Die drei Rinder bei der Korbweide auf der Anhöhe oben warteten am Gatter und muhten erbärmlich. Sie spürten das kommende Unwetter, sie wollten heim in den Stall.

Er kam zu den Kirschbäumen am Waldrand, die voll behangen waren. Schwarze Kugeln im windbewegten Laub, prall glänzend. Keine Leiter weit und breit, keine Körbe am Boden. Die Früchte wurden schon lange nicht mehr geerntet, es rechnete sich nicht mehr. Er griff ins Geäst, schob sich eine Handvoll in den Mund, löste mit geübter Zunge die

Steine aus dem Fleisch und spuckte sie aus. Himmlisch, göttlich. Er konnte nicht aufhören damit, er war schon immer ein Kirschenfresser gewesen, stets direkt vom Baum.

Im Wald hörte er den Wind in den Baumkronen, wie er orgelte, wie er Äste gegeneinanderschlug. Ein Buchenhain, Eichenhain. Am Boden Jungwuchs, Butterblumen, Waldmeister. Der Ruf eines Mäusebussards, der über die Wipfel segelte.

Er hörte ein Reh davonrennen. Er sah es nicht, das Unterholz war zu dicht. Er dachte an Arthur Erni, der eine Frau eingesperrt hatte, weil er nicht wollte, dass sie von anderen angeschaut wurde.

Stimmte das, war dies die Geschichte? Woher wusste es Annebeth Schubiger? Hatte sie den sechsten Sinn? Hatte Erni tatsächlich Bernhard Vetter umgebracht und ihm die Augen ausgestochen, weil Vetter seinem Geheimnis auf die Spur gekommen war? Hatte er deshalb auch Annebeth Schubiger die Stirn aufgeritzt?

Gab es Indizien für diese Vermutung? Ja, die gab es. Erstens die Blutspuren auf dem Deck der Antigone, die von Vetter stammten. Zweitens war ein Seil vom Heck geschnitten worden. Das hätte Vetter nie getan. Er hätte es aufgeknotet.

Die ersten Tropfen trommelten auf die Baumkronen hinunter, schwer und laut.

Vetter hatte außen am Hafen angelegt, um mit Hilfe von Wiebke den betrunkenen Dreisitz aussteigen zu lassen. Anschließend ging er zurück auf die Antigone, um sie in den Hafen zu steuern.

Erni hatte die Ankunft der Antigone erwartet. Er hatte vor, Vetter zu töten. Weil Vetter ein Nebenbuhler war, oder weil Vetter das Versteck entdeckt hatte. Die nächtliche Stunde schien ihm der richtige Zeitpunkt zu sein. Er betrat die Antigone, worauf es zu einem kurzen Disput kam. Das sei unerhört, ein Skandal, schrie Vetter. Worauf ihm Erni den Dolch in die Brust stieß, ihm die Augen ausstach und die Leiche in den Fluss warf. Er kappte das Seil und schaute zu, wie die Antigone rheinabwärts trieb.

War es so gewesen? Hunkeler wusste es nicht. Er wusste nur, dass es so möglich gewesen wäre. Und er wusste, dass Eifersucht aus verschmähter Liebe manche Menschen in den Wahnsinn trieb.

Der Regen fiel jetzt herab wie aus Kübeln gegossen. Ein Rauschen wie unter einem Wasserfall, ein Trommeln und Schlagen. Die Bäume wurden von Böen Richtung Osten gezerrt und schnellten zurück, wenn der Wind sie wieder losließ. Ein paarmal hörte er ein Splittern und Krachen, dann den dumpfen Aufprall am Boden. Dazwischen heftige Blitze und Donnerschläge.

Hunkeler gefiel dieses Spektakel. Er hätte am liebsten mitgebrüllt, mitgedonnert. Da er wusste, dass er nicht gegen den Sturm ankam, ließ er es bleiben. Wer war er denn? Ein armseliger Mensch. Und was waren die Menschen? Armselige, getriebene Geschöpfe, die das eigene Schicksal nicht ertrugen.

Als er aus dem Wald trat, hatten Regen und Wind aufgehört. Ein kurzes Donnerwetter war es gewesen. Ein Wutausbruch des Himmels wie beim Emmentaler Pfarrer Gotthelf, der seine Bauern immer wieder mit Blitz und Donner gewaltig erschreckte.

Die Luft war frisch und klar. Der Himmel hatte aufgerissen und ließ blendendes Licht über die Landschaft fallen.

Die Maisstauden lagen fast alle flach, sie waren von einem unglaublichen Grün. Die Asphaltstraße, auf die er einbog, stand unter Wasser, die Gräben links und rechts waren zu Bächen geworden. Unten in einer Mulde glänzte der Kirchturm des Dorfes Knoeringue.

Er hielt darauf zu, tropfnass, dem dichten Wollgewebe zum Trotz. Er brauchte etwas Warmes in den Magen. Er betrat die Wirtschaft neben der Kirche. Frau Scholler, die Wirtin, brachte ihm ein Handtuch.

»Was isch das fir eppis Verrockts«, sagte sie, »bei diesem Wetter spazieren zu gehen? Vous êtes fou, Monsieur.«

Er rieb sich trocken, bestellte eine Kanne Schwarztee und betrachtete den leeren Wirtsraum. Vor kurzem war er noch voll gewesen bis auf den letzten Platz. Die weißen Papiertischtücher waren überladen mit Tellern und Schüsseln, mit Platten und Schalen, mit Löffeln, Gabeln und Messern, mit Flaschen aller Art. Ohne Zweifel hatte hier ein gewaltiges Fressen stattgefunden, wie jeden Mittag, dem drohenden Himmel zum Trotz.

»Was hat es gegeben?«, fragte er.

»Als Entrée Paté, Monsieur. Dann Kalbszunge mit Kapern. Als Dessert Poire Hélène. Es ist noch was übrig. Wänd Si?«

Hunkeler, dem die Kirschen im Magen rumorten, verneinte. Er nahm das Handy aus der Tasche und wählte Hedwigs Nummer.

»Hör mal«, sprach er auf den Beantworter, »wie wärs heute Abend um 19 Uhr bei Scholler in Knoeringue? Es gibt Kalbszunge mit Kapern. Ruf mich an. Sonst werde ich dort sein.«

Er trank mehrere Tassen Tee, bis er sich aufgewärmt hatte. Dann griff er zum Zürcher Boulevardblatt, das ein Basler Ausflügler auf dem Nebentisch hatte liegen lassen.

Hauser war fast auf der richtigen Fährte. Aber eben nicht ganz. Er war zwar draufgekommen, dass eine Sambatänzerin verschwunden war. Aber seine Folgerungen waren falsch. Erstens war die Tänzerin nicht illegal in ein Puff nach Marseille verkauft worden. Zweitens schon gar nicht von einem stadtbekannten Basler Galeristen, wie Hauser durchscheinen ließ. Was im Grunde ehrverletzend war. Hunkeler las den Text noch einmal genau durch. Richtig, es war eine schweinische Verleumdung. Aber sie war so formuliert, dass man rein juristisch kaum etwas dagegen unternehmen konnte.

Der alte François, der im selben Dorf wohnte wie Hunkeler, brachte ihn zu seinem Haus zurück. François fuhr viermal pro Tag in die Wirtschaft Scholler. Um zehn Uhr morgens, um ein Uhr nachmittags, um fünf Uhr am Abend und um zwanzig Uhr, immer auf einen Viertel Roten vom Fass. Für diese Fahrten benützte er ein kleines Elektroauto, für das er keinen Führerschein brauchte.

François war ein angenehmer Zeitgenosse, der das Leben genoss. Er war einiges über achtzig. Da er als junger Mann in einer deutschen Uniform gegen die Sowjetarmee hatte kämpfen müssen und anschließend mehrere Jahre in einem russischen Kriegsgefangenenlager dahinvegetiert hatte, bezog er von Deutschland eine Rente, die zum Leben reichte. Warum also sollte er es sich nicht gutgehen lassen?

Von zu Hause aus rief Hunkeler die Gendarmerie St. Louis an.

»Oui, Wirz.«

»Hör mal«, sagte Hunkeler. »Ich rufe wegen des Tresors an, den die beiden Zigeunerburschen geklaut haben. Von welcher Firma ist er schon wieder?«

»On ne dit pas Zigiiner. Mir seit Fahrende. Der Tresor ist von der Firma Posch.«

»Habt ihr ihn gefunden?«

»Non. Er ist wie vom Erdboden verschluckt.«

»Und die beiden Burschen?«

»Die sind wohlauf. Solange wir den Tresor nicht haben, können wir ihnen nichts beweisen.«

»Und die tunesischen Teppichhändler?«

»Die sind nicht mehr in der Gegend.«

»Dann ist der Fall also abgeschlossen.«

»Oui, es scheint so zu sein. Übrigens, bonne chance für deine Zeit als Rentner.«

Dann legte sich Hunkeler ins Bett und zog sich die rotweiß karierte Decke über die Ohren. Es war ihm vom Regen immer noch kühl. Zudem hatte er genug von ausgestochenen Augen, verschwundenen Tänzerinnen und von Hausers Roman. Mach es wie François, sagte er sich. Trink viermal pro Tag ein Viertel Wein. Das erhält den Mann und vertreibt die dummen Gedanken.

Am Abend aß er mit Hedwig bei Scholler Kalbszunge mit Kapern. Dazu tranken sie eine halbe Flasche Beaujolais-Village.

»Was treibst du den ganzen Tag, alter Mann?«, fragte sie.

»Die Zeit totschlagen. Warten, dass etwas geschieht.«

»Was soll geschehen?«

»Das weiß ich nicht.«

»Dann komm einmal zu mir in den Kindergarten«, sagte sie. »Da geht die Post ab, jeden Morgen und jeden Nachmittag. Alles Einzelkämpfer, alles Freiheitshelden für die eigene Nation. Ich müsste genau neun Sprachen beherrschen, um mit allen reden zu können.«

Sie war erschöpft, das sah er genau. Und sie war plötzlich schweißnass.

»Da«, sagte er und gab ihr sein Taschentuch. »Das ist das große Format, blauweiß kariert, einwandfrei gebügelt in der Wäscherei von einer Ausländerin, die vielleicht nicht Deutsch kann. Wallungen sind übrigens gesund.«

Sie nahm es und wischte sich das Gesicht ab. Sie versuchte ein Lächeln, hilflos wie ein kleines, trauriges Mädchen.

»Was verstehst denn du davon? Ich komme mir vor wie eine Fremde in der eigenen Haut.«

»Das macht die Natur«, behauptete er. »Sie verändert dich. Das ist wie in der Pubertät.«

Sie zog ihre Schnute, die ihn immer wieder zum Lachen brachte.

»Es ist nicht die Pubertät«, sagte sie. »Es ist das Alter.«

»Bei dir verändert sich wenigstens noch etwas. Erst wenn sich nichts mehr verändert, ist Schluss. Komm jetzt, wir lachen darüber. Zum Wohl.«

Er hob sein Glas, sie stießen an.

»Ich habe einen Plan«, sagte er.

»Ja?«

Sie freute sich, sie schmiedete gerne Pläne.

»Wir könnten zusammen den Rhein hinunterschwimmen.«

»Das machst du doch ohnehin jeden Morgen.«

»Ich meine nicht die Strecke von den Drei Königen zum Badehaus.«

»Sondern?«

»Ich meine die Strecke von Basel nach Rotterdam.«

Sie sah ihn entgeistert an.

»Wie viele Kilometer sind das?«

»Etwa tausend.«

»Sag mal, spinnst du?«

»Wir müssen es ja nicht in einem Sommer machen. Heuer könnten wir zum Beispiel bis zur Loreley schwimmen.«

»In dieser Drecksbrühe?«

»Kürzlich ist in Basel der erste Lachs gefangen worden. Der ist den Rhein heraufgekommen, gegen den Strom. Was der schafft, schaffen wir auch, und zwar mit dem Strom. Wir lassen uns einfach treiben.«

»Und die Kleider?«

»Die transportieren wir im Schwimmsack, samt dem Zelt.«

»Du willst kampieren?«

»Ja klar. Im Auwald am Fluss. Weißt du, wie romantisch?«

»Nein«, entschied sie, »ich bin kein Fisch. Wenn schon, bin ich ein Wandervogel. Und ich wandere im Sommer über die Vogesen.«

»Dann eben nicht«, sagte Hunkeler.

Anderntags, es war Samstag, der 13. Juni, parkte er vor der Pizzeria Schiff in Kleinhüningen. Es war morgens um zehn. Eine angenehme Sonne am Himmel, eine laue Luft. Er hatte gut geschlafen in Hedwigs Bett.

Er genehmigte sich ein Glas Weißen vom nahen Tüllinger Hügel und blätterte die Zeitungen durch. Außer dem Boulevardblatt. Er wollte jetzt nichts aus Hausers Feder lesen.

In der *BaZ* wies ein kurzer Artikel darauf hin, dass morgen Sonntag um elf im Stadttheater eine Feier zum Gedenken an den verstorbenen Theaterdirektor Bernhard Vetter stattfand. In den anderen Zeitungen stand nichts über Vetter. Er war kein Thema mehr.

Hunkeler saß auf der Terrasse, dem Ufer der Wiese gegenüber. Was er sah, gefiel ihm. Frauen mit Kopftuch, die einkaufen gingen, ihre herausgeputzten Mädchen an der Hand. Burschen, die auf teuflisch schnellen Bikes vorbeiflitzten. Drei Spanier am Nebentisch mit abgearbeiteten, zerfurchten Händen, vor einem Halben Roten. Drüben ein Tisch mit Einheimischen, alte Männer, die Bier tranken und über Fußball diskutierten. Ein junger Mann aus Nordafrika, der sich erkundigte, ob er ein zweites Glas bringen solle. Was Hunkeler verneinte.

Er erhob sich und bog in die Dorfstraße ein. Am alten Pfarrhaus vorbei, wo ein weltbekannter Psychologe seine Jugend verbracht hatte, wie auf einer Tafel zu lesen war. In die Pfarrgasse, über den Platz mit den alten Bäumen. Ein Fischerhäuschen, putzig renoviert. Durch einen verwilderten Park zur Kirche. Vom Turm hörte er die Dohlen rufen, die dort oben ihre Jungen aufzogen.

Gleich nebenan erhoben sich die Silos der Rhenus Logistics, die das ehemalige Fischerdorf zum Getto degradierten. Eine typisch schweizerische Kompromisslösung, dachte Hunkeler. Anderswo wären die mittelalterlichen Häuser längst weggeputzt worden.

Er kam zum Eros-Center Ententeich und ging hinein. An einem Tisch saß Sabine Loretan am Computer.

»Schau an«, sagte sie, »welche Ehre. Was führt Sie zu mir?«

»Sie haben gesagt, ich solle einmal vorbeikommen«, meinte er ziemlich verlegen. »Jetzt bin ich halt vorbeigekommen. Und jetzt bin ich hier.«

»Sie sind zu früh. Die Mädchen schlafen noch. Und ich selber bin nicht mehr am Rütteln.«

Das fand er ein lustiges Wort.

»Am was?«, fragte er.

»Ach so, Sie sind neu hier. Bitte nehmen Sie Platz. Ich muss nur noch abschließen, dann habe ich Zeit.«

Er setzte sich auf ein spartanisches Möbelstück, das etwas wie eine moderne Ottomane sein sollte, und schaute sich um. Es war ein Raum, der früher wohl ein Quartierladen gewesen war für Lebensmittel aller Art. Die beiden Schaufenster gegen die Straße hin waren mit rotem Plüsch verhängt, was das Einzige war, das seinen Vorstellungen eines Eros-Centers entsprach. Sonst herrschte eine Atmosphäre wie in einem Fitnesscenter, in dem nur noch die Gymnastikgeräte fehlten. Ein eigenartiger Geruch hing im Raum, aufdringlich und unappetitlich, als wäre seit der letzten Fasnacht nicht mehr gelüftet worden. Wer hier verkehrte, der musste unter höllischer Not leiden, dass er in diesem Kühlschrank einen hochbrachte.

Frau Loretan erhob sich und stellte die Stereoanlage an. Es war Frank Sinatra mit seinen Evergreens.

»Bitte nicht«, bat Hunkeler, »ich bin kein Fremder in der Nacht. Ich komme eben aus den Armen meiner Freundin.«

»Keine Musik?«

»Lieber nicht.«

»Kaffee?«

»Ja gern. Bitte Espresso.«

Frau Loretan presste Kaffee aus der Maschine. Sein Duft erreichte Hunkelers Nase, was er enorm tröstlich fand. Als sie die Tasse auf das Glastischchen stellte, sah er, dass ihre Hand zitterte.

»Wovor fürchten Sie sich?«, fragte er. »Nicht etwa vor mir?«

Sie erschrak. Sie versuchte ein Lächeln, es gelang ihr nur halb. Sie brauchte wohl den Schutz der Nacht, um ihren Charme zur Geltung zu bringen.

»Was wollen Sie?«, fragte sie.

»Das wissen Sie doch. Ich suche den Mörder von Bernhard Vetter. Und ich suche Simone Breda.«

»Ich kenne den Mörder nicht. Und ich weiß nicht, wo Frau Breda ist.«

»Wie ist es eigentlich? Arbeiten Sie ohne Zuhälter?«

Sie nickte.

»Ich habe mich selbständig gemacht. Ich beschäftige sechs Mädchen. Alles legal. Es läuft ganz gut.«

Hunkeler ließ Zucker in die Tasse rieseln, rührte sorgfältig um und schnupperte daran. Er nahm einen Schluck.

»Sehr gut. Wie bei Mammina. Ein hartes Geschäft, nicht wahr? Erst die Angst vor Aids, jetzt die Krise. Da sparen die Männer und lassen zu Hause rütteln. Die Konkurrenz schläft nicht. Und die Konkurrenz ist männlich. Es gefällt ihr gar nicht, wenn eine Frau einen eigenen Laden aufmachen will. Da kann schon mal ein Mädchen verschwinden.«

»Ich habe in der Zeitung gelesen, Simone sei in Marseille. Oder stimmt das nicht?«

»Sie wissen doch, dass es nicht stimmt.«

»Ein Zuhälter würde Simone nie aus dem Geschäft nehmen. Weil sie ein erstklassiges Girl ist, mit dem sich viel Geld verdienen lässt.«

Er zündete sich eine Zigarette an, ohne um Erlaubnis zu fragen.

»Bitte rauchen Sie nicht. Am Morgen ertrage ich den Rauch schlecht.«

»Und am Abend?«, fragte er und blies ihr den Rauch ins Gesicht. »Ich habe gesehen, wie sehr Sie Rutziska lieben. Darf eine Hure das?«

Sie schüttelte den Kopf.

»Eine Hure nicht, nein. Eine Hure darf nur den Zuhälter lieben. Deshalb bin ich ja ausgestiegen.«

»Und jetzt kassieren Sie nur noch und lassen die anderen arbeiten, nicht wahr? Wie steht es eigentlich mit der Liebe von Arthur Erni? Ich habe gehört, er sei in Simone verknallt. Ist das einem Zuhälter erlaubt?«

Frau Loretan hielt sich wacker, obschon ihr Gesicht jetzt aschfahl war. Der Lidschatten fehlte, die Schminke, der Puder.

»Sie werden diese Welt nie verstehen«, sagte sie. »Seien Sie froh darüber. Gehen Sie heim zu Ihrer Geliebten. Und seien Sie lieb zu ihr.«

Er drückte in der Espressotasse die Zigarette aus.

»Gut. Ich habe es versucht. Manchmal muss ein Kommissär schweinisch sein. Ich bitte um Entschuldigung.«

Sie nickte.

»Das bin ich gewohnt. Übrigens ist Simone eine von uns.«

»Stimmt nicht. Sie sind jetzt Zuhälterin.«

»Nein, bin ich nicht. Ich kann es gar nicht sein. Weil ich kein Mann bin. Ich bin Geschäftsführerin. Das ist genau das, was Sie nicht verstehen, weil Sie vom Rotlicht keine Ahnung haben. Wir hier, die Girls und ich, haben jedes Interesse daran, Simone zu finden. Weil wir uns nicht alles bieten lassen können. Wir müssen sie finden.«

»Was ist mit dem Mörder von Bernhard Vetter?«

»Das ist Sache der Polizei. Da mischen wir uns nicht ein.«

»Dann bedanke ich mich. Ich wünsche viel Glück.«

Sie erhob sich nicht. Sie blieb sitzen und schaute ihm nach, wie er die Tür hinter sich schloss.

Er holte sein Auto und fuhr durch die Hafenstraße. Kein Mensch weit und breit, keine Bewegung. Ein paar Enten lagen im Wasser, ein Schnattern ab und zu. Die Rollläden der Tripol AG waren heruntergelassen, die Parkplätze leer.

Er parkte vorn bei den Garagen. Die beiden Zwergziegen standen auf den Geleisen und rupften am Laub einer jungen Erle. Als sie Hunkeler sahen, meckerten sie und rannten davon.

Er trat zu den Fenstern der Ateliers und schaute hinein. Es war niemand am Werk an diesem Samstag.

Er setzte sich auf den Rand eines alten Holzschiffs, das hier gestrandet war. Er kam sich nutzlos vor. Was suchte er hier, was hatte er hier verloren? Nicht das Schiff war gestrandet, sondern er selbst. Das Schiff hatte irgendwer mit einem Lastwagen hierhergefahren. Zur Zierde wohl, aus Nostalgie. Das Steuerrad war geschützt durch einen Aufbau, in dem ein Mann Wind und Regen trotzen und trockenen Hauptes den nächsten Hafen anlaufen konnte.

Er hörte ein leises Klopfen, mehrmals hintereinander. Dann war Stille. Er wartete, bis es wieder einsetzte. Er duckte sich hinter die Bordwand. War da ein Kratzen, ein Schaben? Langsam hob er den Kopf aus der Deckung und betrachtete die Luke, durch die man hinuntersteigen konnte. Barg der Schiffsrumpf eine Gefangene, gefesselt und geknebelt?

Da sah er die Spechtmeise, die am Bug herumkletterte. Als sie Hunkeler bemerkte, flog sie davon.

Er schüttelte den Kopf, er hätte gerne gelacht. Da ihm nicht zum Lachen zumute war, kam bloß ein schäbiges Grinsen heraus. Er solle heimgehen zu seiner Geliebten, hatte ihm Sabine geraten, er solle lieb sein zu ihr.

Da hörte er Schritte. Er duckte sich hinter die Bootswand. Er sah Arthur Erni über den Fußweg kommen, mit einem Kübel und einem Plastiksack in den Händen. Er ging zum Schweinekoben und leerte den Kübel in den Trog. Die Sau war zu hören, wie sie sich grunzend erhob und zu schmatzen begann. Erni ging zur Eisentür, stieß sie auf und verschwand. Nach einer Weile erschien er wieder mit einem Strohballen und trug ihn zum Gatter der Zwergziegen. Er zog den Kris aus dem Gürtel, schnitt die Schnur durch und streute das Stroh ins Gatter. Er schaute sich sorgfältig nach allen Seiten um. Dann fing er an, eine Tangomelodie zu pfeifen, und ging über den Fußweg zurück.

Hunkeler hatte gebannt zugeschaut, obschon alles ganz alltäglich gewirkt hatte. Etwas war besonders gewesen, er wusste bloß nicht, was. Das Pfeifen vielleicht, das Ausspähen der Umgebung? Er wollte schon hingehen, um den Raum hinter der Eisentür zu durchsuchen. Da hörte er abermals Schritte.

Es waren Dreisitz und Rutziska. Sie kamen von hinten, vom Kanal, der zum Hafenbecken 2 führte. Sie schoben einen alten Kinderwagen vor sich her. Darin lag etwas unter einer Wolldecke. Ein schweres Ding offenbar, der Kinderwagen quietschte bedenklich.

Die beiden gingen sehr schnell am Schiff vorbei, hinter dem sich Hunkeler verbarg, sie wirkten entschlossen und konzentriert. Sie schoben den Wagen an der Laderampe der Rhenus AG vorbei und bogen ein in die Gebäudelücke, wo die Kohlenhalde lag.

Hunkeler folgte ihnen vorsichtig, er wollte nicht gesehen werden.

Als er um die Ecke bog, sah er, wie Dreisitz eine Lunte anzündete. Die Lunte führte zu Dynamitstäben, die um einen Tresor gebunden waren. Der Tresor lag auf der Kohlenhalde.

»Seid ihr wahnsinnig?«, schrie Hunkeler. »Seid ihr übergeschnappt? Los, rennt hierher!«

Die beiden schauten sich verdutzt um. Es gefiel ihnen nicht, dass sie beobachtet worden waren. Sie wechselten ein paar Worte, dann rannte Rutziska los Richtung Hunkeler. Dreisitz brauchte länger, um sich vom Tresor zu verabschieden. Es gelang ihm nicht mehr ganz, die Ecke des Gebäudes zu erreichen.

Dann brach die Explosion los. Der Knall wurde von den Silowänden zurückgeworfen, Scheiben klirrten. Die Druckwelle walzte durch die Gebäudelücke und riss Dreisitz zu Boden. Er wurde sogleich eingehüllt von der schwarzen Staubwolke, die sich rasend schnell ausbreitete.

Hunkeler rannte hin. Er packte den am Boden liegenden

Dreisitz, der wie ein Kaminfeger aussah, und zerrte ihn um die Ecke.

»Sind Sie wohlauf?«, fragte er. »Alles noch ganz?«

»Es geht so«, sagte Dreisitz und erhob sich schwankend. »Es hat mich zu Boden gerissen. Das war ein gewaltiger Knall. Los, holen wir den Zaster.«

Hunkeler packte ihn an den Oberarmen und schüttelte ihn.

»Der Zaster liegt metertief unter Kohle!«, schrie er.

Er zeigte auf die Kohlenhalde, die aus dem schwarzen Nebel auftauchte. Sie war ins Rutschen geraten, sie rutschte noch immer. Ein Rieseln wie eine Lawine, die langsam ausrollte.

»Du hast den Tresor begraben, du Idiot«, sagte Rutziska. »Ich habe dich gewarnt.«

»Dann buddeln wir das Geld aus.«

»Wenn Sie Pech haben«, sagte Hunkeler, »ist in fünf Minuten die Feuerwehr da. Und die Polizei.«

»Meinen Sie?«

»Wenn es knallt im Hafen, reagieren die schnell.«

»So ein Pech«, sagte Dreisitz. »Los, hauen wir ab. Wir schwimmen nach Frankreich hinüber.«

Hunkeler schaute zu, wie die beiden wegrannten. Er ging zu seinem Auto und setzte sich hinein. Nach wenigen Minuten sah er einen Privatwagen heranrasen. Der Fahrer stieg aus, schaute sich den Kohlehaufen an, sprach in sein Handy und fuhr wieder davon.

Hunkeler wartete zwanzig Minuten. Als nichts geschah, startete er den Motor.

Um Mitternacht rief er Lüdis Privatnummer an.

»Oui, mon Joujou?«

»Jetzt hör endlich auf mit deinem Joujou«, knurrte Hunkeler, »ich bin nicht dein Spielzeug. Ich bin dein Exkollege.«

»Excuse-moi. Ein Moment.«

Das Klicken eines Feuerzeugs war zu hören, das Ausstoßen von Rauch.

»So, jetzt bin ich da. Bist du im Elsass?«

»Nein, in Basel. Ich besuche morgen die Matinée.«

»Dann sehen wir uns. Aber du weißt, dass ich nicht mit dir reden darf.«

»Was ist eigentlich los?«, schrie Hunkeler. »Bin ich aussätzig? Mir fehlen die Informationen des Kommissariats. Und euch fehlt auch etwas. Nämlich der Verstand.«

»Warum schläfst du stockbesoffen im Hafen? Mach es doch wenigstens so, dass es niemand merkt.«

Ach so, Wachtmeister Kaelin hatte den Mund nicht halten können, der Idiot.

»Manchmal muss man sich eben besaufen, um an die Wahrheit heranzukommen.«

»Willst du damit sagen, dass du die Wahrheit weißt?«

»Nein«, brüllte Hunkeler.

Dann fasste er sich. Lüdi hatte ein weiches Gemüt, besonders um Mitternacht.

»Entschuldigung. Ich will dich nicht anbrüllen. Aber die ganze Sache ist so idiotisch. Was tut ihr eigentlich die ganze Zeit?«

»Wir sitzen beim Rapport und hören uns Madörins Theorien an.«

»Und die wären?«

»Genau das darf ich dir nicht sagen.«

Wieder die Wut im Bauch, wieder diese Ohnmacht. Aber Hunkeler beherrschte sich.

»Vielleicht könnten wir tauschen?«

»Ich fürchte«, sagte Lüdi, »ich habe nicht viel zu bieten.«

Hunkeler zögerte, aber dann rückte er damit heraus.

»Was würdest du sagen, wenn eine Sambatänzerin jetzt, zu dieser Stunde, in einem Kellerverlies gefangen gehalten würde, gefesselt und geknebelt von einem Mann, der aus Eifersucht Bernhard Vetter umgebracht hat?«

»Nein, bitte nicht. Ich ertrage das nicht.«

Es war zu hören, wie Lüdi die Zigarette ausdrückte. Dann war seine Stimme plötzlich kühl und genau.

»Hast du Fakten?«

»Der violette Lippenstift zum Beispiel. Wie kommt er in diesen Stall? Habt ihr nicht bemerkt, dass sich Erni die Augenbrauen violett färbt?«

»Mir ist es aufgefallen. Aber Kaelin meint, im Stall habe irgendein Paar gebumst.«

»Aber er war doch zugesperrt.«

»Bis vorgestern, ja.«

»Wer hat denn Annebeth Schubiger gegen die Tür geknallt?«

»Sie sei von selber hingefallen, meint Madörin. Wir haben Arthur Erni genau durchgecheckt. Er ist Vermittler, nicht Zuhälter. Simone Breda ist legal eingereist. Sie wird längst wieder ausgereist sein.«

»Was ist mit dem Kris?«

»Den braucht Erni bei der täglichen Arbeit.«

»Und der Koks?«

»Wenn wir alle Kokser einsperren wollten, müssten wir neue Gefängnisse bauen.«

»Wer ist es denn gewesen?«, schrie Hunkeler.

Wieder ein Klicken, wieder der Rauch.

»Hör mal, mon ami. Wenn du noch einmal schreist, lege ich auf.«

»Gut, wir machen es so. Wenn ich etwas Falsches sage, legst du auf.«

Lüdi schwieg.

»Erstens: Die Ermittlung gegen die Tripol AG hat nichts gebracht. Trotzdem läuft sie weiter, weil ihr ja irgendetwas tun müsst.«

Nicht geschah. Nur Lüdis Atem war zu hören.

»Zweitens: Ettore Lardini ist sauber.

Drittens: Dreisitz und Rutziska sind zwar nicht ganz sauber. Aber es gibt keinen hinreichenden Anfangsverdacht.«

»Das ist zwar nicht ganz falsch«, sagte Lüdi. »Aber es stimmt auch nicht ganz. Rutziska hätte nach der Party vom 23. April genügend Zeit gehabt, mit einem Taxi in den Hafen zu fahren und auf Vetter zu warten.«

»Aber er hat doch noch in der Stadt herumgesoffen.«

»Vielleicht war das eine Finte.«

»Habt ihr euch erkundigt?«

Schweigen.

»Ach so, ja«, sagte Hunkeler. »Ihr habt euch also erkundigt und nicht herausgefunden, wo er war.

Viertens: Von den Frauen kommt niemand als Täterin in Frage.

Fünftens: Eine weitere Täterschaft ist nicht zu eruieren.

Sechstens: Ihr seid also am Arsch.«

Er wartete eine Weile.

»Warum legst du nicht auf?«

»Weil alles richtig ist. Übrigens hat es heute Nachmittag im Hafen geknallt. Jemand hat eine Kohlenhalde in die Luft gejagt. Weißt du etwas?«

»Woher sollte ich etwas wissen?«

»Weil du dich die ganze Zeit im Hafen herumtreibst.«

»Stimmt nicht. Ich bin die meiste Zeit im Elsass.«

»Gut. Ich werde mir die Geschichte mit der Tänzerin überlegen. Aber ich muss sie als meine Idee ausgeben.«

»Dann mach mal.«

»Bonne nuit, mon ami.«

Früh am Sonntagmorgen, dem 14. Juni, war Hunkeler im Rheinbad St. Johann und schlüpfte in die Badehose. Der Fluss führte Hochwasser, eine braune Flut wälzte sich Richtung Norden. Es hatte im ganzen Mittelland gewittert.

Bei der Klingentalfähre stand der Fischersmann Fridolin Ruf im Ölzeug.

»Grüß mir die Reisenden«, sagte Hunkeler.

Ruf nickte knapp, den Blick aufs Wasser gerichtet.

Die Fähre war noch vertäut, weit und breit war kein Passagier zu sehen. Eine sonntägliche Ruhe, von der Morgensonne beschienen.

Er stieg den Rheinsprung hinauf, vorbei an den mittelalterlichen Handwerkerhäuschen, an der alten Universität, an den Barockpalästen der Handelsherren. Das Museum der Kulturen rechts, links die Häuser der Augustinergasse. Hier wohnte, was Geld und Adel besaß. Dann der Münsterplatz mit den Kastanienbäumen. Er spazierte hindurch

wie durch einen Wald, ein alter Barfüßer in blauer Badehose.

Vor der Galluspforte blieb er stehen. Hier war Basel am
schönsten. Matthäus und Johannes als Engel und Adler. Die
sechs Werke der Barmherzigkeit. Ein Engel, der Himmels-
brot spendet. Darüber das Glücksrad mit den fallenden und
steigenden Figuren. Wunderschöne Romanik, stilisiert und
dennoch expressiv, so dass jedes Kind begriff, was gemeint
war, wenn man es ihm erklärte.

Er stieg die Treppe zur Münsterfähre hinunter. Auch sie
war noch vertäut, er war allein unterwegs. Beim Badeplatz
überlegte er, ob er kopfvoran hineinspringen sollte. Er ließ
es bleiben, das Wasser war vermutlich zu kühl. Langsam
kletterte er die Leiter hinunter, vom Schauer der Kälte ergriffen. Dann stieß er sich ab, hinein in den reißenden Fluss.

Um elf ging er durch den Künstlereingang des Stadttheaters.
Peter Jenzer saß an der Pforte.

»Gibt's noch Plätze?«, fragte Hunkeler.

»Ja natürlich. Beeil dich, du bist zu spät.«

»Ich will niemandem begegnen, ich setze mich hinten rein.
Sind Dreisitz und Rutziska auch da?«

»Dreisitz nicht. Rutziska wollte ich hinauswerfen, er ist
betrunken. Aber er hat sich gewehrt. Kannst du aufpassen
auf ihn?«

»Ich sicher nicht. Ich bin privat hier.«

»Es sind ein paar Polizisten drin.«

»Das geht mich nichts an. Ihr habt doch bestimmt ein paar
starke Bühnenarbeiter.«

Jenzer hob den Finger.

»Bitte bleib korrekt. Du meinst Bühnentechniker.«

Im Zuschauerraum saßen an die hundert Leute. Vorn auf der Bühne stand der Leiter des Kulturdepartements und überbrachte das tief empfundene Beileid der Basler Regierung. Man sei sich bewusst, welch bedeutenden Theatermann die Stadt verloren habe. Man werde nicht ruhen, bis der ruchlose Verbrecher gefasst worden sei. Vom eingeschlagenen Kurs lasse man sich in keiner Weise abbringen. Er sei froh, mitteilen zu können, dass die Chefdramaturgin Ruth Merlan ad interim die Leitung des ganzen Hauses übernommen habe.

Anschließend ergriff Ruth Merlan das Wort. Sie kam aus Gera an der Elster, das wusste Hunkeler, eine kleine, zierliche Powerfrau. Sie machte es wohltuend kurz. Man werde sich von nichts und niemandem aufhalten lassen, von festgebackenen Vorurteilen des Bildungsbürgertums nicht und auch nicht von Mord. Die Geschichte der Aufklärung durch Theaterarbeit müsse unter allen Umständen weitergeschrieben werden. Das Stadttheater als bürgerliche Institution, aus dem Geiste des Fortschritts entstanden, sei nun einmal die Speerspitze der notwendigen Entwicklung der spätkapitalistischen Gesellschaft zur selbstverantworteten Freiheit hin, in der allein die anstehenden gewaltigen Probleme der Weltgemeinschaft gelöst werden könnten. Dafür seien sie und ihre Mitarbeiterinnen und Mitarbeiter bereit, Opfer zu bringen, auch Opfer durchaus persönlicher Art. Sie jedenfalls werde nicht wanken und nicht weichen.

Hunkeler hatte einige Köpfe entdeckt, die er kannte. Seine Kollegen Haller, Lüdi und Madörin samt Wachtmeister Kaelin und Staatsanwalt Suter. Aus dem Hafen Wiebke van Leyden, Sabine Loretan und Ettore Lardini. Stephan Hulsch, Oswald Gemperle, der Bass Giuliani und der Kritiker Friedrich Blessing. Die Filmschauspielerin Judith Keller mit zartrosa Kopftuch, die den rechten Arm um eine junge, auffallend magere Dame gelegt hatte.

Walter Rutziska saß links am Rand.

Die meisten Leute kannte Hunkeler nicht. Aber er sah sogleich, dass es Theaterleute waren. Woran er dies sah, hätte er nicht sagen können. Vielleicht an der Art, wie sie sich klein zu machen versuchten, um ja nicht aufzufallen. Obschon sie gerade dadurch auffielen. Er meinte, einige bedeutende Figuren der jüngeren deutschsprachigen Theatergeschichte zu erkennen, war sich aber nicht sicher, da er sie nur von Fotos kannte. Hier im Zuschauerraum wirkten sie unscheinbar, wie ganz normale Menschen.

Dann begann etwas Wunderbares. Eine Schauspielerin stieg auf die Bühne. Es musste eine Schweizerin sein, Hunkeler hörte sogleich den helvetischen Einschlag heraus. Sie sagte in kühlem, hartem Ton Brechts *Kinderkreuzzug* auf.

»In Polen, im Jahr Neununddreißig
War eine blutige Schlacht
Die hat viele Städte und Dörfer
Zu einer Wildnis gemacht.«

Sie rezitierte nicht alle Strophen, nur etwa ein Dutzend. Aber sogleich war die Welt des Theaters da, die Welt der Poesie, die Welt der Trauer. Obschon die meisten der Anwesenden das Gedicht bestimmt kannten, herrschte ergriffene Ruhe.

Es folgten weitere Gedichte, von verschiedenen Frauen und Männern vorgetragen. Einiges von Georg Trakl, von Georg Heym, von der Lasker-Schüler. Alles genau und verständlich gesprochen mit kaum merklicher, das Gefühl zurückhaltender Energie, ganz und gar auf die Wörter konzentriert.

Hunkeler war hingerissen. Hier war eine Gruppe höchst potenter Sprechkünstler zusammengekommen, um die beste deutschsprachige Poesie aus der Zeit vor dem Zweiten Weltkrieg vorzutragen. Eine würdige Ehrung des Theatermannes Bernhard Vetter, der in jenem Krieg als Kind den festen Boden unter den Füßen verloren hatte.

Dann stieg Judith Keller auf die Bühne. Sie rezitierte Brechts Ballade *Vom ertrunkenen Mädchen.*

»Als sie ertrunken war und hinunterschwamm
Von den Bächen in die größeren Flüsse
Schien der Opal des Himmels sehr wundersam
Als ob er die Leiche begütigen müsse.

Tang und Algen hielten sich an ihr ein
So dass sie langsam viel schwerer ward
Kühl die Fische schwammen an ihrem Bein
Pflanzen und Tiere beschwerten noch ihre letzte Fahrt.

Und der Himmel ward abends dunkel wie Rauch
Und hielt nachts mit den Sternen das Licht in Schwebe.
Aber früh ward er hell, dass es auch
Noch für sie Morgen und Abend gebe.

Als ihr bleicher Leib im Wasser verfaulet war
Geschah es (sehr langsam), dass Gott sie allmählich
vergaß
Erst ihr Gesicht, dann die Hände und ganz zuletzt erst
ihr Haar.
Dann ward sie Aas in Flüssen mit vielem Aas.«

Als sie geendet hatte, schien sie einen Augenblick lang zu schwanken. Aber sie fing sich, den Blick aufs Lesepult gerichtet. Sie blieb lange so stehen, bestimmt eine Minute lang. Im Publikum rührte sich nichts, alle waren ergriffen. Dann hob sie den Blick, lächelte kurz, stieg von der Bühne herunter und wollte zurückgehen an ihren Platz.

Rutziska stand auf und stellte sich ihr in den Weg.

»Judith«, sagte er, »ich muss mit dir reden.«

»Verpiss dich«, zischte sie, lächelte kurz ins Publikum und schob sich in die Sitzreihe, wo die junge, magere Dame saß.

»Ich habe eine Erklärung abzugeben«, sagte Rutziska, »oder ist dies nicht gestattet?«

Ruth Merlan erhob sich von ihrem Sitz.

»Nein«, sagte sie, »in dieser Trauerstunde ist dies nicht gestattet.«

Rutziska zögerte. Als er sah, dass sich vorn zwei kräftige Bühnenarbeiter erhoben, wandte er sich ab und ging hinaus.

Ein peinlicher Vorfall, der indessen der Trauerfeier keinen Abbruch tat. Die Leute gingen langsam ins Foyer hinaus, schweigend des Toten gedenkend.

Ein Tisch war gerichtet mit Getränken und Salzgebäck. Hunkeler stellte sich zu Wiebke und Lardini, ein Glas Rotwein in der Hand. Was ihn verwunderte, war die Tatsache, dass ihn kein Mensch zu sehen schien. Er war wie Luft für die andern, für seine ehemaligen Kollegen, für Hulsch, Gemperle und Blessing.

»Bin ich noch da?«, fragte er Wiebke.

»Ja. Warum?«

»Weil mich niemand anschaut.«

»Mich schaut auch niemand an.«

Erst als er sich eine Zigarette ansteckte, wurde er wahrgenommen. Es war Ruth Merlan, die auf ihn zukam.

»Bitte nicht rauchen«, sagte sie.

»Ich möchte Sie etwas fragen«, sagte Hunkeler. »Haben Sie einen Moment Zeit?«

»Wenden Sie sich an meine Assistentin. Wenn Sie weiterrauchen, werfe ich Sie hinaus.«

Hunkeler drückte die Zigarette an der Schuhsohle aus.

»Es war keine böse Absicht. Ich hätte trotzdem eine Frage.«

»Nein.«

Ruth Merlan drehte sich um. Wiebke kicherte.

»Ich geh dann mal«, sagte Lardini und entfernte sich.

»Wissen Sie, was los war?«, fragte Hunkeler. »Was hat Rutziska sagen wollen?«

»Schauen Sie sich doch einmal die junge Dame dort an«, sagte Wiebke und deutete auf die magere Frau, die Judith Keller untergehakt hatte.

Hunkeler trat ein paar Schritte auf die Gruppe zu, als ob er jemanden suchte. Er sah ein hochaufgeschossenes Mädchen mit sehr kurzem Haar, in weißes Tuch gehüllt. Das Tuch bedeckte sie ganz, bis zu den Füßen hinunter. Nur die Hände nicht. Es waren die Hände eines Skeletts. Nur das Gesicht nicht, es war ein Leichengesicht, mit rot geschminkten Lippen und violettem Lidschatten. Die Frau musste kurz vor dem Verhungern sein.

»Was gaffen Sie so blöd?«, fuhr ihn Judith Keller an. »Verfolgen Sie mich?«

»Aber nein. Ich wollte Ihnen bloß guten Tag sagen.«

»Sie sehen doch, dass ich keine Zeit habe. Hauen Sie ab.«

Aber Hunkeler kam nicht los von diesem Mädchenge-
sicht. Etwas faszinierte ihn, etwas irritierte ihn. Dann sah er
es. Die junge Dame hatte die Gesichtszüge von Walter Rutziska.

»Verpissen Sie sich endlich«, zischte die Schauspielerin.
»Oder wollen Sie, dass ich Sie hinauswerfen lasse?«

»Entschuldigung, nein. Ich wollte Ihnen bloß sagen, dass
mich Ihr Gedicht zu Tränen gerührt hat.«

»Danke.«

Sie wandte sich ab. Und Hunkeler verließ das Theater.

Er betrat die Kunsthalle. Rutziska saß allein vor einem Glas
Schnaps.

»Wodka?«, fragte Hunkeler.

»Ja klar. Was denn sonst? Setzen Sie sich zu mir, ich muss
weinen.«

Er war sehr betrunken. Aber er sprach immer noch klar.

»Diese Scheißschickeria kann mich mal kreuzweise. Die
werden alle eingeflogen, aus Wien und Berlin und Hamburg.
Aber mich lassen sie nicht ran, mich nicht.«

»Was hätten Sie denn vorgetragen?«, fragte Hunkeler.

»Hölderlin natürlich. Was denn sonst? Ich hätte sie alle
von der Bühne gefegt.«

»Dann tragen Sie vor, für mich. Ich bin ein guter Zuhörer.«

Rutziska schloss die Augen und begann, kaum hörbar zu
flüstern.

»Mit gelben Birnen hänget
Und voll mit wilden Rosen
Das Land in den See,
Ihr holden Schwäne,

Und trunken von Küssen
Tunkt ihr das Haupt
Ins heilignüchterne Wasser.

Weh mir, wo nehm ich, wenn
Es Winter ist, die Blumen, und wo
Den Sonnenschein,
Und Schatten der Erde?
Die Mauern stehn
Sprachlos und kalt, im Winde
Klirren die Fahnen.«

»Danke«, sagte Hunkeler.

»Bitte sehr.«

»Das *Ertrunkene Mädchen* war aber auch sehr gut. Es hat mich beinahe zum Weinen gebracht.«

»Sie kann das«, sagte Rutziska. »Sie kann sehr viel, das gebe ich gerne zu. Aber innen ist sie kalt wie ein Eisberg. Kein Gefühl, alles Berechnung. Haben Sie gesehen, wie sie kurz geschwankt hat nach dem Gedicht? Alles Raffinesse, abgefeimte Routine. Sie geht über Leichen für den Erfolg.«

»War das ihre Tochter in diesem weißen Kleid?«

Rutziska nickte. Ein scheuer, argwöhnischer Blick.

»Wie heißt sie?«

»Juliette. Sie studiert in Freiburg Medizin.«

»Wie heißt sie mit Familiennamen, wenn man fragen darf?«

»Vetter, soviel ich weiß. Warum?«

»Es scheint ihr nicht sehr gut zu gehen.«

»Sie leidet an hochgradiger Magersucht, schon seit Jahren. Aber was geht mich das an?«

»Vetter scheint nicht gerade ein liebevoller Vater gewesen zu sein.«

»Nein, war er nicht. Der hatte nie Zeit für sie. Die Mutter übrigens auch nicht.«

Er schielte zum Wodkaglas, trank aber nicht.

»Ich frage mich«, sagte Hunkeler, »über was Sie mit Judith Keller haben reden wollen.«

»Wenn sie sagt, ich soll mich verpissen, kann ich ja wohl nicht mit ihr reden.«

»Ich habe gar nicht gewusst, dass Sie eine Tochter haben.«

Rutziska schloss die Augen, als ob er eingeschlafen wäre.

»Wer sind Sie?«, flüsterte er.

»Wir kennen uns doch aus dem Hafen.«

»Woher wissen Sie es?«

»Man sieht es ihr an.«

Der Schauspieler nahm das Glas und leerte es langsam aus, so dass der Inhalt über den Tisch rann und zu Boden tropfte.

»Sie hat es nie zugegeben«, sagte er, »obwohl ich mir immer sicher war. Schon beim ersten Blick auf die kleine Juliette habe ich es gewusst. Vetter hat doch keinen hochgekriegt. Der hat nichts selber gemacht, nicht einmal die eigene Tochter. Der hat machen lassen. Das Einzige, was er selber gemacht hat, war seine Karriere. Die hat er geschafft mit seinem Gerede. Sonst hat er nichts gekonnt.«

»Weiß es die Tochter?«

»Nein. Judith hat mir Besuchsverbot erteilt. Ich durfte Juliette nicht einmal von weitem sehen.«

»Warum nicht?«

»Der Alkohol. Ich war meistens besoffen.«

»Ich kenne einige Frauen von Alkoholikern, die bei ihrem Mann geblieben sind.«

»Das sind Frauen, die ihren Mann lieben, ob er jetzt ein Säufer ist oder nicht. Judith ist nicht fähig zur Liebe. Sie ist zwar voller Erotik, aber ohne inneres Gefühl. Sie benützt ihre Erotik, um Karriere zu machen. Vetter war für sie der Weg zum Erfolg.«

»Sie lieben Sie immer noch, nicht wahr?«

Rutziska wirkte jetzt völlig nüchtern. Er legte beide Hände auf den Tisch und betrachtete die Fingerkuppen.

»Ich könnte das Biest erwürgen.«

»Sie könnten sich Ihrer Tochter zu erkennen geben. Vielleicht würde ihr das helfen.«

»Das Biest lässt das nicht zu. Sie haben es ja gehört. Ich soll mich verpissen.«

Wieder schloss er die Augen. Langsam drückten Tränen heraus und rannen über seine Wangen.

»Ich bin ein Wrack. Das sehen Sie doch. Wie soll ich mich so meiner Tochter präsentieren?«

»Immerhin«, sagte Hunkeler kühl, »immerhin hatten Sie allen Grund, Vetter umzubringen.«

Rutziska starrte ihn an. Ein ungläubiges Lächeln erschien auf seinem Gesicht.

»Sind Sie wahnsinnig geworden?«

»Ich glaube nicht.«

An diesem Sonntagmittag, dem 14. Juni, machte sich Gisele Ribeiro, eine 26-jährige Tänzerin aus den Favelas von Rio de Janeiro, auf die Suche nach ihrer Freundin Simone Breda. Sie hatte bis vier Uhr morgens Dienst gehabt am Vorabend. Drei Freier hatte sie bedient. Einen ziemlich groben Spanier, der dann aber ganz nett geworden war und noch ein bisschen mit ihr geplaudert hatte. Und zwei ältere Schweizer, die beide erzählt hatten, ihre Frau sei gestorben. Die waren harmlos gewesen.

Sie hätte gern noch ein bisschen geschlafen in den Nachmittag hinein, aber die verschwundene Kollegin ließ ihr keine Ruhe. Simone war eine besondere Frau, darüber waren sich alle einig im Ententeich. Stets hilfsbereit und freundlich, mit einem Optimismus begabt, der ihr angeboren sein musste. Sie hatte geschafft, wovon alle Kolleginnen träumten. Sie hatte einen Liebhaber gefunden, der zu ihr hielt und sie heiraten wollte und der erst noch ein reicher Mann war. Eine märchenhafte Liebesgeschichte, die mit Simones Verschwinden ein jähes Ende genommen hatte. Als die Leiche ihres Liebhabers gefunden wurde, war allen klar, dass etwas Schreckliches passiert war.

Die Frauen im Ententeich waren überzeugt, dass Simone irgendwo im Hafen gefangen gehalten wurde. Sonst hätte sie sich gemeldet, mit einer Postkarte oder über das Handy. Von wem sie gefangen gehalten wurde, wussten sie nicht. Aber sie hatten Arthur Erni im Verdacht. Von diesem Mann ging etwas Unheimliches aus.

Gisele hatte den Mann mehrmals beobachtet, wenn sie mit dem Holländer Henke in der Wirtschaft Zum Kiel war. Henke war ein netter Kerl, der sie immer, wenn er mit dem Containerschiff Alkmaar am Ostquai anlegte, besuchte. Er schlief nicht nur mit ihr, er ging auch mit ihr tanzen. Das war alle acht, neun Tage der Fall, je nach Wasserstand des Rheins. Drei Tage brauchte ein Kahn nach Rotterdam hinunter, vier, fünf Tage zurück nach Basel. Eigentlich hatte sie ihn gestern Abend erwartet, aber es war wohl etwas dazwischengekommen.

Sie liebte diese Ausflüge in die Wirtschaft Kiel, das Tanzen zu Ernis Akkordeon. Dann kam jeweils eine Hafenstimmung auf, in der sie sich nicht mehr als käufliche Frau fühlte und alles möglich schien. Erni war ein Vollblutmusikant, obschon er immer auf Koks war. Das störte niemanden hier.

Nur diese Spannung, die von ihm ausging, war unheimlich, ja gefährlich. Die spürten alle, auch Luciane und Sabine. Simone schien es nichts auszumachen, die fühlte sich mit Vetter sicher.

Sie hatten sie in jeder freien Minute gesucht. Sie hatten die Hafenarbeiter und Schiffsleute befragt, ohne Erfolg. Simone blieb verschwunden.

Gisele ging über die Westquaistraße zum Hafenbecken 1. Sie hatte vor, den Steg, der den Ostquai entlanglief, noch einmal abzusuchen. Dort lagen alte Kellerräume, die schon lange nicht mehr benutzt wurden.

Beim Rheingrill, der eben aufgemacht hatte, trank sie einen Kaffee. Sie sah die Alkmaar am Quai liegen, sie hatte wohl in der Nacht festgemacht. Gisele freute sich. Sie stieg zum Steg hinunter und folgte ihm. Ein sinnloses Unterfangen eigentlich, das wusste sie. Hinter jeder Tür konnte Simone sein, ohne jede Möglichkeit, sich bemerkbar zu machen.

Sie schaute zur Alkmaar hinüber. Es war niemand auf Deck, das Steuerhaus war leer.

Weiter vorn sah sie schwarzen Staub auf dem Steg liegen. Es musste Kohle sein, die der Wind hergeweht hatte. Je weiter sie ging, umso mehr Staub lag da. Sie drehte sich um und sah ihre eigenen Sohlenabdrücke.

Eine Spur kam ihr entgegen, eine Männerspur. Sie endete vor einer Tür, die in einen Kellerraum führte. Es war ein einzelner Mann gewesen. Es gab keine zweite Spur, die zurückgeführt hätte.

Gisele spürte ihr Herz klopfen, bis zum Hals. Da drin musste ein Mann sein. Sie ging vorsichtig hin und legte ihr Ohr an die Tür. Sie hörte die leisen Klänge eines Akkordeons, eine Männerstimme, die einen Tango sang.

Gisele trat ein Stück weg von der Tür, nahm ihr Handy und rief Ettore Lardini an. Sie ging zur Alkmaar zurück und trat über die Planke auf Deck. Sie rannte nach vorn zur Matrosenkajüte, stieg hinunter und sah Henke, der am Tisch saß und Kaffee trank.

Lardini legte wenige Minuten später neben der Alkmaar an. Zu dritt gingen sie zur Tür, an der die Männerspur endete. Henke hatte ein Stemmeisen bei sich. Er schob es in den Rahmen und versuchte es dreimal. Beim vierten Mal sprang die Tür auf.

Im Kellerraum, der von einer Gaslampe notdürftig beleuchtet wurde, saß Arthur Erni auf einer Holzbank, das Akkordeon neben sich. Er hatte es wohl weggelegt, als er die

Tür krachen hörte. Er hielt den Kris in der rechten Hand.
Neben ihm saß Simone Breda, gefesselt auf einem Stuhl, mit
einem Lumpen geknebelt. Sie war kaum wiederzuerkennen
im fahlen Licht, so abgemagert war sie. Ihre Augenbrauen
und Lippen waren violett geschminkt.

»Bist du wahnsinnig geworden?«, fragte Lardini.

Erni erhob sich und trat hinter Simone. Er setzte ihr den
Kris an den Hals.

»Mit mir nicht, Ettore«, sagte er, »mit mir könnt ihr nicht
alles machen.«

Sie warteten alle, was jetzt geschehen würde. Nichts ge-
schah, nur das Gaslicht flackerte leicht. Simone versuchte sich
zu erheben, es gelang ihr nicht.

»Lass sie los«, sagte Lardini.

Erni schüttelte den Kopf. Die Hand mit dem Dolch zit-
terte.

»Nur ich schaue sie an, sonst niemand. Ich spiele nur für
sie.«

Er nickte mehrmals, schluckte schwer, als wäre ihm übel.

»Was ist mit Bernhard Vetter?«, fragte Lardini.

»Den habe ich ins Wasser geschickt. Er soll in Dunkelheit
schwimmen. Das Licht ist nur für Simone da. Und für mich.«

»Mach dich nicht unglücklich«, sagte Lardini und trat ei-
nen Schritt vor.

Jetzt huschte ein Lächeln über Ernis Gesicht. Es war ein
glückliches, erlöstes Lächeln. Er drückte die Klinge gegen Si-
mones Hals, Blut trat hervor.

»Du weißt, dass ich sie töten muss«, sagte er, »wenn du
näher kommst. Lass sie mir bitte. Sonst kann ich nicht mehr
Handorgel spielen.«

Henke hatte sich ihm langsam von der Seite genähert, das Stemmeisen hinter dem Rücken. Blitzschnell schlug er Erni das Eisen auf den Kopf, mit voller Kraft, so dass der Schädel eingedrückt wurde. Erni sank zu Boden, es war klar, dass er tot war.

Sie schnitten die zitternde Simone los, lösten den Knebel. Sie konnte kaum stehen, so schwach war sie. Lardini trug sie auf den Armen nach draußen und über den Steg, auf dem immer noch die Männerspur zu sehen war. Sie führte zurück zur Wirtschaft Kiel.

In sieben Minuten war die Ambulanz da, in elf Minuten Kaelins Pikettwagen mit Detektivwachtmeister Madörin.

Am selben Sonntagabend saß Hunkeler mit Hedwig bei Scholler in Knoeringue. Sie hatten Cordon bleu vom Schwein gegessen und Bier getrunken dazu. Jetzt waren sie beim Kaffee.

Lüdi hatte Hunkeler benachrichtigt, dass Simone gefunden worden und der Mord an Bernhard Vetter aufgeklärt sei. Der Mörder, Arthur Erni, sei von einem holländischen Matrosen in Notwehr erschlagen worden.

»Bitte ein Marc de Bourgogne im Schwenkglas«, rief Hunkeler zur jungen Frau Scholler hinüber, »zur Feier des Tages.«

»Was willst du feiern?«, fragte Hedwig.

»Ich freue mich auf unseren gemeinsamen Urlaub. Nur leider habe ich Schmerzen im Knie.«

»In welchem denn? Und warum so plötzlich?«

»In beiden«, behauptete Hunkeler. »Ich kann keine halbe Stunde mehr laufen.«

Hedwig zog ihre Schnute. Sie witterte eine List.

»Du kommst also nicht wandern mit mir?«

»Ich möchte schon. Aber ich kann nicht. Der Meniskus, verstehst du?«

»Immer, wenn ich mich auf etwas freue, wird doch wieder nichts daraus. Gut, ich suche mir einen andern Wanderkumpan.«

»Kommt nicht in Frage«, sagte Hunkeler und schnupperte am Marc, »du kommst mit mir.«

»Ich schwimme auf keinen Fall den Rhein hinunter.«

»Wir nehmen das Schiff.«

Er trank einen Schluck. Der Marc war köstlich.

»Ein Rheinschiff? Nein, nie im Leben setze ich mich in eines dieser schwimmenden Altersheime. Da wird ja nur gefressen.«

»Ich fische selber. Ich werde dir die besten Kanalfische braten.«

»Kanalfische? Stinken die nicht?«

»Überhaupt nicht. Wir fahren durch die Kanäle nach Paris.«

Das gefiel Hedwig schon besser.

»In die Coupole?«

»Ja klar. Wir werden auf dem Montparnasse Chateaubriand essen. Wenn du wandern willst, kannst du stundenlang wandern. Ich auf dem Kahn, du auf dem Treidelweg nebenan. Ich werde im Schritttempo tuckern. Und du bist mein Schleusenmatrose.«

»Dein was?«

»Jemand muss die Schleusen betätigen, dass sie sich öffnen und schließen und ich hindurchfahren kann.«

»Kann ich das?«, fragte sie neugierig.

»Ja natürlich«, sagte er, »das ist kinderleicht.«

Sie überlegte. Dann lächelte sie ihn an.

»Gut, meinetwegen. Dann sind wir beide zufrieden.«

Er nahm die Sambatänzerin aus der Tasche, die er bei Lardini gekauft hatte.

»Die ist süß«, sagte Hedwig. »Wer ist das?«

»Das ist eine Sambatänzerin aus den Favelas von Rio«, sagte er. »Das ist unsere Galionsfigur. Sie wird unseren Kahn behüten.«

Bitte beachten Sie
auch die folgenden Seiten

Hansjörg Schneider
im Diogenes Verlag

HANSJÖRG SCHNEIDER, geboren 1938 in Aarau, arbeitete nach dem Studium der Germanistik und einer Dissertation unter anderem als Lehrer und Journalist. Mit seinen Theaterstücken ist er einer der meistaufgeführten deutschsprachigen Dramatiker, seine *Hunkeler*-Krimis führen regelmäßig die Schweizer Bestsellerliste an und sind mit Mathias Gnädinger in der Hauptrolle verfilmt worden. 2005 wurde er mit dem Friedrich-Glauser-Preis ausgezeichnet. Er lebt als freier Schriftsteller in Basel und im Schwarzwald.

Das Wasserzeichen
Roman

Nachtbuch für Astrid
Von der Liebe, vom Sterben, vom Tod und von der
Trauer darüber, den geliebten Menschen verloren zu haben

Nilpferde unter dem Haus
Erinnerungen, Träume

Die *Hunkeler*-Romane:

Silberkiesel
Hunkelers erster Fall. Roman

Flattermann
Hunkelers zweiter Fall. Roman

Das Paar im Kahn
Hunkelers dritter Fall. Roman

Tod einer Ärztin
Hunkelers vierter Fall. Roman

Hunkeler macht Sachen
Der fünfte Fall. Roman

Hunkeler und der Fall Livius
Der sechste Fall. Roman

Hunkeler und die goldene Hand
Der siebte Fall. Roman

Hunkeler und die Augen des Ödipus
Der achte Fall. Roman

Friedrich Dürrenmatt
Die Kriminalromane
Der Richter und sein Henker
Der Verdacht · Das Versprechen
Justiz · Der Pensionierte

Mit einem Anhang zur Entstehungsgeschichte
der Romane und zu den Verfilmungen

In *Der Richter und sein Henker* (1950) betritt Dürrenmatts Ermittler zum ersten Mal die Bühne: Kommissär Bärlach, ein Urgestein des Rechtssystems. Um einen Mord aufzuklären, bleibt ihm aus gesundheitlichen Gründen nur wenig Zeit. Wie Bärlach dabei mit den Begriffen Gerechtigkeit, Moral, Schuld und Strafe umgeht, ist ein Thema, das sich durch alle Kriminalromane Dürrenmatts zieht. So auch in *Der Verdacht* (1951), wo der Kommissär ein zweites Mal gegen Tod und Ungerechtigkeit kämpft: aus unbändigem Trotz, »in dieser Welt zu bestehen und für eine andere, bessere zu kämpfen«.

In *Das Versprechen* (1958) versucht ein anderer Kommissär, Matthäi, verbissen, einen Kindermörder zur Strecke zu bringen. Dafür scheut er weder die Gefahr noch deren Folgen.

Justiz (1985) thematisiert die Verwicklungen eines jungen Rechtsanwalts im feinen Netz aus Gerechtigkeit, Rechtssystem und Moral.

Seinen fünften (und unvollendeten) Kriminalroman *Der Pensionierte* (1995) begann Dürrenmatt bereits 1969, schrieb ihn jedoch immer wieder um. Der Held des Romans, der kranke, fresssüchtige Kommissär Höchstettler, ist Bärlach wie aus dem Gesicht geschnitten.

»So bin ich denn ein abgedankter Dramatiker. Ich schreibe an einem Kriminalroman, und es macht mir Spaß. Ich ziehe mich in Gebiete zurück, wo niemand Literatur vermutet, und mache sie dort.«
Friedrich Dürrenmatt in einem Brief an Max Frisch

»Die Kriminalromane sind im Hinblick auf Dürrenmatts Ästhetik geradezu Schlüsselwerke.«
Peter Rüedi / Die Weltwoche, Zürich

Das Diogenes Hörbuch zum Buch:

Drei Kriminalromane
Der Richter und sein Henker
Der Verdacht · Das Versprechen
Ungekürzt gelesen von **Hans Korte**

Martin Suter
im Diogenes Verlag

»Martin Suter erreicht mit seinen Romanen ein Riesenpublikum. Er schreibt aufregende, gut und nahezu filmisch gebaute Geschichten; er fängt seine Leser mit schlanken, raffinierten Plots.«
Wolfgang Höbel / Der Spiegel, Hamburg

Lukas Hartmann
im Diogenes Verlag

Lukas Hartmann, geboren 1944 in Bern, studierte Germanistik und Psychologie. Er war Lehrer, Jugendberater, Redakteur bei Radio DRS, Leiter von Schreibwerkstätten und Medienberater. Heute lebt er als freier Schriftsteller in Spiegel bei Bern und schreibt Romane für Erwachsene und für Kinder.

»Die unheimliche Zwangsläufigkeit, mit der die Schicksale seiner Figuren vorgegeben scheinen, stellt Hartmann mit der unspektakulären Virtuosität des Könners dar.« *Frankfurter Allgemeine Zeitung*

»Lukas Hartmann entfaltet eine große poetische Kraft, voller Sensibilität und beredter Stille.« *Neue Zürcher Zeitung*

Pestalozzis Berg
Roman

Die Seuche
Roman

Bis ans Ende der Meere
Die Reise des Malers John Webber mit Captain Cook. Roman

Finsteres Glück
Roman

Räuberleben
Roman

Kinder- und Jugendbücher:

Anna annA
Roman

So eine lange Nase
Roman

All die verschwundenen Dinge
Eine Geschichte von Lukas Hartmann. Mit Bildern von Tatjana Hauptmann